Ronaldo Santana Santos

Vicissitudes

2020

A minha vida daria um romance.

Lelé

Prefácio

Vicissitudes é uma palavra utilizada para nomear os acontecimentos favoráveis ou adversos que afetam a vida das pessoas. Eles chegam como uma sucessão de alternâncias e instabilidades num vai-e-vem imprevisível.

Embora as vicissitudes também contemplem coisas boas, há pessoas que atraem o mal deliberadamente para si. Por acreditar que não sofrerão as recompensadas de seus atos, elas acabam flertando com o perigo. Para estas, as vicissitudes chegam sem misericórdia, revelando a sua imprevisibilidade numa reação desproporcional de causa e efeito.

Há outras que se afastam do mal, mas ainda assim são surpreendidas quando os elementos negativos das vicissitudes arrombam as portas da alma e ali tentam fazer morada. Entretanto, a pureza dos inocentes acaba protegendo-os dos acontecimentos que, a princípio, pareciam terríveis. O mal, quando não é provocado, inexplicavelmente, se converte em benção.

No momento em que enfrentamos os reveses da vida, muitas vezes não conseguimos interpretá-los. No entanto, no final de cada ciclo, as vicissitudes trazem esclarecimentos que facilitam a compreensão de acontecimentos até então obscuros. Elas são pedagógicas, ensinando e esclarecendo a respeito das coisas boas e rins que se passaram.

Nesse romance estão reunidos cento e cinquenta anos de história de cinco gerações de uma família assediada pela imprevisibilidade das vicissitudes.

O Centenário de Lelé

Partimos da rodoviária de Jundiaí, no interior de São Paulo, no mês de novembro do ano de 2018, para participarmos da comemoração do centenário de minha avó. Chegamos ao Rio de Janeiro na sexta-feira, com alguns dias de antecedência ao evento. Aproveitamos que estávamos na capital do estado para permanecer no Rio por dois dias. Ficamos hospedados em um hotel no centro da cidade por duas razões: por ser mais barato do que na zona sul, e pela localização, pois a maioria dos lugares que pretendíamos visitar estava nas redondezas. A decisão foi acertada, conseguimos visitar diversas atrações históricas e turísticas como o Teatro Municipal, a Biblioteca Nacional, os Arcos da Lapa, a Rua do Ouvidor, além de diversas construções tombadas.

Também fomos tomar um café na Confeitaria Colombo, um estabelecimento fundado no final do século XIX por imigrantes portugueses. Minhas filhas ficaram encantadas com o luxo do salão em estilo *art nouveau*, especialmente com os enormes espelhos de cristais trazidos da cidade Belga de Antuérpia, emoldurados por frisos talhados em madeira de jacarandá. Uma abertura no teto exibia uma imponente claraboia, trazida da França, decorada com lindos vitrais. No passado, a confeitaria foi visitada por personalidades como Machado de Assis, Villa-Lobos, Getúlio Vargas, Juscelino Kubitschek, o rei Alberto da Bélgica, a rainha da Inglaterra, Elizabeth II. E lá estávamos nós. Eu, particularmente, me sentia estranho. Embora não estivesse indiferente com aquele lugar majestoso, estava envolvido com uma sensação que ainda não entendia muito bem.

Ione, minha esposa, não viajou conosco. Ela estava em Salvador resolvendo problemas documentais de uma casa que queríamos vender na Bahia. Somente as minhas filhas, Raíssa, Rebeca e Raquel, estavam comigo. Eu estava pensativo. De vez em quando era interrompido das minhas abstrações com pedidos das meninas para fotografá-las. Tentei me distrair tomando uma xícara de café enquanto elas observavam as suas fotos registradas no telefone celular.

Gastamos pouco dinheiro nessa viagem. Nós havíamos economizado para estar ali e não podíamos estourar o nosso orçamento. Conseguimos um bom preço pelo hotel e, até então, não havíamos perdido o controle das despesas em nenhum momento. Deu até para fazermos deslocamentos maiores para lugares mais distantes do centro. Conseguimos passear no Jardim Botânico e na orla da praia de Copacabana no sábado. A festa de minha avó seria no dia seguinte e quanto mais ela se aproximava mais eu me angustiava.

No domingo de manhã fizemos o *check out* e deixamos o hotel em direção ao local da festa. Ela iria acontecer na Avenida Automóvel Clube, na cidade de São João de Meriti. Chegamos cedo, com duas horas de antecedência ao horário marcado no convite. Por essa razão, a equipe do *buffet* ainda estava fazendo os preparativos finais do evento. Tivemos sorte de nos deixarem guardar nossas malas em um cantinho reservado do salão. Nós, por outro lado, ficamos em frente ao estabelecimento aguardando a chegada dos demais convidados e, principalmente, da minha vó Lelé.

Eu estava tenso. A última vez que tinha estado com minha vó foi na minha casa em Jundiaí, quando ela ficou quase um mês conosco. Na época, ela estava com 93 anos — nem havia me dado conta de que sete anos já se passaram desde o nosso último encontro. Em certo momento, discerni que minha inquietação não era por causa dela, embora estivesse ansioso para revê-la. Estava aflito pelos demais familiares. A última vez que eu havia visto a maioria deles foi em 1982, ou seja, há mais de trinta e seis anos. Outros eu havia encontrado há mais tempo. Por essa razão, eu não conhecia mais as pessoas com as quais eu iria reencontrar em alguns instantes. Eu não me lembrava da minha própria família.

Certos nomes ainda soavam familiares, pois eram citados em conversas que eu tinha com a minha mãe sobre o passado. Também ouvi muito sobre os meus parentes no período em que eu hospedei a minha vó. Ela sempre falava sobre as pessoas que pra mim já não tinham rosto, apenas nomes. Conça, Linda, Cacau, Gileno, Tatiana, Luiz Carlos e Rogério eram os mais recorrentes. O que mais me inquietava era que, em um único dia, eu me encontraria com a maior parte de minha família paterna e não iria reconhecê-los.

"Talvez minha mãe pudesse me ajudar", foi o que eu pensei. Decidi então recorrer a ela, que certamente, conhecia todo mundo. Minha mãe já estava na região há algumas semanas, no município de Belford Roxo, na casa do meu tio Florisvaldo, conhecido como Louro. Ela estava com o meu irmão que havia levado a sua esposa Dida e a sua filha Rhanna. Comecei a alimentar a ilusão de que eu ficaria mais a vontade na festa. Com a minha mãe ao meu redor, talvez eu não me sentisse como um peixe fora d'água.

O salão de festas foi aberto pouco antes do horário marcado. Entrei e comecei a tirar fotos com as minhas filhas junto à decoração do ambiente. Depois das fotos, nós nos acomodamos em uma das mesas e passamos a observar os convidados que começavam a chegar. Como esperado, nenhum rosto me era conhecido. Deixei a mesa e tomei a iniciativa de me apresentar às pessoas, buscando identificá-las. Minha mãe, Beto, Dida e Rhanna logo chegaram, mas isso não tornou as coisas mais fáceis pra mim. Foi mais complexo e constrangedor do que eu imaginara.

Ao saber o nome das pessoas e o grau de parentesco que nos unia, senti que essas informações pareciam me distanciar ainda mais delas. Creio que havia pouco mais de cem pessoas na festa. A maioria delas era da família, mas eu me percebia entre estranhos. Eu fui me sentindo um pouco melhor ao recordar das fisionomias das minhas tias Linda e Conça, e também de minha prima Vanessa, filha de tio Cacau — caçula de minha avó. Vanessa tinha acompanhado vó Lelé em uma viagem à Camaçari nos anos 90. Elas ficaram hospedadas na casa de minha mãe, na época em que eu ainda morava na Bahia. Vanessa era apenas uma menina de uns dez anos; agora, uma mulher adulta e mãe de três filhos.

As pessoas estavam sorridentes e me tratavam com alegria ao saberem quem eu era. Elas não me reconheciam até eu dizer que era Ronaldo, o filho de Milton. Meu pai, que não estava presente, era o código para que elas me identificassem. Eu conversava com todos me esforçando para expressar simpatia com naturalidade. Meu irmão já tinha estado com muitos deles um ou dois anos antes, acompanhando minha mãe em uma de suas viagens. Ele parecia mais confortável, já que conhecia pelo menos um terço das pessoas que estavam presentes. Eu continuava meio zonzo, como se tivesse perdido a memória de um período importante de minha vida.

A decoração da festa estava muito bonita, tudo de muito bom gosto. Havia fartura de alimentos e bebidas em grande variedade. O ambiente era harmonizado pela iluminação impecável e a música em alto volume, de diferentes estilos. Minhas filhas estavam se divertido muito. Tiravam fotos, interagiam, dançavam muito à vontade. Quanto a mim, experimentava a sensação de estar sob o efeito de anestesia. Eu sorria para todos, fazia perguntas diversas, enquanto minha cabeça girava procurando entender como cada uma daquelas pessoas se conectava comigo.

De repente, alguém gritou que a minha vó Lelé havia acabado de chegar. Formou-se uma pequena aglomeração de pessoas, concentradas na porta de entrada do salão de festas, aguardando a sua entrada. Sim, era ela! Minha vó começou a caminhar lentamente, como uma noiva no dia do matrimônio. Dava passos pausados, acompanhada por um rapaz, que depois fiquei sabendo que era meu primo Vitor, filho de tia Conça. Uma mulher muito articulada abria caminho na multidão para minha vó passar. Ela parecia a organizadora do evento, pois dava instruções para o fotógrafo e para o locutor. Depois de perguntar para alguém sobre ela, descobri que era Tatiana. Ouvi minha vó falar muito dessa prima, também filha de Conça.

Fiquei paralisado alguns segundos observando minha vó em sua marcha. Ela usava um vestido azul, estava maquiada como uma atriz famosa em uma cerimônia festiva de premiação. Vó Lelé sempre foi vaidosa. Ela gostava de usar batom. Nunca deixou de pintar as unhas e de tingir os cabelos de preto. Fiquei admirado quando ela, separada de mim por uns três metros, balbuciou meu nome, sorrindo surpresa com a minha presença. Ela me fitou por alguns segundos e seguiu em direção a um local determinado por Tatiana.

Vó Lelé na Festa de 100 anos

A festa foi impressionantemente bonita. Meus tios Arnaldo e João, os únicos irmãos homens de vó Lelé que ainda estão vivos, também estavam lá, acompanhados das esposas, filhos e netos. Lamentei por meu pai ser o único filho vivo ausente. Fazia alguns anos que eu não falava com ele. Por morar em Ubaitaba, na Bahia, ele devia ter os seus motivos para não estar com a mãe. Lembro que, em minha última conversa com minha vó até então, ela se queixou por telefone de que ele havia parado de dar notícias. Acredito que algumas feridas ainda não cicatrizadas mantiveram meu pai afastado.

Eu poderia preencher páginas e páginas contando as minhas primeiras impressões das pessoas que reencontrei e das que só pude conhecer naquela festa. Todavia, esse livro não se trata da comemoração do centenário de minha vó. A verdade é que foi nesse dia que um sentimento incontrolável brotou dentro de mim: eu precisava conhecer aquela gente, saber de minha origem, do povo que tem o meu sangue e que conviveu comigo em um breve período da minha tenra infância — quando morei naquela cidade. Pensei em pegar os telefones de todos para fazer contato em algum momento oportuno. Foi quando minha prima Nádia, filha do tio Arnaldo, apareceu com uma solução para a minha angústia.

Há pouco tempo eles haviam criado um grupo em, um aplicativo online de troca de mensagens. Somente pessoas da família seriam convidadas para participar dele. Dessa forma, poderíamos falar do passado e prosear bobagens. Foi então que eu percebi nesse aplicativo — que eu julgava inútil — uma oportunidade de me reinserir na família. Esse grupo recebeu o nome de "Primaiada das Antigas", um nome bastante autoexplicativo.

Não perdi a oportunidade de ingressar nele para me reconectar com meus parentes e saber um pouco mais sobre cada um deles. Meu mergulho no tempo foi tão intenso que eu decidi investigar a história da minha família paterna e escrever um livro sobre as vicissitudes que decorreram em cerca de 150 anos de história.

Histórias de empreendedorismo e de falência, nascimentos e mortes, viagens e aventuras, casamentos e separações, amizades e traições, abundância e miséria.

Os relatos mais antigos que tive acesso da família foram sobre os meus trisavós. Eles moravam em Portugal, na cidade do Porto, no final do século XIX. Nessa época, eles se preparavam para vir para o Brasil.

A terra prometida

No final do século, muitas famílias portuguesas viram o Brasil como um lugar desejável para se construir um futuro promissor. A razão disso não se deve apenas ao imaginário lusitano, que identificava o jovem país como uma oportunidade de prosperar financeiramente, mas também ao idioma, que era compartilhado por portugueses e brasileiros.

Após fazerem fortuna no Brasil, muitos imigrantes regressaram para Portugal. Alguns deles bancaram atividades filantrópicas, destinando grandes somas de dinheiro para a caridade — o que aumentava ainda mais os rumores de riquezas inesgotáveis na ex-colônia portuguesa. Assim foi se espalhando a crença de que o Brasil era a terra das oportunidades. Não é exagero falar que, naquele período da história, os portugueses ambicionavam ser brasileiros.

Nesse contexto, enviar trabalhadores portugueses para o Brasil tornou-se um negócio promissor para alguns comerciantes da cidade do Porto que lucravam muito.

No entanto, esse esforço mostrava-se infrutífero. Afinal de contas, a realidade para além do oceano Atlântico era frustrante. As pessoas que desembarcavam no Brasil, diferentemente do que imaginavam, eram obrigadas a trabalhar em condições precárias, principalmente em atividades ligadas à agricultura. Mais do que garantirem a sua sobrevivência, elas tinham também que pagar os empréstimos feitos em Portugal. A dívida era descontada do salário que recebiam.

Alguns documentos de emigração da época afirmam que os anos de maior fluxo emigratório da cidade do Porto, no Norte de Portugal, para o Brasil ocorreu entre os anos de 1886 e 1900. Nesse período, cerca de 1024 pessoas deixaram o seu país.

Destas, 656 pessoas foram para o Rio de Janeiro, 98 para São Paulo, 66 ficaram em Pernambuco, 23 na Bahia e 66 foram distribuídas para outros estados, entre eles o de Sergipe. Ainda assim, estima-se que o número de imigrantes ilegais tenha sido de três a dez vezes maior do que o número oficial.

Antônio Manoel e Leonídia, meus trisavós, assim como muitos dos seus conterrâneos, acreditavam que o Brasil era a nova terra prometida. Associava-o com a Canaã, a terra onde brota leite e mel, mencionada no relato bíblico do Livro de Êxodo.

O Brasil estava passando por grandes transformações. Em 1888, o país aboliu a escravidão. Os negros capturados na África e seus descendentes deixaram de ser escravos. Com a libertação dos negros, demandou-se mão de obra especializada, resultando em oportunidade de trabalho para os emigrantes portugueses. No ano seguinte à abolição, houve a proclamação da República. Essa forma de organização do Estado prometia dar ênfase o cuidado com os cidadãos e modernizar o Brasil. Meus trisavós não podiam mais conter a ansiedade de migrar e vivenciar a realização do sonho de uma vida melhor. Encheram-se de coragem e embarcaram em um navio atracado no porto da cidade do Porto.

Quando Antônio Manoel e Leonídia chegaram ao Brasil, desembarcaram em Salvador e foram para o Estado de Sergipe. Estabeleceram-se na cidade de Estância, conforme foi definido previamente pela agência de engajamento em Portugal. Antônio Manoel conseguiu, então, trabalho em um engenho de cana de açúcar.

O casal estranhou o vilarejo porque era diferente das cidades e vilas portuguesas. Muitas das pessoas com quem passaram a conviver eram analfabetas e tinham a pele escura. Leonídia não gostou do lugar nem das pessoas. Ela ficou horrorizada de ver os moradores do lugar comendo com as mãos, sem o uso de talheres. Não entendia porque e elas precisavam se banhar no rio todos os dias. "Por mais que se lavem nunca deixarão de ser pretos!" — dizia Leonídia.

A adaptação em Estância não foi fácil. Na verdade, ela nunca se harmonizou com os habitantes do lugar. O Brasil real não era nada parecido com as maravilhas de que ouvia falar em Portugal. A vida no engenho era dura, mas voltar para Portugal sem recursos não estava em cogitação. Isso porque meus trisavós descartaram qualquer possibilidade de retorno depois que souberam por outros compatriotas, recém-chegados de Portugal, que a cidade do Porto e Lisboa estavam tomadas por uma epidemia de peste bubônica. A peste já estava lá antes de meus trisavós deixarem Portugal, mas agora estava fora de controle.

A Peste em Porto e Lisboa (Diário de Notícias 21/08/1889, p.1)

Em Portugal, os órgãos do governo faziam o possível para acabar com a doença que matava muitas pessoas. Os médicos e os subdelegados da saúde iam até as residências acompanhados pela polícia. Quando eles encontravam alguém doente, com os sintomas da peste, as roupas dos residentes eram incendiadas junto com a casa e todo mobiliário. Eles ainda forçavam o isolamento dos doentes e de seus vizinhos em hospitais. Havia grande revolta popular, mas a polícia também era utilizada para conter a ira da população.

Com o passar dos anos, a família de meus trisavós foi crescendo no Brasil. Eles tiveram seis filhos: José, Maria, Manoel Antônio, Ana, Raimundo e Francisca. Eles não conseguiram enriquecer. Pelo contrário, a vida continuava muito difícil. Ainda assim, decidiram que não voltariam pobres para Portugal. Contudo, a cidade de Estância e o Estado de Sergipe não estavam mais nos planos de Leonídia.

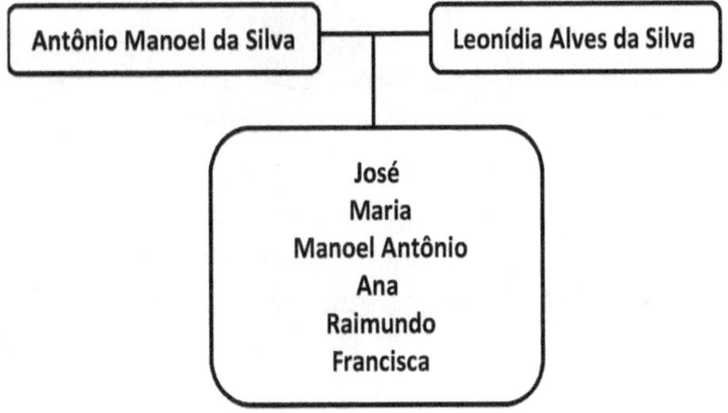

Antônio Manoel, Leonídia e Filhos

Leonídia conseguiu persuadir Antônio Manoel a se mudar com a família para Salvador. Eles acreditavam que se fossem morar em uma cidade grande, as chances de progresso seriam maiores. Conseguiram se instalar no povoado de Mapele, em Água Comprida, que na época era um distrito de Salvador.

No início do século XX, Salvador e as cidades circunvizinhas tinham muitos problemas. O sistema de esgotamento sanitário era praticamente inexistente. O esgoto das casas e água das chuvas se misturavam e se acumulavam nas ruas e terrenos baldios, contaminando o solo, a água de beber e os alimentos. Além disso, o lixo proliferava nas ruas e nos quintais das casas.

A água para as residências era distribuída nas portas das casas em barris carregados em carros de boi por aguadeiros. Ela era coletada nas mesmas fontes onde as pessoas se banhavam, lavavam roupas e os animais saciavam a sede. Muitas famílias moravam em cortiços sem condições adequadas de higiene. Por essa razão, a expectativa de vida dos soteropolitanos era baixa, não era incomum morrer antes dos cinquenta anos; isso quando não se morria ainda criança. Entre a população de origem africana, os mais pobres da população, o índice de mortalidade era maior.

Muitos pereciam devido à falta de tratamento de água e esgoto. A contaminação da água causava diarreias e cólera. Há que se mencionar também sobre a ausência de médicos que era sentida durante as epidemias de tuberculose. A morte ia desdenhando das pessoas que teimavam em viver em uma terra com apetite voraz para comer gente, especialmente se fosse pobre. Era uma luta sem trégua pela sobrevivência. A vida empacava.

Poucos anos depois que chegou à Bahia, o meu trisavô morreu no ano de 1905. Manoel Antônio estava com apenas cinco anos. A morte não foi saciada com o corpo do meu trisavô porque continuou a matar muita gente na cidade. Leonídia se acostumou a ver gente morrer todos os dias. Ela costumava dizer que o marido morreu de doença. Falava assim porque muita gente também morria sem ficar doente. Era comum dizer, nesses casos de morte sem explicação, que "o vento passou". Assim era a vida na cidade das águas contaminadas e dos ventos que sopram a morte para alimentar a fome da terra.

Leonídia se esforçou muito para criar os filhos sem o suporte do marido. A sua grande descendência foi providencial porque as crianças trabalhavam e contribuíam para a renda da família. Quando não se têm adultos dentro de casa, as crianças que prestam o socorro. E ainda assim, ela continuou sonhando com a prosperidade, mesmo que esta parecesse cada vez mais distante. Contudo, Leonídia não perdeu a arrogância. Ela continuou a implicar com as pessoas, especialmente com os pretos.

Leonídia

Os seus filhos sobreviveram às doenças e à emboscada do vento. Eles cresciam saudáveis nas cercanias de Salvador. Foi ainda menino que Manoel Antônio passou a trabalhar para os comerciantes da região. Com eles aprendeu o ofício de padeiro e a negociar.

Aos treze anos, o jovem engravidou uma menina que tinha pouco mais do que a sua idade. Ele não teve medo de assumir responsabilidades de homem e se amasiou logo depois que a moça emprenhou. Manoel Antônio já era trabalhador experiente. Apesar da pouca idade, ele já substituía o padeiro quando este precisava se ausentar.

Dos treze aos quinze anos Manoel Antônio gerou três filhos. Tudo ia bem com o jovem casal até que, a mãe das crianças adoeceu. Ela contraiu tuberculose e, involuntariamente, acabou contaminando todos os filhos. Em poucos meses todos morreram. Carmem estava com dois anos, Carmelita um, e Carlos morreu com apenas alguns meses depois do seu nascimento. A mãe das crianças morreu no mesmo ano em que perdeu todos os filhos, e por fim, seu nome se perdeu com o tempo.

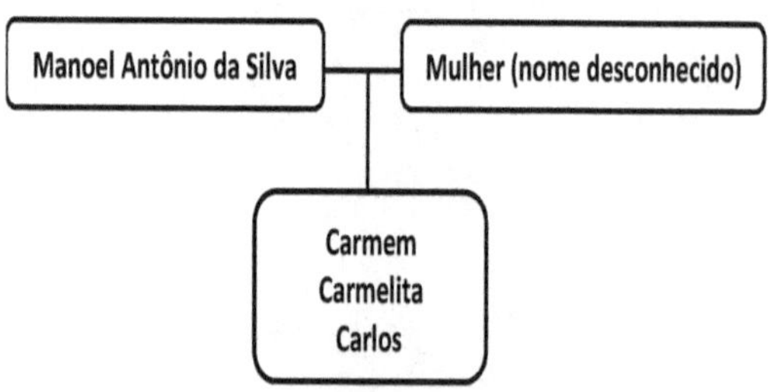

Manoel Antônio, a Companheira e Filhos

Aos cinco anos Manoel Antônio já era órfão de pai. Aos quinze, já havia perdido a companheira e seus três filhos. A morte o visitou com frequência ao longo de sua vida.

Ele não se deixou abater por muito tempo e passou a se dedicar totalmente ao trabalho na padaria. Cada dia que passava parecia ainda mais forte. Quando era menosprezado por um homem mais velho, ele se ufanava de sua fertilidade. Dizia que não era *gala rala*. Jactava-se de ser tão fecundo que foi pai de três filhos enquanto muitos homens não tinham nenhum. Todos ficavam impressionados com o atrevimento de um rapaz de quinze anos. Pouco a pouco Manoel Antônio passou a ser considerado e respeitado como homem.

A mulher do remelexo gracioso

Manoel Antônio recebeu mais atribuições e responsabilidades na padaria. Ele passou a comprar farinha de trigo, fermento e outros ingredientes utilizados para a produção dos pães. Para que você, meu caro leitor, não se perca com meus relatos sobre os diversos lugares de Salvador, faz-se necessário que eu te apresente essa cidade antes de nos embrenharmos nela.

Salvador foi fundada em 1549 e estabelecida sobre uma falha geológica vertical formada há milhões de anos. Foi essa falha que deu origem um desnível de uma grande parede rochosa, que é a escarpa da falha, com altura média de 75 metros. Assim, a cidade possui dois níveis com diferentes altitudes. A parte elevada é chamada de Cidade Alta. Já a parte rebaixada, que compreende a faixa litorânea de terra às margens da Baía de Todos os Santos, é conhecida como Cidade Baixa.

Salvador - Cidade Alta e Cidade Baixa (início do século XX)

Com a intensificação do povoamento de Salvador, foram surgindo os caminhos de ligação entre os dois planos da cidade.

No início do século XX a Cidade Alta era ligada à Cidade Baixa pelo Elevador Lacerda, que ainda é um dos principais pontos turísticos local, que oferece uma vista arrebatadora para a Baía de Todos os Santos. Outra via de ligação consiste num conjunto de ladeiras, entre elas a Ladeira da Jequitaia, hoje conhecida como a Ladeira da Água Brusca e pela Ladeira da Conceição. Há ainda a Ladeira da Preguiça que, na sua metade, se une à Ladeira de Santa Tereza. A população também utilizava os planos inclinados. Estes eram compostos por duas cabines semelhantes a um bonde, as quais percorriam trilhos paralelos. Elas transportavam passageiros entre os dois níveis da cidade. Um vagão descia a escarpa enquanto o outro subia, simultaneamente.

Na Cidade Alta havia os órgãos governamentais, os principais conventos e igrejas, as casas das pessoas mais abastadas da cidade e as casas comerciais. Já na Cidade Baixa, concentravam-se as atividades ligadas ao porto e ao comercio de produtos que chegavam à cidade pelo mar.

É importante mencionar que toda a região que circunda Baía de Todos os Santos, área que abrange diversas outras cidades, e não apenas a capital, é conhecida como Recôncavo Baiano. Ele foi formado no mesmo fenômeno geológico que resultou na falha de Salvador. O Recôncavo abastecia a cidade de alimentos e diversos outros produtos que chegavam em embarcações que trafegavam pela Baía de Todos os Santos.

Agora que eu já te apresentei a cidade de Salvador, eu retornarei para o relato sobre Manoel Antônio. Como eu ia dizendo, o meu bisavô passou a comprar mantimentos para a padaria. Para isso, ele precisava se deslocar para a Cidade Baixa, na região portuária onde o trigo importado ficava armazenado. Foi lá, nos arredores do bairro da Boa Viagem, que ele voltou a se interessar por uma mulher.

Quando ele a viu pela primeira vez, ela se deslocava apressadamente em direção a uma fábrica de tecidos. A jovem era mestiça de cor parda, tinha estatura mediana e um remelexo peculiar. Quando ela caminhava, rebolava com tanta sensualidade como se estivesse dançando. Manoel Antônio não era a única pessoa que a contemplava, afinal, os rapazes não ficavam indiferentes ao vê-la passar.

Nesse tempo, os homens andavam trajados com ternos, colete e gravata. Eles usavam sapatos com polainas, o relógio de algibeira no bolso, um chapéu de palha e ainda uma bengala. Quanto às mulheres, usavam vestidos longos flocados nas mangas. As saias eram justas na cintura, rodadas com pregas e acompanhadas de uma ou mais anáguas. Completava a vestimenta feminina um chapéu que combinava com a bolsa e a sombrinha. Na ausência do chapéu, usavam um penteado alto. Quando usavam blusas, estas eram justas delineando a cintura e os seios.

Meu bisavô descobriu que a jovem trabalhava na fábrica perto do lugar onde ele a viu. Ele deduziu isso pela afinidade que ela demonstrava com as pessoas que entravam e saíam pela portaria do lugar. Era uma fábrica muito conhecida na cidade, que foi fundada por Luiz Tarquínio, um filho de uma ex-escrava que fez uma carreira profissional de sucesso numa tecelagem. Em 1891 ele criou a Companhia Empório Industrial do Norte. Em 1895 a sua empresa já era uma das maiores da Bahia em volume de produção, números de empregados e de teares. Tarquínio tratava os empregados com respeito e, mesmo sem leis trabalhistas, ele concedia licença-maternidade, assistência médica e odontológica sem custos para os funcionários. Seus trabalhadores ainda contavam com creches, escolas e biblioteca. Adicionalmente, ele criou uma vila operária com 258 casas. Foi a primeira vila para trabalhadores do Brasil e ficava nos arredores da sua fábrica. Luiz

Tarquínio tornou-se tão popular que foi eleito prefeito de Salvador.

Manoel Antônio retornou por diversos dias ao mesmo local onde viu a moça pela primeira vez. Ele logo descobriu o melhor horário em que era possível observá-la. Meu bisavô não conseguia esquecê-la, parou até de ficar triste quando se recordava da morte de sua companheira e dos filhos. Ele a observou por tantos dias que, quando ele não aparecia, ela perdia o rebolado. Ela também sentia falta daquele jovem bonito que ficava sorrindo para ela como um rapaz acanhado tal como um tabaréu.

Manoel Antônio se aproximou da moça com sutileza e passou a cortejá-la. Ela se chamava Maria Assumpção, que significa "mulher que tem autoridade sobre certas pessoas". A jovem trabalhava como tecelã na fábrica e morava com a mãe no Uruguai, próximo do local de trabalho.

O Uruguai, assim como outros bairros da Península de Itapagipe, surgiu de um processo de aterragem de uma região de manguezais na Enseada dos Tainheiros. A Península de Itapagipe foi destinada a ser o Polo Industrial de Salvador. O plano dos governantes era enviar para lá todas as indústrias que quisessem se instalar em Salvador. A primeira delas foi a Companhia Empório Industrial do Norte, a fábrica de Luiz Tarquínio. Com a chegada das empresas, a região começou a ser povoada pela população mais pobre, especialmente do Recôncavo Baiano, que ocupou as áreas alagadiças que deram origem ao bairro do Uruguai. Essas pessoas vinham para Salvador na esperança de encontrar trabalho nas empresas recém-instaladas.

Embora fosse de família humilde, Maria Assumpção sabia ler e escrever. Era bem informada, algo incomum para as mulheres das famílias negras, que raramente tinham acesso à educação em uma escola. Manoel a cortejava na saída da fábrica e não sossegou até que se casou com a jovem que já tinha toda autoridade sobre o seu coração. A união não teve o apoio de Leonídia; que não queria uma nora "de cor". Ela não aceitava a possibilidade de se aparentar com uma descendente de escravos. Não queria que seus netos tivessem uma pele que continuaria escura, ainda que viessem a tomar muitos banhos.

Manoel Antônio ignorou as alegações de sua mãe. Depois que se casou com Maria Assumpção, ele alugou uma pequena casa em Mapele onde passou a morar com sua mulher. Ele continuou trabalhando na padaria, mas ela teve de deixar o trabalho. Afinal, ele era o provedor e não admitia que a sua mulher sustentasse a casa. O dinheiro que ele ganhava como auxiliar de padeiro era pouco, mas dava para pagar o aluguel e comprar os alimentos de que necessitavam.

Maria Assumpção teve a certeza de que Manoel Antônio era mesmo experiente em fazer filhos quando ele a engravidou em poucas semanas. Ela passava o dia ocupada com os afazeres domésticos. Saía apenas para ir a um riacho próximo onde lavava roupas e trazia água fresca pra casa. Voltava sempre carregando 20 litros de água em uma lata equilibrada sobre uma rodilha de pano que colocava sobre a cabeça. Manoel Antônio não entendia como sua mulher conseguia equilibrar uma lata pesada na cachola, sem o apoio das mãos. Ela ainda conseguia cantar e rebolar, tudo ao mesmo tempo, sem derramar uma gota d'agua no chão. Quando ela chegava em casa, acendia o fogo à lenha e preparava o almoço. Eles quase não tinham móveis. Isso ajudava a manter a casa sempre limpa e arrumada.

Por mais que meu bisavô se esforçasse na padaria, seu salário não aumentava. Ele percebeu que a única chance que tinha de ganhar mais dinheiro era tendo a sua própria padaria. Como já trabalhava na função há muitos anos, embora fosse um jovem de apenas dezesseis anos, fazer pão não era mais segredo. Bastava ter um pequeno forno, os ingredientes e trabalhar na massa. Para ele não era difícil construir um forno nem negociar a farinha, que poderia ser paga com o dinheiro das vendas do pão. Ele conhecia todos os fornecedores dos mantimentos que iria precisar. Faltavam apenas um bom ponto de venda e o capital inicial.

Para ter clientes, Manoel Antônio precisaria construir a padaria em um lugar onde não tivesse pão. Precisava investigar e achar o local correto. Salvador já tinha muitas padarias, não parecia uma boa opção. Dificilmente conseguiria conquistar os clientes dos padeiros estabelecidos nos bairros da capital baiana. Ele tinha a consciência de que precisaria se arriscar em outro lugar para ser bem sucedido.

Manoel Antônio convenceu a esposa de que teriam de sair de Salvador. Iria entregar a casa na qual morava para o proprietário e seguir o plano de montar a sua própria padaria em outra cidade. Ele pegou os tostões que tinha e mandou Maria Assumpção para a casa da sogra no Uruguai. Como ficou sem dinheiro, decidiu procurar uma cidade próxima. Decidiu caminhar pela linha do trem até conseguir encontrar um lugar promissor onde não houvesse uma padaria. Começou a jornada ainda cedo. Caminhava com fé e coragem em direção a linha férrea. Não lhe faltavam determinação e disposição para o trabalho, pois tinha convicção de que conseguiria alcançar o seu objetivo.

Manoel Antônio chegou à linha férrea e começou a caminhar resolutamente. Olhou para frente e seguiu. Mapele tinha uma estação de trem com o mesmo nome da localidade. Ela estava situada no fundo da Baía de Aratu, uma pequena baía na parte mais ao norte da Baía de Todos os Santos. Nessa época, Mapele era um dos pontos de veraneio da cidade de Salvador. Era uma área de usinas, como a Usina Aratu, e de engenhos de açúcar, como o Engenho Mapele, que eram atendidos pela linha férrea.

Depois que a linha férrea passava por um túnel próximo à estação Mapele, era possível ir tanto para Candeias como para Camassary e Alagoinhas.

Manoel Antônio continuou caminhado. Havia mata dos dois lados cortadas pela linha férrea. A visão das árvores só era interrompida quando ele passava pelos trechos de mar e de rio. Ele sentiu medo quando teve de atravessar as pontes da estrada de ferro, principalmente a que cortava a Baía de Aratu e o Rio Joanes. Se o trem aparecesse ele teria de pular na água. Na linha férrea só há espaço para um único valente: o trem.

Manoel Antônio se encheu de coragem caminhando sobre a ponte de ferro. Ele avançou como se fosse um dos grandes navegadores portugueses desafiando o Atlântico. Embora não estivesse tocando na água, ele sentia seus pés como se fossem remos que impulsionavam a caravela do seu corpo. Atravessou o Joanes cambaleando sobre os trilhos como se tivesse nadado. Ainda caminhando ia se alimentando dos próprios sonhos autofágicos. Caminhar era preciso, viver não era preciso. Caminhava para uma cidade que não tinha nome. Caminhava para um lugar que apareceria como uma miragem. Nada poderia deter os seus passos.

A árvore que chora

Depois de passar por diversas estações andando sobre os trilhos da ferrovia, Manoel Antônio chegou à estação Parafuso, onde parou para pediu informações. Ali ele ficou sabendo que o nome do povoado foi originado pelo tombamento de um vagão carregado de parafusos, na época da construção da estrada de ferro. Ao observar que havia poucas casas, decidiu continuar a jornada.

Depois de mais uma hora de caminhada, ele chegou em Camassary. Foi o primeiro lugar onde ele sentiu paz, além de um desejo enorme de conhecer aquela cidade arborizada. Ele estava exausto, mas muito satisfeito por ter chegado ao seu destino. Manoel Antônio se sentou no chão da estação com as costas recostadas na parede. Vencido pela fadiga, adormeceu.

Meu bisavô teve o sono interrompido por dores fortes nas pernas. Ainda sonolento, acreditou que estivesse tendo um pesadelo. Acordou assustado com o seu próprio grito. Ainda com os olhos pesados, viu quando um pontapé o atingiu nas pernas. Demorou alguns segundos até que ele entendesse que um soldado o repreendia por estar dormindo na estação.

— Quem é você? Eu nunca te vi aqui na cidade! Não trabalha não, é? Isso é hora de homem dormir?

O soldado disparava perguntas na velocidade de uma metralhadora. Perguntava tantas coisas que mal dava tempo de Manoel Antônio responder.

— Eu acabei de chegar de Salvador. Meu nome é Manoel Antônio da Silva — respondeu assustado.

— Deixe de mentira! Não passa trem agora — respondeu o soldado.

— Eu cheguei andando. Vim pela linha do trem. Eu parei um pouco para descansar e acabei pegando no sono — justificou-se, sem se fazer de coitado.

— Chega de prosa, vamos saindo. Aqui não é lugar de dormir. Tá pensando que nessa cidade não tem autoridade? Não quero mais te ver por aqui. Vamos saindo... sai... sai... sai. — enxotou-o como se faz com os cachorros.

Manoel Antônio deu um salto e caiu de pé como um gato. Trôpego, deixou a estação apressadamente. Sai cambaleando, embriagado pelo cansaço. Sentia dores nas pernas e na cintura, o que o levou a concluir que levou muitos chutes enquanto dormia. Aos poucos foi se recuperando. Deixou de mancar e firmou os passos. O sol enfraquecia, a noite pedia licença. "Caí no sono por pelo menos umas duas horas na estação" — pensou alto.

Estação Camassary (Revista Illustração Brasileira, 1923).

Logo ele passou a prestar atenção nas casas. Havia residências com telhado de palha e paredes de pau-a-pique. Também viu muitos casarões de alvenaria de pessoas endinheiradas. As cigarras ziziavam sem cessar lembrando-o de que estava escurecendo. Ele estava com fome. Tinha feito a última refeição ao amanhecer, quando saiu de Mapele. Depois disso, tinha comido apenas alguns araçás que colheu das árvores às margens da ferrovia.

O sol já se despedia quando Manoel Antônio pisou numa manga e escorregou. Não tombou, foi por pouco que não se machucou. Quando reiniciou a marcha, outra manga quase lhe atingiu; passou de raspão roçando-lhe o ombro. Ele pegou o fruto do chão e chupou. Melou todos os dedos com o sumo da manga. Ainda dava para enxergar mangabeiras, mangueiras e goiabeiras carregadas de frutos. Tinha cajueiros e coqueiros também. Só não dava para ver muito bem as jaqueiras porque as folhas são escuras e se confundiam com o anoitecer. "Sim, são jaqueiras!" — concluiu assim porque o cheiro de jaca o assediava. Ele ainda comeu goiabas e carambola. Os galhos das árvores ultrapassavam as cercas das casas e lhes entregavam os frutos nas mãos. Muitos quintais não eram cercados e ficava difícil saber se eles tinham dono. À media em que saciava a fome, ia sussurrando que a terra era boa, brotava leite e mel.

Manoel Antônio sentiu sede. Ele parou defronte a uma casa bonita, depois que viu um senhor se movimentar junto à janela. Olhou para o céu, como se pedisse uma ideia para o Deus, e logo lhe veio o socorro.

— Ô de casa — gritou Manoel Antônio, batendo palmas.

— O que o senhor quer? — respondeu o morador forçando a vista como se quisesse identificá-lo.

— Eu vim de Salvador andando pela linha do trem. O senhor pode me dá um gole d'água?

O homem saiu da casa e se aproximou com um caneco metálico numa mão e uma moringa de barro na outra.

— Nunca vi o senhor por aqui. Parece tão novo pra tá de aliança no dedo.

— Boa tarde, senhor. A minha esposa está grávida. Como ela não aguenta caminhar, eu vim sozinho. Deixei-a lá em Salvador, na casa da minha sogra no Uruguai. Eu vim na frente pra me ajeitar, mas depois eu volto pra buscá-la. Se o senhor puder ajudar eu ficaria muito grato.

— Você me parece confuso. Que ajuda que o senhor quer? — perguntou o senhor.

— Ajuda de dinheiro — Manoel Antônio respondeu.

— O Se-nhor... veio até a mi-nha casa... sem me co-nhecer... para me pedir di-nheiro? — o homem falou tão pausado que não deu para entender se estava com preguiça de falar, se estava gaguejando, cantarolando uma cantiga de ninar ou declamando os versos de um poema.

— Não, senhor. Na verdade eu... — ele tentou falar, mas foi interrompido.

— Alguém te disse que dinheiro aqui em Camassary dá em arvore?

— Não, senhor. Na verdade eu só queria...

— Pois saiba que Camassary significa "árvore que chora" — interrompeu e concluiu gargalhando com um sorriso puro e prolongado, como o de uma criança.

Manoel Antônio se calou. Esperou que o homem se fartasse de rir e depois falou:

— Eu vim na sua casa para te pedir água. Como o senhor me perguntou sobre a ajuda, eu acabei falando do dinheiro. Eu sou comerciante. Vou montar uma padaria.

— O senhor é padeiro profissional?

— Sim, trabalho em padaria desde criança. Eu preciso montar um forno, mas ainda não tenho recursos. Foi por isso que eu falei da ajuda.

— De quanto você está precisando? — o desconhecido perguntou admirado com a ousadia do rapaz.

— Qualquer valor que o senhor puder me dar. Eu já vi que aqui não tem nenhuma padaria. Quando eu começar a vender o pão eu pago tudo o que o senhor me emprestar. Vou também trazer pão quente todos os dias para sua família.

— O que você vai fazer depois que pegar o dinheiro? — instigou-o.

— Eu vou construir um forno e preparar um cantinho para ficar.

— Vamos conversar lá dentro. Fale-me um pouco de você e desse seu plano da padaria — falou-lhe com tanta intimidade que até pareciam compadres.

— Sim, vamos! Mas só depois de o senhor me explicar sobre essa árvore que chora. Isso se o senhor não se incomodar. Eu queria entender como uma árvore que chora pode fazer o senhor gargalhar.

— Bem, como eu ia dizendo... Camassary vem do Tupi-Guarani que significa "árvore que chora". É uma árvore que tem as folhas sempre úmidas, cobertas de gotículas de água. O tronco dela costumava ser utilizado para fabricação de caixotes de açúcar que eram produzidos para os engenhos que havia aqui na região. Aqui ainda tem muitas dessas árvores.

Manoel Antônio riu. Riu tanto de pé que se cansou. Ele teve de se abaixar para rir um pouco mais de cócoras. Riu batendo forte nas pernas doloridas. Gargalhou tão alto que sentiu uma dor no baço conhecida como *dor de facão* no pé d barriga. Não riu apenas porque soube mais sobre árvore que chora. Riu porque era sisudo e não era acostumado a dar risadas. Havia um rio de sorrisos represados no seu ventre que desaguou naquele dia. Riu até a última gota de riso vazar.

Os dois entraram na casa e meu bisavô contou detalhadamente como tinha chegado à cidade. Falou de seus planos de comercializar os pães e prosperar. Meu bisavô era muito carismático. Ele tinha o dom de atrair a atenção das pessoas como cheiro de pão quente.

— Eu vou te dar parte do dinheiro, mas você vai precisar de um milagre pra fazer tudo o que deseja.

— Obrigado, Senhor. Eu não sei fazer milagres, mas assim como Deus deu poder para uma árvore que chora fazer um homem sorrir, Ele me ajudará a transformar esses tostões em farinha, a farinha em pão, e pão em mais tostões.

Meu bisavô começou a construir um pequeno forno de pedra no beiral de uma casa sem cerca. Ele foi informado que os proprietários da residência moravam em Salvador e fazia mais de um ano que não apareciam. Ele ocupou uma pequena área externa abrigada da chuva, mas não entrou na casa. Lá trabalhava no forno rudimentar durante o dia e repousava de noite. Depois do forno pronto, pegou um trem e desceu pra Baía — era assim que se referiam ao ato de ir à capital — para comprar farinha de trigo e outros mantimentos. Chegando lá, aproveitou que estava em Salvador e foi ver a esposa. Prometeu-lhe que em algumas semanas voltaria para buscá-la.

Com a farinha e o fermento em mãos, foi para o bairro da Calçada do Bomfim, mais conhecido como Calçada, para pegar o trem. Este partia da estação Calçada, que originalmente tinha o nome de estação Jequitaia, e passava por diversos lugares antes de chegar em Camassary. O trem era chamado popularmente de "Pirulito" porque nele havia ambulantes que anunciavam um doce caramelizado embalado em papel de seda. Eles gritavam: "olha o pirulito, olha o pirulito".

O trem partiu da Calçada. Manoel Antônio observava a paisagem pela janela se recordando de que fizera o mesmo percurso caminhando. Passou pelas estações Almeida Brandão, Escada, Peripiri, Paripe, Aratu e Mapele, onde meu bisavô se esforçou para ver da janela a casa onde morou. Depois, passou por Água Comprida, Góes Calmon, Parafuso, Burizeiro e, finalmente, Camassary, onde desceu. Com as mãos cheias de mantimentos, observou o trem prosseguir em direção a Dias D'Ávila, conhecida como Feira Velha e também Capuame.

Em menos de uma semana, desde que chegou em Camassary, Manoel Antônio já preparava as primeiras fornadas de pão. Caminhando sozinho, ele vendia os pães nas portas das casas, carregando um grande cesto sobre o ombro. A cada dia, ele ia conhecendo os moradores do lugar e guardando o dinheiro das vendas. Com muito trabalho, ele foi se integrando à comunidade.

Ainda assim, Camassary era uma local de veraneio e, por isso, nem sempre as vendas eram boas. Poucas pessoas moravam lá, pois a maioria dos visitantes tinha uma residência principal em Salvador. Desta forma, embora Manoel Antônio estivesse progredindo, ele ainda acreditava que não estava avançando na velocidade que tinha planejado. Algo diferente tinha de acontecer. E aconteceu!

Seja bem-vinda, prosperidade!

Antes de dar continuidade ao relato da vida de Manoel Antônio no lugarejo da árvore que chora, é importante ressaltar a que a cidade nasceu de uma propriedade particular. Foi a partir da Fazenda Camassary, que pertencia a família Montenegro desde o período do Brasil Império, que o povoado começou a crescer.

O desembargador Thomás Garcez Paranhos Montenegro era um homem de grande influência e muitas posses. Ele conseguiu fazer com que a estrada de ferro que partia de Salvador passasse por suas terras no final de 1861. A construção da linha férrea acabou atraindo pessoas para os arredores da Fazenda Camassary formando um pequeno povoado com o mesmo nome da sua propriedade. Na verdade, desde o início da colonização do Brasil já havia atividade de pessoas na região. Entretanto, não tenho a pretensão nem o propósito de revisitar a história da cidade nos séculos XVl, XVll e XVlll, mas tão somente ressaltar a relevância da família Montenegro na história de Camassary.

Após a morte do desembargador Montenegro, o casarão onde morava ficou para a sua viúva, dona Thomazina. Após a morte desta, em 1919, a casa foi herdada por seus filhos.

Vista Lateral da Primeira Sede da Prefeitura de Camassary (IBGE).

Muitos anos depois, o casarão que tinha duas janelas retangulares e uma porta de arcada larga com escada de acesso passou a ser a sede Prefeitura Municipal após o desmembramento de Abrantes. Isso ocorreu em 30 de março de 1938, quando Camassary passou a se chamar Camaçari.

Vista Frontal da Primeira Sede da Prefeitura de Camassary (IBGE).

Agora que já destaquei a importância e relevância da família Montenegro para Camaçari, voltarei a falar do meu bisavô. Em um momento oportuno falarei dos Montenegros.

Certo dia, caminhando pela rua com seu cesto de pão, Manoel Antônio encontrou um militar que estava observando o centro da cidade. Meu bisavô cumprimentou o oficial e ofereceu ajuda, depois que percebeu que ele parecia meio perdido.

— Posso ajudá-lo? Eu moro aqui faz algumas semanas. O povoado é pequeno, mas já conheço alguma coisa.

— Obrigado. Eu só estou observando. Vou ter que montar um local para treinamento para os meus homens. Estou pesquisando a estrutura da cidade.

— Seus homens vão ficar muito tempo por aqui ou esse treinamento é de apenas alguns dias?

— O que eu vou fazer dessa vez é apenas o começo. Vamos iniciar o Tiro de Guerra de Camassary. Aqui vai ter um posto permanente do Exército. Estou me preparando para trazer alguns homens para fazer exercícios de força na cidade, mas já vi que não tem muita coisa por aqui. Não tem nem uma padaria — disse o militar.

— Se o senhor me ajudar eu forneço pão para os seus soldados.

— O senhor é padeiro?

— Sim. Olhe só! — sorriu afavelmente ao mesmo tempo em que tirou o pano limpo que cobria o cesto, mostrando os pães.

— É muita coincidência eu ter encontrado o senhor. Eu me precipitei falando que não tinha padaria por aqui — comentou o oficial sorrindo.

— Eu trabalho em padaria desde que era criança. Acabei de montar um forno pequeno que eu mesmo fiz. Estou fazendo pão para os moradores da cidade, mas ainda não dá pra chamar de padaria. Eu preciso de um forno maior para atendê-lo. Deve ter muitos homens no seu batalhão...

— Que tipo de ajuda você precisa para montar a padaria?

— Se o senhor me emprestar o dinheiro, eu preparo tudo antes de seus homens chegarem. Não estou pedindo de graça. Vou te pagar tostão por tostão.

— Quem sou eu para resistir a um homem persistente em um bom propósito? Eu vou te emprestar o dinheiro – respondeu o homem.

Foi assim que Manoel Antônio conseguiu os recursos de que precisava para montar a padaria. Ele pegou o dinheiro com o militar e foi direto para Salvador onde comprou todos os mantimentos. Mas dessa vez ele não retornou para Camassary sozinho. Ele trouxe consigo Maria Assumpção.

Como já foi dito, Camassary era uma cidade de veraneio. No período de férias escolares atraía levas de jovens da classe média de Salvador. Eles adoravam tomar banho no rio que cortava a cidade. Também havia muita abundância de terras na cidade e, naquela época, os terrenos não tinham grande valor comercial.

Além disso, a mão de obra local era barata. Tudo isso estimulava as famílias da capital a construir casas na cidade.

Uma freguesa que comprava pão do meu bisavô ofereceu um pedaço do seu terreno para ele, no qual havia uma casa velha necessitando de manutenção. Ela disse que Manoel Antônio podia morar lá com a esposa pelo tempo que desejasse. Foi nesse terreno que ele montou a padaria.

Com as pedras que coletava nas redondezas, ele construiu um forno maior onde passou a assar os seus pães. Ainda assim, ele continuou utilizando o que já tinha. Fez também alguns reparos na casa para deixá-la confortável. Minha bisavó, por sua vez, saia de casa todos os dias pela manhã e à tarde, com um cesto cheio de pão equilibrado sobre a cabeça levando pão fresco para os moradores.

Quando os soldados do Exército chegaram na cidade para o exercício de força, a padaria já estava pronta. Manoel Antônio começou a vender o pão para o oficial do exército, que comprava o alimento para toda a corporação. Por sua vez, os soldados também compravam pão para o consumo próprio. Aos poucos, as pessoas se acostumaram a ir na padaria comprar pão e Maria Assumpção já não precisava mais sair com o cesto. Assim, ela passou a fazer a venda no balcão.

Dessa forma, Manoel Antônio pagou os dois empréstimos que contraiu, honrando todos os compromissos assumidos. Ele não cobrava do seu primeiro benfeitor o preço dos produtos que sua família consumia na padaria. O homem brigava para pagar pelos alimentos, mas meu bisavô recusava receber o dinheiro. A insistência cessava quando Manoel Antônio mostrava-se ofendido. Essa foi a forma que meu bisavô encontrou de manifestar a sua gratidão. Ele dizia que enquanto morasse em

Camassary nunca cobraria um tostão daquele homem que, mesmo quando não o conhecia, acreditou nele.

Com o passar dos anos, Camassary passou a ser grafada como Camaçari. Também ocorreram mudanças na família do meu bisavô, que começou a crescer. Primeiro nasceu Eduardo, chamado de Dudu. Nos anos subsequentes nasceram Elza, Eleusina e Edelzuíta, que era conhecida como Dedé. Dia após dia, Manoel Antônio continuava prosperando. Ele era conhecido e respeitado em toda a cidade. Era tão correto e austero que foi nomeado delegado.

Em certa ocasião, Manoel Antônio prendeu um jovem que estava urinando em uma das ruas do centro da cidade. O moço tentou intimidá-lo gritando que era o filho do governador. Manoel Antônio não se apequenou e o encarcerou. Só o liberou quando o governador veio à cidade para conhecê-lo. Depois de saber em detalhes do que havia ocorrido com o filho, o governador apertou a mão de meu bisavô e lhe agradeceu por ter dado uma lição no jovem rebelde. O rapaz retornou para Salvador cabisbaixo junto com o pai.

À medida que o tempo passava, Manoel Antônio enriquecia. A sua família também continuou aumentando. Todo ano nascia um filho. Nasceram Antônio Manoel, conhecido como Toinho, que recebeu o nome do avô, Elizabete, chamada de Lizá, e Eulita, conhecida como Litinha. Ainda teve Elorivaldo que não vingou. Este morreu ainda bebê.

Minha bisavó era boa parideira. E tinha de ser, pois não era incomum que muitas mulheres perdessem a vida no parto. Os nascimentos das crianças ocorriam nas casas, pelas mãos de parteiras que aprendiam o ofício desde a mocidade com outras mulheres mais experientes. Poucas localidades, excetos as capitais e as grandes cidades, possuíam médicos.

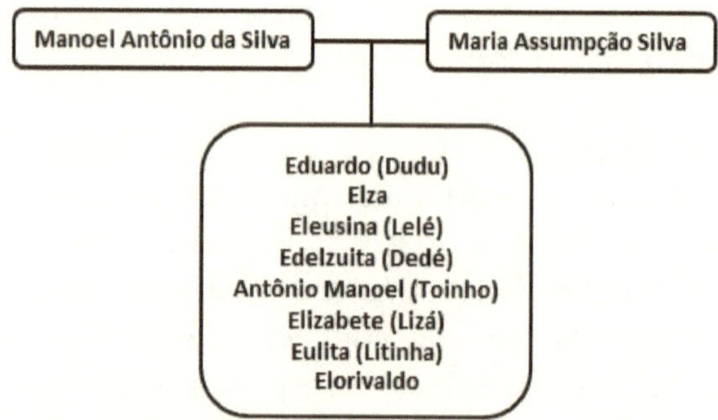

Manoel Antônio, Maria Assumpção e Filhos

Manoel Antônio era conhecido na cidade como seu Né. Ele chegou a ter três carros em uma época em que não era comum ter um único automóvel. Às vezes levava a família de carro para a praia de Arembepe muito antes de o lugar ganhar fama mundial. Arembepe, "aquilo que nos envolve" em Tupi-Guarani, é um distrito de Camaçari que teve origem em uma grande fazenda de coqueiros que aos poucos foi se tornando uma vila de pescadores.

Arembepe dista cerca de trinta quilômetros da sede de Camaçari. Possui praias belíssimas, lagoas de água doce e o majestoso Rio Capivara que corre junto às dunas de areia. Manoel Antônio levava a família dirigindo o seu Ford Modelo T, popularmente conhecido como Ford Bigode, e Dudu, o filho mais velho, ainda pré-adolescente, levava parte dos irmãos guiando um Studebaker. Definitivamente, eles viviam uma vida regalada.

A família desfrutava de Arembepe algumas décadas antes do lugar ganhar projeção mundial como um reduto *hippie,* um paraíso da contracultura, no final da década de sessenta. O lugar ganhou fama quando foi visitado por Mick Jagger, vocalista dos Rolling Stones, em 1969. Outros visitantes ilustres como Roman

Polanski, Janis Joplin, Jack Nicholson, Gilberto Gil, Caetano Veloso, Rita Lee e Ney Matogrosso desfrutaram das maravilhas do lugar.

Em Camaçari, a família de meu bisavô tinha um bom relacionamento com a família Procópio. O patriarca, o Coronel Procópio, morreu na guerra do Paraguai. Antes disso acontecer, ele teve muitas filhas. Elas moravam em uma casa muito ampla, com um jardim repleto de flores, na região central da cidade. Maria Primitiva exercia um papel de liderança entre as irmãs. Era uma excelente bordadeira, especialmente com fios de ouro e de prata. Havia ainda Laura Eugênia, conhecida como Loura, Durvalina, Presídia e Isaura Emídia, mais conhecida como Cabocla.

Lelé era muito amiga de Maria Primitiva, mais conhecida como Mimi. Esta, quando ficou adulta, foi convidada para ser prefeita de Camaçari, mas recusou. Ela era tão articulada que procurou o presidente Getúlio Vargas para solicitar uma pensão, para ela e suas irmãs, em razão da morte do pai na guerra. Getúlio aprovou o pedido. Dizem que a sua decisão ficou registrada até no Diário Oficial.

Eu particularmente, meu caro leitor, acho estranho que a morte do pai das Procópias tenha ocorrido na Guerra do Paraguai. A justificativa é simples: o grande conflito armado da América do Sul ocorreu entre os anos de 1864 e 1870. Então, como as Procópias poderiam nascer nas primeiras décadas do século XX, se o pai delas morreu na guerra? A questão é que talvez ele não tenha morrido na guerra. É provável que ele tenha voltado para casa e se tornado pai muitos anos depois do conflito armado. Ou ainda, ele pode ter morrido na Segunda Guerra Mundial. São apenas conjecturas, não tenho a pretensão de me aprofundar na história da família das Procópias. Só citei essa família porque minha vó Lelé sempre falava muito dela.

Manoel Antônio sabia aproveitar as oportunidades. Ele não se dedicava apenas a padaria, embora essa fosse a atividade a que ele dava mais atenção. Astuto, ele montou uma fábrica de sabão que distribuía a maior parte da produção para os comerciantes de Salvador. Ele ainda foi o proprietário de um cabaré. Meu bisavô se aproveitava do grande fluxo de veranistas da capital baiana que vinha para Camaçari para ganhar dinheiro. Como eram comuns as queixas de não ter o que fazer a noite, ele teve a ideia de abrir um salão onde as pessoas pudessem se divertir.

A notícia do cabaré logo se espalhou na cidade. Temendo problemas com os residentes conservadores e com a igreja local, que confundia o salão como uma casa de prostituição, resolveu fechar o estabelecimento depois do primeiro ano de funcionamento. As beatas da cidade não estavam preparadas para aceitar um cabaré de bom grado, ainda que este fosse do delegado.

Certo dia meu bisavô teve um encontro inusitado. Achou que nunca mais iria trombar de novo com aquele sujeito depois de tanto tempo. É provável que o tucudo estivesse lá pros lados de Dias D'Ávila ou da Vila de Abrantes, senão o teria visto. "Sim, é ele" — pensou alto. Apressou os passos até que o alcançou. Ficaram próximos, face a face, tão perto que por pouco não tocaram os lábios.

— O senhor está me reconhecendo? — perguntou Manoel Antônio.

— Não. O senhor me conhece? Se não se afastar, vou considerar isso uma afronta — respondeu o homem.

— É claro que eu te conheço, quando eu cheguei nessa cidade fui recepcionado pelos seus chutes na estação do trem, você lembra? — Manoel falava ao mesmo tempo em que se movimentava arrodeando o homem que o acompanhava naquela ciranda. As narinas ofegantes chegaram a se tocar.

— Eu? Eu não me lembro disso! — comentou o tenente, quase tonto de tanto rodar.

— Mas eu nunca esqueci. Eu sinto dores na minha perna até hoje. É bom que você saiba que as coisas mudaram — Manoel Antônio advertiu.

— Pois o senhor saiba que eu sou uma au-au-toridade — gaguejou o tenente, sem parar de girar.

— É mesmo? Muito desprazer em revê-lo, notória autoridade! Eu sou o delegado daqui e quero de dar uma instrução: faça-me o favor de quando me vir por aí, pegue o caminho de volta e desapareça.

O tenente se afastou lentamente andando de costas, enquanto Manoel Antônio, agora parado, acendia um Caporal Amarelinho e soltava fumaça pelo nariz. Como a maioria dos homens da época, meu bisavô apreciava fumar. O Caporal Amarelinho e o Yolanda eram os seus cigarros preferidos.

Os Cigarros Preferidos de Manoel Antônio

A padaria continuava crescendo. Tinha o nome de Miscelânea. Ficava no centro, na Praça Desembargador Montenegro, defronte da estação de trem. Como a cidade era pacata, a atividade de delegado era parcial. Meu bisavô se dedicava aos seus negócios na maior parte do tempo. O seu dia se resumia a muito trabalho, alguns tragos de cigarro, um gole de café e o afago de mulher.

Chegou a hora de falar de mulher. Eu queria muito ir direto ao ponto, mas é melhor eu contar as coisas com calma. Eu também preciso falar de Tomaz Berket. Bem, o que posso dizer é que tudo começou na feira da cidade e foi se embrenhando na igreja. Isso mesmo! Foi lá na capela que São Thomaz de Cantuária reprovou com perplexidade o batizado que não deveria ter acontecido.

Meu caro leitor, eu sei que você ficou confuso no parágrafo anterior. A culpa é toda minha, eu confesso. Você nunca entenderá o que eu disse se eu não te contar as coisas importantes que vou falar agora. Deixe-me ver por onde eu começo... A feira! Sim, vou começar pela feira.

Fede, mas serve!

Quando morava em Salvador, meu avô frequentava a feira de Água de Meninos, na Cidade Baixa. A origem do nome dela é controversa. Dizem os mais velhos que havia no local uma enseada denominada Praia da Jequitaia. Lá existia uma barreira de recifes que formavam bacias de águas plácidas quando a maré baixava. Uma dessas bacias era chamada de Água de Meninos.

Outros dizem que os meninos dos bairros do Barbalho e do Santo Antônio desciam para a Cidade Baixa para tomar banho no cais. Isso teria originado o nome "Água de Meninos". Diz-se ainda que o nome resultou do costume dos padres de batizar os meninos na Praia da Jequitaia. Difícil acreditar nisso, pois o batismo católico sempre foi realizado dentro da igreja.

Perto da feira de Água de Meninos era permitida a atracagem dos barcos conhecidos como saveiros que vinham do Recôncavo e das Ilhas que abasteciam Salvador. Eles chegavam abarrotados de itens alimentícios e de utensílios. Essa área havia sido aterrada para dar acesso livre ao mar, o que resultou no prejuízo das praias e os recifes pré-existentes que desapareceram. Lá, foram instaladas as barracas de comércio dos feirantes que viviam em barracos colados à feira.

Como na maior parte da cidade, a higiene na feira deixava a desejar. O cheiro não era bom, mas os frequentadores diziam: "fede, mas serve". Anos mais tarde, a feira de Água de Meninos seria destruída em um grande incêndio, deslocando os feirantes para São Joaquim, que se transformou na maior feira de Salvador.

Em Camaçari, depois de parir tantos filhos, Maria Assumpção deixou de trabalhar na padaria. Ela se dedicou a cuidar das crianças e da casa. Ainda assim, uma empregada se encarregava da maior parte das atividades domésticas, possibilitando uma vida confortável para minha bisavó. Maria Assumpção saia frequentemente com as filhas, especialmente com as mais velhas que podiam caminhar sem o auxílio do colo da mãe. Comprava muitas fazendas e as levava para sua costureira que fazia as roupas para toda a família.

Mesmo depois de dar a luz a oito filhos, Maria Assumpção continuava impressionante. Ela não perdeu a beleza nem o frescor da juventude. Conservava o corpo bem feito e as pernas torneadas que se valorizavam ainda mais quando ela rebolava o quadril que fisgou meu bisavô. Minha bisavó mantinha branquíssimos seus dentes bonitos esfregando-os com os charutos Suerdieck. Por ser mulher do delegado, Maria Assumpção era poupada do cortejo dos homens mais atrevidos. Entretanto, o assédio emanava dos olhares cobiçosos enquanto ela caminhava.

Ela era tão bonita que Lelé e Elza, quando saiam com mãe, deixavam-na alguns passos adiante, apenas para ficarem atrás dela contemplando o seu caminhar. De vez em quando, minha bisavó olhava para trás para espiar as filhas, elas estavam sempre sorrindo, observando o vai e vem do seu remelexo.

Sempre no mês de junho, Maria Assumpção passava a semana do São João em Salvador na casa de sua mãe. Era a oportunidade de levar todos os filhos para verem a avó. Aproveitava também para visitar as amigas dos tempos em que ela trabalhou na fábrica de tecidos. Manoel Antônio, por sua vez, não acompanhava a família. Por ser delegado, ele não achava prudente que se ausentar da cidade por muitos dias. Também se recusava a deixar a padaria e a compra de suprimento nas mãos de terceiros.

A feira de Camassary era repleta de variedades de frutas, verduras, legumes, grãos, utensílios domésticos, móveis de madeira e muitos artigos de artesanatos. Era lá que o meu avô comprava as coisas de que precisava. Ainda assim, a farinha de trigo e o fermento ele trazia de Salvador. A feira de Camaçari não era tão relevante como a feira de Água de Meninos, mas lá se encontrava de quase tudo, inclusive o mau cheiro.

Foi na feira de Camaçari que ele conheceu dona Filhinha. Ela vendia frutas em casa, todas penduradas na janela para atrair os fregueses. Nos dias de feira, porém, ela não ficava em casa. Armava uma pequena banca na feira e comercializava frutas, bolos e doces que ela mesma preparava.

— Bom dia, seu Né. Tudo bem com dona Maria Assumpção e as crianças?

— Bom dia, dona Filhinha. Está todo mundo bem. Essa menina é aquela sua filha? — comentou impressionado com o crescimento da menina.

— Sim. Tá ficando moça. Já tem quase quinze anos. Você não quer levar essa menina para sua casa, não?

— Lá em casa tem um bocado de gente. Já tenho empregada e logo as minhas filhas começam a ajudar. Elza já está ficando mocinha. Você acredita que até a Lelé daquele tamanho já me socorre na padaria? — respondeu Manoel Antônio.

— Mas sua empregada deve fazer só o serviço pesado, seu Né. Leve minha menina para tirar poeira dos móveis e ajudar a sua mulher. Num carece pagar muito. O senhor me dá só um tantinho pra não faltar comida em casa e umas peças de roupas usadas pra moça e já tá bom — insistiu Filhinha.

— Depois eu vejo isso, dona Filhinha. Se eu precisar, te falo depois.

— Faça uma surpresa pra sua mulher, ôme. Ela vai ter mais tempo para bordar e ainda vai ter companhia para prosear. Tadinha da dona Maria Assumpção! A coitada fica conversando só com criança o dia todo. Minha filha é uma boa moça.

— Sabe de uma coisa, dona Filhinha? Não me parece má ideia, não. Em exatamente uma semana a minha família volta da Baía. Manda ela lá pra casa de hoje a oito.

Na semana seguinte, contado os oito dias a partir do dia da conversa na feira, a menina chegou na casa de Manoel Antônio. Chegou trazendo uma sacola com quatro mudas de roupas. Seu nome era Alcídia, mas era conhecida como Nazinha. A adolescente estava prestes a completar quinze anos. Ela possuía lábios grossos e o nariz levemente achatado. Sua sola dos pés tinha a pele grossa e o calcanhar era cheio de rachaduras porque andava descalça. Nazinha era mestiça, filha de homem branco com mulher negra. Tinha os traços d mulher negra, disfarçados em uma pele clara. Seus cabelos eram tão lisos que nem pareciam seus. Ela uma legítima sarará.

Maria Assumpção se afeiçoou muito a ela. Dona Filhinha não errou quando disse que a moça seria uma boa companhia. Em poucos meses as duas passaram a se dar tão bem que pareciam irmãs. A moça estava no paraíso, vivendo uma vida que nunca imaginara ter um dia. Tudo que Manoel Antônio comprava para a esposa, Maria Assumpção fazia questão de também comprar para a jovem. Foi assim que ela adentrou na família. — Era Nazinha pra cá, Nazinha pra lá.

Meu bisavô era muito bem relacionado. Tinha amigos que eram deputados, senadores e que tinham muitas posses. A maioria dos seus filhos viria a ser batizada por pessoas proeminentes da sociedade baiana. Como consequência disso, as crianças ganhavam muitos presentes dos padrinhos e das madrinhas.

Certo dia, conversando com o marido, Maria Assumpção comentou sobre seu desejo de dar Lelé para Nazinha batizar. Manoel Antônio estranhou, mas não criou nenhuma objeção.

Não iria recusar o pedido da mulher, afinal de contas, Lelé deveria ter sido batizada há muito tempo. Assim, minha bisavó acertou o batizado de Lelé com Nazinha. Logo elas seriam mais do que amigas, se tornariam comadres. Estariam ligadas pelo resto de suas vidas perante Deus e a Igreja Católica — não apenas as duas, mas também o meu bisavô, o compadre Manoel Antônio.

É melhor que eu dedique algumas linhas para falar um pouco mais da minha avó. Pode parecer estranho para você, leitor, que eu me refira a uma criança como minha avó. Pois saiba que Lelé, quando adulta, gerou o meu pai. Portanto, eu não erro em chamá-la de vó, ainda que nessa parte do livro ela seja apenas uma criança.

Eleusina Antônia da Silva, conhecida como Lelé, nasceu em Camassary em novembro do ano de 1918. Isso aconteceu alguns meses após o nascimento de Nelson Mandela e poucos dias após a rendição da Alemanha na Primeira Guerra Mundial. A Lei Áurea havia sido promulgada há apenas trinta anos e a Princesa Isabel ainda estava viva. O Brasil era uma jovem república de apenas vinte e nove anos. Delfim Moreira era o décimo presidente do Brasil e Antônio Muniz Sodré de Aragão, o governador da Bahia. Além disso, o mundo passava por uma pandemia de gripe espanhola quando Lelé nasceu.

Quando ela começou a ir à escola, minha avó não entendia muito bem o que a professora lhe perguntava:
— Eleusina diga "A" — pedia a professora.
— Eleusina diga "A" — Lelé respondia.
— Diga "A", menina! — insistia a professora.
— Diga "A", menina. — Lelé respondia ainda com mais vontade.

A menina foi logo aprendendo as instruções da professora e rapidamente se destacou dentre as demais crianças. Por isso não foi difícil para ela entender quando ouviu um zunzunzum em casa de que Nazinha iria batizá-la. Sabia que a madrinha, na falta dos pais, tinha a obrigação de cuidar da afilhada como se fosse sua própria filha. Lelé também aprendeu que a madrinha tinha um poder espiritual tão forte que, se acaso houvesse uma desavença entre as comadres e se a madrinha amaldiçoasse a afilhada, acarretaria em toda espécie de azar para a criança. "Praga de madrinha não há quem tire" — assim diziam na época.

Lelé queria pedir ao pai para não ser batizada por Nazinha, mas não sabia como fazê-lo. Não queria que Nazinha e Maria Assumpção soubessem da conversa porque ficariam magoadas. Na primeira oportunidade que teve, encheu-se de coragem e disse ao pai que queria ter outra madrinha. Manoel Antônio não entendeu muito bem os motivos da filha, mas respondeu que não poderia fazer nada pelo que já estava decidido. Já estava tudo apalavrado com Nazinha. Ele explicou que sua palavra já estava empenhada e que quando a palavra é dada, não se volta atrás. Lelé sentiu calafrios, como se algo ruim estivesse consumindo a sua alma. Uma pressão dentro do peito parecia esmagá-la.

Não teve jeito. Lelé acabou sendo batizada na Paróquia São Tomaz de Cantuária pelo padre José Ramos Maia. Nem o santo aprovou o batismo. A imagem dele expressava um olhar tão triste que parecia real e não uma efígie de Thomaz Backet, o São Tomaz de Cantuária, trazida da Europa pelos Montenegros.

Bem, vou ter que falar dos Montenegros outra vez. Não dá pra não falar deles e de Thomas Backet nesse trecho do livro. Convido você, meu caro leitor, para vir comigo para a Europa Medieval encontrar os elementos de ligação com Camassary.

Thomaz Backet nasceu em Londres em 1117, foi arcebispo de Canterbury (Cantuária) e chanceler da Inglaterra. Exilou-se na França por não concordar com a interferência do Rei Henrique II da Inglaterra nos assuntos da Igreja. Depois de retornar à sua terra, contra a vontade do rei, foi assassinado por quatro soldados ingleses dentro da Catedral de Canterbury, a Catedral de Cantuária, no dia 29 de dezembro de 1179. Sua canonização pela igreja transformou-o em santo pouco tempo depois.

Em Camassary, a devoção por São Thomaz veio através da família do desembargador Thomás Garcez Paranhos Montenegro. O avô de Montenegro era português e devoto do santo lá de Cantuária. A esposa do desembargador, que também era a sua prima de primeiro grau, se chamava Thomazina. O nome dela procedia de seu avô, o Capitão Tomás Paranhos Montenegro. O desembargador Montenegro edificou a Capela de São Thomaz de Cantuária na Vila Thomazina. Ela foi inaugurada em 31 de dezembro de 1911. Organizado, Montenegro apresentou depois da inauguração o balanço das despesas e a receita, como também as doações de pessoas que ajudaram na edificação.

Segundo os próprios registros de Montenegro, foram gastos 12 contos, 341 mil reis e 380 reis com serventes, pedreiros, carpina, pedras, cal, madeiras, tijolos, adobe e ladrilhos, bicas, telhas, vidros, pinturas, tinta a óleo, imagens, confecção do altar mor, transporte de materiais e até mesmo com a desapropriação de uma casa. O desembargador Montenegro tirou do próprio bolso 4 contos e 228 mil reis, sendo os 8 contos e 113 mil reis e 380 reis restantes foram doados por outras pessoas. Ele também contribuiu com o terreno da edificação da Capela e mais 150 metros quadrados de pedras.

O Arcebispo Dom Jerônimo Thomé, por sua vez, ofertou um parâmetro vermelho completo. O Coronel José Sotero Meneses ofereceu o altar mor da Capela do Quartel de Palma, 2 púlpitos e 2 cruzes de pedras. Dona Clara César de Morais doou 1 sino com 78 kg, o Comendador Manoel Severino ofertou 6 portas e dona Julieta de Menezes deu 10 metros de tapete para a Capela Mor. Maria. Joaquina Montenegro Barbosa uma banqueta, o Conselheiro Pedro Joaquim dos Santos deu 2 imagens, o Conselheiro Ponciano de Oliveira deu 1 imagem, Dr. Elvécio da Silva Monte ofertou 1 cruz. Manoel da Costa Guimarães doou 1 vaso de prata para os Santos Olhos e dona Clara Sepúlveda contribuiu com 1 toalha bordada para o Altar mor.

Ziroca Pedrosa ofertou 6 castiçais, dona Maria Alexandrina Montenegro doou os bordados das tolhas do Altar da Comunhão dos púlpitos e as cortinas do sacrário. Alexandro da Costa, João Tavares, João Nepomuceno de Souza e Agido Joaquim da Silva ofereceram alguns carros para a condução de materiais. A Livraria Dois Mundos de Salvador contribuiu com 1 livro de Ata, Mari Xavier Limeira Mesquita ofereceu alguns ramos de flores e a divulgação nos jornais de Salvador foi realizada gratuitamente. Essas informações foram divulgadas em 3 de fevereiro do ano de 1912, pelo próprio desembargador Montenegro.

Voltando ao batizado, foi sob os olhos de São Thomaz de Cantuária que Lelé se tornou afilhada de Nazinha. Agora tinha de tomar a benção e beijar a mão dela todos os dias. Maus presságios passaram a acompanhar Lelé como se uma tragédia estivesse prestes a acontecer. Sim, uma tragédia. Ela não conhecia outra palavra que expressasse com exatidão o evento destruidor que aconteceria não muito tempo depois do batizado.

Um pecado imperdoável

Certo dia, Maria Assumpção estranhou quando Nazinha foi pegar algo na cozinha e demorou para voltar. Quando foi verificar o que tinha acontecido, surpreendeu Manoel Antônio acariciando os seios de Nazinha por sobre o vestido. Ela ficou paralisada por alguns segundos observando a cena. Não conseguia se mexer, embora tenha se esforçado para gritar.

Quando viram que eram observados, Manoel Antônio e Nazinha fizeram movimentos estranhos, como se procurassem por algo. Maria Assumpção conseguiu se recompor fingindo que não tinha visto nada demais. Deixou que eles acreditassem que ela tinha sido enganada com uma desculpa esfarrapada. Disseram que um inseto tinha entrado no vestido de Nazinha e que Manoel Antônio estava tentando encontrá-lo. Minha bisavó não era mais uma menina. Foi criada em comunidades quilombolas e nos guetos de Salvador. Ela tinha até trabalhado como operária em uma fábrica com centenas de funcionários. Ela conhecia muito bem as artimanhas dos homens e das mulheres quando estão abrasados.

Ela estava tão transtornada que chegou a duvidar de si mesma, se realmente tinha visto Manoel Antônio acariciando os seios de Nazinha. Pensou em mandá-la embora, enxotá-la pra fora de casa debaixo de porrada, mas ficou quieta. Talvez a moça não tivesse culpa, podia ser coisa de homem que não pode ver um rabo-de-saia. Minha bisavó não voltou a tocar no assunto. Nem com ele, nem com ela. Calou-se para que todos tivessem paz. Guerreou sozinha com o seu interior. Fez motim contra si mesma. Remiu o tempo remoendo-se de raiva.

Passaram-se alguns dias desde que minha bisavó surpreendeu meu bisavô bolinando a empregada. Ela tentou esquecer, mas não conseguiu tirar aquela cena repugnante de sua memória. Acreditava que tinha sido apenas uma única vez e que não voltaria a acontecer. Esforçou-se para tratar Nazinha com ternura, mas não conseguia fingir. Estava magoada, com raiva, triste. Depois de ficar jururu por muitos dias e por não voltar a ver nenhum movimento suspeito entre os dois, decidiu pensar apenas em coisas boas. Lembrou-se de que Manoel Antônio sempre fora um bom marido e que Nazinha era uma boa companhia.

Não muitos dias depois, as evidências do adultério começaram a vir a público. Não que minha bisavó tenha visto Manoel Antônio e Nazinha juntos de novo. Dessa vez ela foi alertada por sua costureira quando ela foi buscar o vestido que usaria para visitar a sua mãe em Salvador.

— Ô Maria, Nazinha não tá prenha, não? — disse a costureira.

— Prenha? Não pode ser. Ela nem namora! — respondeu assustada.

— E é preciso ter namorado pra embarrigar? Se eu fosse você eu abriria os olhos — aconselhou a costureira.

— Ela só sai comigo. Quase que não vai nem ver a mãe. Como iria se misturar com homem? — falou Maria Assumpção.

— Essa menina era seca que nem um graveto. Não viu como ela tá pegando corpo? Tá até com as cadeiras largas. Espie só o que eu te dizendo: ela tá prenha — sentenciou a costureira com uma convicção tão poderosa que destruiu a fortaleza das ilusões de minha bisavó.

Os maus pensamentos voltaram a se apoderar de Maria Assumpção. Ela decidiu antecipar a ida para a casa da mãe, em Salvador. Lá pensaria um pouco mais sobre as cadeiras largas de Nazinha. Se ficasse em casa o pau iria comer, haveria choro e ranger de dentes. Minha bisavó mandou Nazinha passar uns dias com dona Filhinha e foi para Salvador com os filhos.

Depois de uma semana, minha bisavó retornou para Camaçari com as crianças. Logo ela soube que a notícia de que Nazinha estava prenha de Manoel Antônio já havia se espalhado por toda a cidade. O assunto era motivo de buchicho e chacota por parte de todos. Alguns estavam irados, outros achavam engraçado, mas ninguém estava indiferente à situação.

— O delegado endoidou, foi? — comentou Fulano.

— E num é! Desde que ele montou aquele tal de cabaré eu já desconfiava dele — respondeu Beltrano.

— É mesmo! Eu nem tinha pensado nisso. Acho que o forno da padaria cozinhou os miolos dele. Como é que pode, gente! O desmiolado amassou a massa e tacou-lhe o fermento pra dentro sem misericórdia — intrometeu-se Ciclano, sorrindo.

— Cruz credo! — respondeu uma senhora fazendo o sinal da cruz enquanto olhava para o céu.

As beatas da cidade predispuseram todas as pessoas influentes da cidade contra meu bisavô. Quando ele percebeu que os revoltosos vinham atrás dele, desapareceu. Ninguém conseguiu encontrá-lo. Havia até uma força tarefa de voluntários para procurá-lo. Pela primeira vez, a sua padaria ficou fechada e ele nunca mais voltou lá. Foi a primeira vez que um delegado foi perseguido em Camaçari.

As mesmas pessoas que um dia reverenciaram e louvaram o meu bisavô, agora o execravam. Manoel Antônio tornou-se *persona non grata*. Era o Judas traidor que devia ser malhado e queimado. Passou a ser sinônimo de abominação. Alguns falavam até em capá-lo, igualzinho como se fazia com os porcos. Tinha gente que queria prendê-lo; outros, expulsá-lo da cidade. Sugeriram queimar a padaria, confiscar os seus bens e até mesmo exorcizá-lo, como se fazia na Idade Média.

Meu bisavô sabia que fizera algo imperdoável. Sim, ele traiu a mulher, mas não foi esse o seu maior pecado. Deflorou uma jovem, mas essa não era a sua maior culpa. Engravidá-la também não o fez criminoso, afinal, não foi o primeiro homem nem seria o último a embarrigar uma moça. Ter possuído a melhor amiga da mulher não foi o seu grande erro, pois as mulheres relatam traições de amigas há muitas gerações. O meu bisavô não era inocente, meu caro leitor. Contudo, o desejo das pessoas em ver o circo pegar fogo não estava relacionado a nenhuma dessas coisas.

Não sei quem contou o acontecimento
Surgiu do nada, se espalhou com o vento
Meu bisavô com fogo brincou
E a cidade se incendiou

Que dia ruim! Que dia terrível!
Tempo de caça, nada de trigo.
Dia de fuga, só foge que pode
Corre do povo no Ford Bigode.

Manoel Antônio da Silva

Ninguém conseguiu encontrar Manoel Antônio. Ele fugiu de vergonha. Deve ter passado muitas coisas na mente do meu bisavô. Como encararia Maria Assumpção? E os filhos? E dona Filhinha? E o padre? E os fregueses? Como poderia continuar sendo delegado depois de tudo o que aconteceu? O que iria fazer com Nazinha e a criança que iria nascer?

Ele deve ter concluído que não havia mais jeito. Tinha chegado ao fim da linha e não havia mais estação. Esforçou-se para odiar a cidade, mas não conseguiu. Camaçari fora amor à primeira vista. Se houve traição, partiu dele. Tinha cometido um pecado imperdoável e não podia mais voltar para o lugar onde fora feliz. Mas qual foi o tal pecado imperdoável, mesmo? Responda-me quem for capaz!

Juntando os cacos do fogo amigo

Não se sabe o que aconteceu nos primeiros dias que se sucederam ao escândalo causado por Manoel Antônio. Ele fugiu de Camaçari e acabou seu casamento com minha bisavó. Tudo foi tão dramático que a família apagou tais detalhes da memória. Deus lançou tudo no mar do esquecimento e com o passar do tempo, a vida foi tomando novos contornos após o caos.

Maria Assumpção retornou para a casa da mãe com as crianças. Estava envergonhada e fula da vida. Sentia raiva de si mesma, de Nazinha, de Manoel Antônio e do mundo inteiro. Passou muitos dias pensando e tentando desvendar os mistérios da natureza humana como se fosse encontrar as respostas. Ela havia sido metralhada no peito por seus aliados, não por inimigos declarados. Sofreu uma emboscada dentro de sua casa, desarmada, vulnerável e distraída, por pessoas que amava. Pela misericórdia divina ainda estava viva, lambendo as feridas que tardavam a cicatrizar. Concluiu que, para fogo amigo, não há defesa.

Manoel Antônio reapareceu depois de passar alguns dias com a mãe em Mapele. Como criança mimada e travessa, encontrou afago e apoio no colo de Leonídia que o persuadiu a formar uma nova família com Nazinha. Mas, antes disso, como se seus atos não tivessem trazido consequências, procurou a minha bisavó e tentou persuadi-la para reatar o casamento. Maria Assumpção viu que não lhe caia bem se submeter ao carrasco agressor. Ela fora vítima de um crime sórdido de guerra. Não era tempo de armistício nem de tratado de paz.

Em Camaçari, Nazinha tentava sobreviver às hostilidades dos guardadores da moral e dos bons costumes. Dona Filhinha deixou de ir à feira e não abria nem mais a janela de casa para vender frutas. Vez ou outra se ouvia uma pedra rolar nas telhas de sua casa atiradas pelos verdugos que a atormentavam. Os que não se mostravam hostis, manifestavam-se curiosos para saber detalhes do caso que ouriçou cidade. Filhinha e Nazinha ficaram entocadas dentro de casa por muitas semanas. Fizeram-se reféns das vicissitudes. Quando tentavam esquecer, o ventre avolumado da moça lhes reavivava a memória. Não tendo em quem descarregar sua ira, Filhinha gastava o tempo amaldiçoando Manoel Antônio nos pensamentos. Tal era o ódio que acabou ficando ainda mais amarga, sem afeto e iracunda.

Dona Filhinha tinha outros filhos além de Nazinha. Neném Garrido, casado com Vitalina, tinha uma pensão e um armazém. Ajudava a mãe sempre que podia com alguns trocados; Ernesto, casado com dona Neném (não confundir com Neném Garrido), ficava ora em Camaçari ora em Pojuca; Luiz era um homem rude e agressivo que herdou a pior parte da natureza da mãe; e Pedro Souza, mais conhecido como Piroca, que vivia com a sua segunda esposa, Dinha Olga, do candomblé. Piroca, Ernesto e Neném Garrido eram pessoas de bem; não eram malvados como Luiz.

Ernesto e dona Neném tinham diversos filhos: Luisinho, Toinho, Expedito — chamado de Teté — Ernestinho, Wilson, Diva e Tetê. Ernesto trabalhava na companhia ferroviária, conhecida como Leste, fazendo reparos na linha férrea. Ele acabou se acidentando quando prendeu um dos pés nos trilhos. Como não conseguiu se soltar a tempo, acabou tendo a perna decepada por uma locomotiva.

Ele sobreviveu e passou a andar de muletas. Certo dia, em uma discussão com o pai, Luisinho responde-o com grosseria:

— O senhor era um homem tão bom que o trem cortou sua perna!

Não muito tempo depois, Luisinho foi brincar na estação da cidade quando tentou pular no trem que estava se aproximando. Essa era uma prática comum entre os rapazes. Aguardavam o horário do trem e iam para a estação pegar carona, para logo em seguida se jogar do trem em movimento. Luisinho se desequilibrou e perdeu os dedos de um dos pés que foram cortados pelo trem. O ferimento infeccionou e poucos dias depois ele teve a perna amputada na mesma altura do corte do pai. Esse episódio ficou conhecido em toda a cidade.

Pedro, chamado de Piroca, era também irmão de Nazinha. Ele vivia da coleta de tabatinga. A tabatinga era um tipo de terra, com diversas cores diferentes, que era utilizada para a fabricação de tinta para pintar casas. Era muito comum encontrá-las na região de Camaçari onde hoje está o Polo Petroquímico.

Em certo dia, quando saia de casa para extrair a tabatinga, Piroca decidiu levar Expedido, seu sobrinho conhecido como Teté, consigo. Este era filho de Ernesto. Piroca foi de cavalo e o rapaz foi montado no lombo de um jumento que todos chamavam de Juju. Entretanto, antes de sair da casa do tio, Teté deu jaca para o animal comer. No meio do caminho, Juju se arriou no chão e não levantou mais. O menino achou que o bicho estava morrendo e começou a chamar o tio que estava adiantado.
— Tio Piroca! Juju tá passando mal.
— Você deu alguma coisa pro jegue comer? — perguntou.
— Eu só dei jaca, tio — respondeu o menino.
— Vixe, Maria! Esse jumento não pode comer antes de trabalhar. Agora ele vai dormir.

Nesse dia, Piroca perdeu duas horas de trabalho. Ficou aguardando Juju acordar porque o jumento dormia toda vez que comia. Não tinha santo que o fizesse acordar, só levantava depois de fazer a digestão. Depois de duas horas de sono, Juju levantou e andou. Só parou depois que chegou ao lugar onde Piroca extraia a tabatinga.

Pedro saia todos os dias ao amanhecer, montado no lombo de um cavalo para o trabalho. Tomava apenas um gole de café em sua caneca metálica e só voltava ao anoitecer, quando fazia a única refeição do dia. Continuou vivendo assim mesmo depois dos setenta anos, trabalhando muito e comendo pouco.

Neném Garrido foi o irmão que levou Nazinha para se encontrar com Manoel Antônio quando meu bisavô decidiu assumi-la como companheira. Ele era casado com Vitaliza e tinha três filhos: Élio, José e Carlito. A família tinha uma pensão em Camaçari, mas também tinha uma casa no bairro da Liberdade em Salvador.

Luiz, também era irmão de Nazinha. Era mais conhecido por sua perversidade do que por qualquer outra coisa. Eu vou falar disso em outro momento. Caso eu me esqueça, peço por gentileza para que você me lembre dele, porque a história desse pequeno diabo é digna de menção. Por enquanto, eu vou voltar a falar do meu bisavô Manoel Antônio.

Sem esperanças de ter a mulher de volta, e por acreditar que Nazinha foi vítima e não vilã da toda a confusão que ele mesmo aprontara, Manoel Antônio tomou a decisão de morar com a jovem grávida. Leonídia continuava influenciando as decisões do filho. Ela lutou com todas as suas forças para que ele se afastasse de Maria Assumpção. Por essa razão, meu bisavô mandou um telegrama para Neném Garrido, pedindo que enviasse Nazinha de trem para a estação da Calçada, em Salvador. Meu bisavô pretendia com isso reparar parte do mal que havia feito, tomando Nazinha como sua mulher. Ainda assim, como ele já era casado com Maria Assumpção não podia se casar outra vez. Isso porque, no Brasil o casamento era indissolúvel. Foi somente em 1977 que o divórcio foi regulamentado no Brasil pela Lei 6515 de 26 de dezembro.

Não foi sem refletir que Manoel Antônio tomou a decisão de reconstruir sua vida com Nazinha em outra cidade, em um lugar onde ninguém conhecia seu histórico familiar. Ele escolheu a cidade de São Félix para morar e montar uma nova padaria. Abespinhado por ter sido rejeitado por Maria Assumpção, meu bisavô se recusou a ajudar nas despesas dos filhos.

Com o passar dos meses, Manoel Antônio e Maria Assumpção voltaram a se falar. Mesmo morando em São Félix com Nazinha ele continuava se deslocando para Salvador onde comprava mantimentos para a padaria. Ele aproveitava que estava na Cidade Baixa e ia visitar minha bisavó e os filhos. Lelé um dia chegou a surpreender o pai de cueca no quarto da mãe. As visitas dele se tornaram frequentes. Parecia que voltariam a se reconciliar.

Quando o amor parecia que iria triunfar, minha trisavó Leonídia reivindicou seu papel de megera e agiu como protagonista. Temendo que meu bisavô restituísse o casamento com Maria Assumpção, ela passou a criar intrigas. Ela disse para o filho que Maria Assumpção tinha procurado um feiticeiro para que meu bisavô não conseguisse deixá-la. Disse ainda que "a negra" queria vingança por toda a vergonha que ele a fez passar em Camaçari. Meu bisavô acreditou na mãe. Ele suspeitou que realmente estivesse enfeitiçado porque não parava de pensar na mulher. Ele já estava se preparando para mandar Nazinha de volta para Camaçari quando decidiu dar ouvidos a Leonídia.

Ainda não satisfeita com seu pacote de maldades e decidida a colocar a última pá de cal no casamento do filho, Leonídia foi à casa de Maria Assumpção dizer desaforos.

— Sua negra sem vergonha e feiticeira, eu vim aqui exigir que você deixe o meu filho em paz.

— A senhora está enganada. É ele que vem atrás de mim.

— A mulher dele está prestes a ter um filho. Deixe-os viver em paz, sua macumbeira.

— Ponha-se no seu lugar, dona Leonídia. Segundo as leis dos homens e de Deus eu sou a esposa dele.

— Se você não sair do caminho dele eu vou mandar te dar uma surra, sua negra.

— A senhora é muito exigente, mas pouco atraente. Ainda não percebeu que se acabou a glória de Portugal nessa terra?

— Deus ainda vai me dar a alegria de te ver pedindo esmola na rua — praguejou Leonídia.

Maria Assumpção voltou a trabalhar como tecelã na fábrica. José, irmão de Manoel Antônio, a acudia com alimentos sempre que podia. Delinho, sobrinho de Manoel Antônio, filho de Francisca, também a ajudava como podia. Na verdade, o seu nome era Delivaldo do Nascimento, mas todos o chamavam de Delinho.

Indignada com a falta de contribuição do pai para o sustento dos filhos, Maria Assumpção foi procurar um juiz para que obrigasse o meu bisavô a dar uma pensão para as crianças. Pouco tempo depois, foi surpreendida com a decisão do magistrado que determinou que ela confiasse os filhos para o pai, pois este tinha melhor condição financeira. Sem alternativas em uma sociedade que não respeitava as mulheres, ela entregou as crianças.

Não demorou muito para Manoel Antônio se arrepender de ter se afastado de Maria Assumpção. Ele até que tentou uma nova reconciliação. Escreveu uma carta pedindo que ela lhe desse uma nova chance e voltassem a viver juntos. Lelé leu a carta de resposta de sua mãe, escondida no banheiro da padaria em São Félix. Estava escrito assim: "Manoel Antônio, eu não aceito o seu convite. No lugar onde eu fui rainha, não volto para ser vassala". Essa foi a última vez em que meus bisavós tiveram contato.

O vento

A criança de Nazinha nasceu. Seu nome era Evangelina, mas passou a ser chamada de Vanja. A menina crescia saudável em São Félix até que, depois de seu segundo ano de vida, foi acometida por uma paralisia nas pernas. Isso aconteceu logo depois que o vento passou.

Vanja costumava descer do berço onde dormia para subir na cama da mãe à noite. Nazinha tinha sono pesado. Manoel Antônio não permitia que criança dormisse na cama dele e sempre enxotava a menina. Como ela não podia subir na cama dos pais, acabava adormecendo no chão porque não conseguia subir no berço. Isso aconteceu algumas vezes até que um dia Vanja não conseguiu mais se levantar. Por mais que os pais tentassem não conseguiam colocá-la de pé porque ela não firmava as pernas.

Depois de levá-la ao médico descobriram que Vanja ficaria com uma das pernas atrofiada devido à poliomielite, conhecida como paralisia infantil. Nazinha levou Vanja para uma senhora benzer, conforme o costume da época, mas apenas uma das pernas apresentou melhora. A mulher ficou muito assustada e cheia de culpa. Achava que era castigo de Deus pelo que havia acontecido em Camaçari.

— Mas será que uma filha tem de pagar pelo pecado do pai e da mãe? — falava em voz alta em casa, como quem pergunta pra Deus.

Os vizinhos, livres do julgamento moral e religioso, por desconhecer o que tinha ocorrido em Camaçari, diziam que foi o vento.

— Quando o vento não mata, aleija — assim diziam.

Ainda em São Félix, o meu bisavô conseguiu dar a volta por cima nos negócios. Quando ele chegou na cidade, pegou todo o dinheiro que tinha guardado dos tempos áureos em Camaçari e construiu uma padaria que ele chamou de Grande Panificação Universal. Como o vento levantava muita poeira do chão, ele pediu autorização ao prefeito e mandou fazer todo calçamento da rua.

São Félix era uma cidade próspera na região do Recôncavo, na margem direita do Rio Paraguaçu, próximo à Baía do Iguape. O Rio Paraguaçu, que separa São Félix de Cachoeira, facilitava o transporte aquático para Salvador. A ponte rodoferroviária Dom Pedro II, encomendada pelo imperador de mesmo nome aos ingleses e feita na Escócia, liga até hoje as duas cidades-irmãs.

Lelé sempre atravessava a ponte Dom Pedro II para ir à escola Santíssimo Sacramento em Cachoeira. Era uma escola de freiras e as crianças eram avaliadas pela conduta, polidez, pontualidade, ordem, lições e deveres. A nota máxima era quatorze. Quando divulgavam os resultados dos exames, a professora chamava o nome da aluna e falava a nota em alto, claro e bom som:

— Eleusina Antônia da Silva — gritava a professora, que esperava Lelé ficar de pé. Quando Lelé se levantava, a freira dizia a nota:

— Tudo quatorze!

São Félix e Cachoeira eram cidades historicamente conhecidas pelo protagonismo nas lutas e mobilização social pela independência da Bahia de Portugal, concluída em 1823. As cidades continuaram com posição de destaque na economia regional na segunda metade do século XIX devido à indústria do fumo. Isso ocorreu após a instalação das fábricas de charutos Suerdieck, Dannemann, Costa Ferreira & Pena e Stender & Cia. Havia ainda o cultivo do dendê e um forte comércio de secos e molhados que fomentava a navegação pelo Paraguaçu com a Baía de Todos os Santos, unindo as cidades do Recôncavo à capital Salvador.

Voltando à família e ao vento, Nazinha engravidou outra vez. Teve mais uma menina. Colocou o nome de Carmem, mas todos a chamavam de Dó. Como você deve se recordar, meu caro leitor, Carmem era o nome da primeira filha de meu bisavô. Falei da morte dela ainda criança, de tuberculose contraída da mãe. É provável que ele tenha resgatado o nome da primogênita. Carmem era uma criança saudável e sorridente. Nazinha passou a acreditar que Deus tinha perdoado os seus pecados em Camaçari. Ela não tinha a mínima ideia do vendaval que estava por vir.

Nazinha voltou a engravidar. Emprenhava na velocidade das fêmeas dos preás. Engravidava e paria sem descanso. Ela queria ter um filho homem para chamá-lo de Fernando. Ninguém sabe o porquê, mas ela tinha uma fixação por esse nome. Talvez fosse uma paixão antiga dos tempos de menina. Para sua alegria, pariu um menino. Fernando era chamado de Nandinho.

Poucos dias depois de nascer, Nandinho começou a ter tremedeiras e morreu. Diziam os mais velhos que foi o vento. Mais uma vez colocavam a culpa da morte no ar em movimento. Nazinha ficou abatida. Começou a ter devaneios. Acreditava que Deus tinha se lembrado do seu pecado em Camaçari e voltou a castigá-la. Vivia chorando e olhando para as roupinhas de Nandinho. Recusou-se a se desfazer das peças. Tinha fé que, ainda que estivesse de mal com Deus, teria outro filho e ele se chamaria Fernando. Perder o menino para o vento doeu pra danar!

Quando ainda chorava pela morte do filho, Nazinha emprenhou e pariu outro menino. Era o quarto filho em apenas três anos. Ela reaproveitou todas as roupinhas do menino que o vento levou. Nazinha voltou a sorrir. Ela acreditava verdadeiramente que o menino era fruto do perdão que veio do céu. Pelo amor a Nandinho ela se esqueceu de tudo. Esqueceu-se do filho que morreu e das meninas de Vanja e de Dó, que ainda eram pequenas. Esqueceu-se até de bater em Litinha, a caçula de Maria Assumpção com Manoel Antônio, parte essencial de sua rotina. Tudo girava em torno de Nandinho.

Poucas dias depois de nascer, o menino apresentou os mesmos sintomas apresentados pelo irmãozinho que havia morrido no ano anterior. Ele teve as mesmas tremedeiras no corpo, deixando as demais crianças da casa assustadas. Nazinha rezou três vezes; uma para cada pessoa da trindade — Se um não atender, o outro responde — assim ela dizia. No dia seguinte, o menino morreu. Seu nome era Fernando, mas ela o chamava de Nandinho, exatamente como o filho anterior. Nazinha ficou ainda mais atordoada com a perda do segundo filho.

— Seria mesmo maldição? Castigo de Deus, por ter casado com seu Né? Será que Maria Assumpção fez macumba pra mim?

Desgostosa com a vida, Nazinha foi vivendo como dava. Sentiu-se sozinha, abandonada ao poder do vento. Manoel Antônio estava sempre trabalhando. Ele também perdeu filhos, mas não os enterrou como as suas mulheres, não conhecia a dor de uma mãe quando sepulta um filho. A verdade é que ele nunca esteve presente nos momentos difíceis da despedida. Demorava tanto de chegar de viagem que os dois Nandinhos nem foram registrados. Chegou com uma semana depois do funeral. Vendo-a desolada ele procurou conversar, algo que ele nunca fazia, buscando levar-lhe um pouco de ânimo.

— Não se entregue, não! Eu já perdi uma mulher e três filhos de uma só vez, tudo no mesmo ano, quando era muito mais novo do que você. Perdi também meu pai quando eu tinha cinco anos. Perdi o Elorivaldo... desse eu nem preciso falar porque você já estava lá em casa quando aconteceu. O importante é que eu ganhei mais filhos do que os que a morte me levou. São as vicissitudes de nossas vidas.

— Virtude do quê? — disse Nazinha.

— Eu falei vi-cis-si-tu-des. Elas vêm batendo aos poucos, mordem e assopram, golpeiam e depois param, tentando nos desanimar — tentou explicar, mas desistiu quando viu nos olhos dela que não queria entender mais nada. De repente, como se recobrasse a lucidez, Nazinha desabafou:

— Eu vou emprenhar e parir de novo, seu Né. E meu filho vai se chamar Fernando.

— Deixe de ser teimosa e esqueça esse nome. Dois Nandinhos já morreram. Fernando aqui em casa dá azar.

Mesmo morando com Manoel Antônio já há alguns anos, Nazinha continuava chamando-o de Seu Né, como nos tempos em que era a empregada da casa.

A mulher passou muito tempo chorando. Chorava por tudo. Chorava quando se lembrava de como foi tratada pela população de Camaçari, chorava por Vanja ter dificuldades de caminhar, chorava pela morte dos dois Nandinhos, chorava quando ventava, chorava até mesmo quando não tinha lágrimas para chorar.

Cerca de dois ou três anos após a morte do segundo Nandinho, Nazinha notou que havia vida em seu ventre. Não era verminose, era vida humana. Foi quando parou de chorar e começou a sentir medo. Medo de parir, de amamentar, de trocar as fraldas, das cantigas de ninar, medo do vento e até mesmo de rezar ela tinha medo.

Manoel Antônio esperou alguns meses aguardando o menino vingar para registrá-lo. Na verdade todos temiam que ele fosse morrer. Ainda que o garoto estivesse perfeitamente saudável, eles se acostumaram com a morte de crianças. Só depois que o garotinho começou a se sentar é ele que foi registrado. Meu bisavô pediu ao escrivão para colocar o nome de Manoel, a contragosto de Nazinha que queria que se chamasse Fernando.

Quando soube do nome do menino, Nazinha nem se importou. Não ligava para o que estava escrito no papel. Ela não sabia ler. Para ela o menino era Nandinho. Nandinho pra cá, Nandinho pra lá. E todos passaram a chamá-lo de Nandinho. Manoel, o terceiro Nandinho, sobreviveu ao vento. E Nazinha, agora realizada, voltou a bater em Litinha.

O apogeu e queda de Manoel Antônio

Eulita, chamada de Litinha, era a filha mais nova de Manoel Antônio com Maria Assumpção. Na verdade, Elorivaldo era o caçula. Contudo, ele morreu poucos dias depois de nascer. Litinha era muito pequenina quando seus pais se separaram. Portanto, ela conviveu pouco tempo com sua mãe. Por insistência de Manoel Antônio, Litinha cresceu acreditando que era filha da Nazinha.

Litinha percebeu desde cedo que Nazinha era carinhosa com Vanja e Carmem. A menina se queixava de que Nazinha sempre encontrava alguma razão para castigá-la. À medida que foi crescendo, Litinha deixou de levar palmadas da mãe. Ela passou a ser surrada com cipós, pedaços de madeira - retirados de caixotes de transportar frutas - ou ainda com qualquer outro objeto que pudesse causar ferimentos. Ela tinha muitas cicatrizes espalhadas pelo corpo. Quando Manoel Antônio se queixava dos ferimentos no corpo da filha, Nazinha justificava-os como sendo produto das travessuras da menina no quintal.

Certo dia, Lelé surpreendeu Litinha chorando copiosamente. Suas pernas estavam machucadas da surra que tinha levando de Nazinha.

— Lelé, minha mãe não gosta de mim. Se alguém pegar uma faca e abrir meu coração vai ver escrito que eu gosto mais de minha mãe do que Vanja e Carmem — Falou a menina soluçando

— Pare com isso, minha irmã. Nunca mais diga essas coisas — Lelé respondeu.

— Vanja e Carmem nunca apanham como eu. Elas fazem coisas erradas, mas mamãe só bate em mim. Ela me bate todo dia — queixou-se Litinha.

Lelé angustiou-se muito e resolveu falar revelar que Litinha não era filha de Nazinha.

— Escute só, minha irmã. Hoje eu vou aproveitar que todo mundo já foi dormir e vou te mostrar uma coisa que você não sabe. Mas você vai ter que me prometer que será segredo nosso. Você não pode contar pra ninguém, senão papai vai ficar bravo, entendeu?

— O que é Lelé? — respondeu Litinha, curiosa.

— Espere aqui que eu vou buscar uma coisa.

Lelé saiu do quarto e voltou com alguns documentos que Manoel Antônio guardava em uma das gavetas de um móvel da sala.

— Olha só isso aqui. É a sua certidão de nascimento. Esse papel mostra o seu nome, o nome do seu pai e também o nome de sua mãe.

— O que tá escrito aí? — perguntou Litinha.

— Você já sabe ler. Leia você mesmo — insistiu Lelé.

— Eulita Maria da Silva, filha de Maria Assumpção Silva e de Manoel Antônio da Silva.

— Você entendeu?

— Não. O nome de minha mãe está diferente, Lelé — respondeu Litinha.

— Você vai ler agora a certidão de nascimento de Vanja. Olhe só o nome da mãe dela! Evangelina, filha de Alcídia, entendeu?

— Acho que sim — respondeu Litinha.

— Nazinha é sua mãe? —perguntou Lelé.

— Não. Minha mãe é outra. Minha mãe é a sua mãe? Disse Litinha.

— Sim. Você é minha irmã de pai e de mãe. Nazinha é sua madrasta.

— É por isso que ela me bate? Ela é má como as madrastas das estórias que tudo mundo conta? — deduziu Litinha.

— Sim. E é por isso que ela não bate nas filhas dela. Ela não tem coragem de fazer nada com Elza, Dedé e comigo porque a gente já tá grande e podemos contar pro papai.

Nazinha não tinha uma vida tranquila. Embora fosse a companheira de Manoel Antônio, ela continuou com as mesmas atribuições de quando era sua empregada. Ela era a responsável por cuidar da casa e das crianças. Eram tantas crianças para cuidar que Nazinha se afadigou. Exaurida, ameaçou ir embora.

Foi Arthur Pires, compadre do casal, que quando ficou sabendo que a comadre ia embora, aconselhou-a a ficar. Meu bisavô não ficou preocupado. Ele dizia que ela podia ir quando quisesse. Advertiu a mulher de que se ela saísse de casa não haveria retorno. Ele até ameaçou que mandaria Dudu, que já estava com 16 anos, deixá-la na casa de dona Filhinha em Camaçari. Quando viu que Manoel Antônio não alugaria uma casa para ela morar em São Félix, Nazinha decidiu ficar. Temeu ter que voltar para Camaçari.

Agora que eu toquei no nome dele, preciso falar do compadre Arthur Pires que apareceu de repente na história como conselheiro. Arthur Pires era dezesseis anos mais velho do que o meu bisavô e era casado com Helena Burgos Pires. Ele adquiriu riqueza e prestigio na cidade de São Félix negociando no ramo de secos e molhados. Ele tinha um armazém na Rua do Templo e outro na Rua Dr. Manoel Passos.

Naquele tempo, São Félix foi se consolidando como grande entreposto comercial do Recôncavo Baiano. Arthur Pires conquistou respeito e sucesso como um dos comerciantes mais destacados da cidade. Ele chegou a possuir doze barcos saveiros que transportavam pessoas e mercadorias pelos portos de Salvador, Nazaré das Farinhas, Maragogipe, Cachoeira e São Félix.

No início do século XX, mais de mil saveiros navegavam pela Baía de Todos os Santos. O Pires I, Pires II e Pires III, eram os saveiros mais conhecidos do compadre Arthur Pires. Eles carregavam café, açúcar, farinha, laranjas, mangas e cajus. Levavam também moringas fabricadas em Aratuípe. O custo da viagem de saveiro era baixo, quando comparado aos navios lentos da Cia. de Navegação Bahiana.

Manoel Antônio era muito amigo de Arthur Pires que batizou alguns dos seus filhos. Dudu foi um deles. Meu bisavô sempre quis que o seu filho mais velho trabalhasse na padaria, mas Dudu nunca gostou do comércio. Para tentar dar um empurrão no filho, o meu bisavô combinou com o compadre Arthur Pires para empregar Dudu em seu armazém. Entretanto, Manoel Antônio pagaria o salário do filho sem este saber.

Eles fizeram conforme o combinado, mas o jovem acabou ficando pouco tempo lá no armazém. Além de ser desinteressando, ele tinha o hábito de abrir as mercadorias e comer os doces e outros itens do armazém. Por essa razão, Ele era visto pelo seu padrinho como um exemplo negativo para os demais empregados. Arthur Pires se queixou com o compadre e decidiu que Dudu não ficaria mais lá. Manoel Antônio ficou tão aborrecido com a atitude do filho que o mandou para morar com Leonídia em Salvador.

Sua mãe era muito apegada ao neto a quem chamava de Duduzinho. Nesse tempo, o rapaz namorava uma moça chamada Eurídice. Eles acabaram se afastando devido à mudança de Dudu para a capital. Certo dia, o jovem levou Eurídice escondida para passar um dia com ele na casa de Leonídia e a moça engravidou. Pouco se sabe sobre o filho de Dudu, exceto que seu nome era Wilson. Os pais da criança não se casaram. Ele continuou em Salvador e as informações sobre o paradeiro de Eurídice se perderam com o tempo.

O jovem logo deixou os cafunés da avó e entrou para o Corpo de Bombeiros, onde fez uma carreira brilhante. Só saiu da corporação quando se aposentou como Tenente-coronel. Falarei mais sobre isso em tempo oportuno.

Quanto à Nazinha, ela parou de se queixar da vida que tinha. A mulher era analfabeta, não tinha instrução, mas gozava de boa memória. Sabia que a sua vida em Camaçari seria um inferno. Afinal, ela voltaria a ser hostilizada no lugar onde não deixou boa fama. Portanto, não desejava reencontrar as pessoas que sabiam do seu pecado imperdoável. Assim, a sua ideia de retornar àquela cidade não resistiu a um só dia de reflexão. O pedido do compadre Arthur Pires foi a desculpa que ela precisava para desistir de ir embora. Meu bisavô confidenciou a Lelé, que agora o ajudava na padaria, que se dependesse da vontade dele, Nazinha já teria seguido o seu caminho há muito tempo. Também confessou que se arrependeu amargamente de ter se separado de Maria Assumpção.

— Maldita a hora que aceitei a sugestão de dona Filhinha e trouxe Nazinha pra nossa casa lá em Camaçari — desabafou.

Lelé sabia que o seu pai não estava satisfeito. Ela se recordou dos tempos felizes em que sua mãe preenchia os espaços da casa em Camaçari. Isso porque Maria Assumpção tinha o dom de espalhar harmonia. Parecia que ela ocupava todos os cômodos da casa, rebolando desde o amanhecer. Lelé nunca viu o seu pai abraçar Nazinha, nem presenciou qualquer manifestação pública de afeto entre eles. Havia um abismo cultural entre os dois. Ele era elegante e inteligente. Ela, por sua vez, nunca foi a escola, e era cheia de hábitos. Mesmo depois de muitos anos morando juntos, Nazinha ainda chamava o marido de seu Né.

Retrocedendo ao compadre Arthur Pires, vou contar agora um fato interessante. Depois que ele ficou viúvo você acredita que ele quis se casar com Lelé? Isso mesmo! Como ele já tinha certa idade, ficou tão envergonhado de fazer o pedido de casamento que acabou mandando a própria irmã ir pedir a mão da jovem para o meu bisavô. Lelé não gostou nada da ideia de se casar com o compadre de seu pai. Ela tomou um susto tão grande que quase caiu dura no chão. Até mesmo Manoel Antônio achou estranho o desatino do compadre. Por isso, ele acabou respondendo que Lelé ainda era muito nova para se casar. A partir desse dia, a moça se manteve distante de Arthur Pires. Alguns meses depois, ele acabou se casando com outra pessoa.

Meu bisavô continuou a prosperar em São Félix. A padaria estava cada vez maior. Ele tinha muitos empregados, entre eles Elpídio — que fazia praticamente de tudo —, Teolinda e Lelé, que trabalhavam no balcão de atendimento. Ele chegou até mesmo a comprar todos os instrumentos para a banda da cidade, Naquela época, tais bandas eram chamadas de lira. Também foi o meu bisavô que contratou o maestro.

Manoel Antônio também tinha surtos de arrogância. Certa vez, foi abordado por um policial que alegou suspeita de irregularidades com a documentação do Ford Bigode. O carro do meu bisavô acabou sendo apreendido e ele foi convocado para ir à delegacia prestar esclarecimentos. Chegando lá, provou que toda a documentação estava em ordem e que não havia razão para a apreensão do veículo. Ele ficou tão indignado com a atitude do policial que fez um escândalo na frente da delegacia. Com raiva, ele vendeu o carro ali mesmo por uma ninharia. Quem comprou foi um dos comerciantes que se aproximou da pequena multidão que assistia o meu bisavô gritando. Ele berrava que o policial havia emporcalhado o seu carro, portanto, aceitaria qualquer oferta para se livrar do mesmo.

Manoel Antônio tinha um contador que era responsável por fazer o pagamento dos fornecedores de farinha de trigo e de outros produtos da Panificação Universal. Por depositar muita confiança nesse profissional, ele foi enganado durante alguns anos. Sagaz, o contador não pagava aos fornecedores, embora recebesse o dinheiro para isso. Quando os profissionais cobravam a conta, ele sempre dava uma desculpa, prometendo o pagamento em tempo oportuno. Manoel Antônio confiava tanto no contador que nunca havia lhe pedido os recibos. Por essa razão, meu bisavô aprendeu uma triste lição, a mesma assimilada anos antes por Maria Assumpção: para fogo amigo, não há defesa.

O principal fornecedor de Manoel Antônio era seu Block, um estrangeiro que vivia do comércio de alimentos. Cansado de ser enganado pelo contador, ele foi até à padaria cobrar a divida de farinha de trigo diretamente do meu bisavô. Foi nesse dia que Manoel Antônio foi informado de que seu fornecedor não recebia os pagamentos há dois anos — ele estava com uma dívida impagável. Era tão elevada que teve de entregar a padaria para o credor. A Grande Panificação Universal foi a única padaria que Manoel Antônio construiu e da qual fora real proprietário. Também foi a maior e melhor de todas as padarias que viria a ter. Por causa de sua situação, ele não teve outra opção senão deixar a cidade.

Não foi só o meu bisavô que teve dificuldades com os negócios. Na verdade, São Félix já começava a passar por um momento de declínio econômico. As transformações socioeconômicas na região do Recôncavo foram impulsionadas pelos avanços das comunicações e pela intensificação do transporte rodoviário. A partir da década de 1940, surgiram novos centros regionais. São Félix, Cachoeira, Maragogipe e Nazaré perderam sua primazia econômica, enquanto outras cidades como Santo Antônio de Jesus, Ilhéus, Itabuna, Feira de Santana, Jequié, Alagoinhas e Vitória da Conquista começaram a se destacar. As repercussões desse processo foram sentidas de maneiras diferenciadas pelas famílias de comerciantes que haviam enriquecido em São Félix. Os que permaneceram na cidade tiveram redução do seu patrimônio.

Além disso, os transportes marítimos e ferroviários que tinham sido a principal via de integração do interior da Bahia começaram a perder o protagonismo para as estradas de rodagem. Nas décadas de 50, 60, 70 e 80 foram desaparecendo os trens de passageiros, os saveiros e os barcos da Cia. Bahiana de Navegação.

Depois do golpe que levou em São Félix, Manoel Antônio nunca mais conseguiu se fixar por muito tempo em um lugar. Tornou-se um padeiro itinerante, sempre acompanhado por Lelé que trabalhava no balcão de atendimento. Em sua jornada, ele abriu padarias em Camaçari, São Félix, Aratuípe, Belmonte, Ilhéus, Alagoinhas, São Félix, Faisqueira, Amargosa, Muritiba e Jacu. Em geral, a família se fixava em uma cidade, como ocorreu em Aratuípe e Amargosa, enquanto ele viajava com Lelé abrindo padarias por onde passava. Quando não dava certo em um lugar, movia-se para outro. Voltava para casa só para levar dinheiro.

Depois de perder a padaria, Manoel Antônio recebeu uma visita da morte. Dessa vez, o vento não teve culpa.

A Visita da morte

Após o nascimento de Manoel — o Nandinho que sobreviveu ao vento —, Nazinha teve mais filhos. Vieram Carlos (Carlinho), Celina, Arnaldo (Nadu), Frederico (chamado de Fred e também de Dico), João e Raimundo. Todos eles nasceram no Recôncavo. Os três primeiros vieram ao mundo nas cidades-irmãs de Cachoeira e São Félix. Os demais, em Aratuípe. Seria o nome de Carlos uma homenagem ao primeiro filho de meu bisavô com a primeira companheira que morreu de tuberculose? Eu não sei a resposta para essa pergunta.

Após abandonar a cidade, Manoel Antônio abriu uma nova padaria em Muritiba. Lelé e Teolinda, a empregada do meu bisavô, foram com ele. Nazinha e as crianças ficaram instaladas a cem quilômetros dali, na cidade de Aratuípe. Como as demais cidades do Recôncavo Baiano, Muritiba também tinha muitas fabricas de fumo e experimentava o declínio de sua principal atividade econômica.

Certo dia, Teolinda confessou a Lelé que estava apaixonada por Manoel Antônio. A moça estava tão convicta do seu sentimento que prometeu para si mesma de que iria tomá-lo de Nazinha. Mesmo sentindo raiva da madrinha, que continuava maltratando Litinha, Lelé não quis se meter nesse assunto.

Alguns meses depois de deixarem São Felix, Teolinda engravidou de Manoel Antônio. Ela pariu uma menina que foi chamada de Euzete. Nazinha logo ficou sabendo de tudo. Temendo perder o companheiro, ela pagou uma pessoa de sua confiança para colocar bilhetes debaixo da porta da padaria que sempre diziam: "seu Manel Ontonho. Teolinda esta le falciando". Meu bisavô ignorava as mensagens mal escritas. Lelé suspeitou que as mensagens fossem anotadas por alguém instruído por Nazinha, pois esta morria de medo de ser abandonada pelo marido. Não que ela o amasse, mas temia ter que voltar para Camaçari com os filhos.

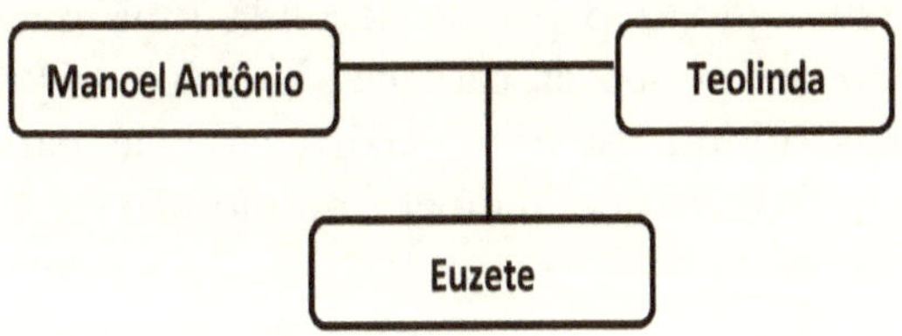

Manoel Antônio, a amante e a Filha

A padaria em Muritiba não prosperou e acabou fechando. O romance com Teolinda também não vingou e ela voltou para São Félix com a criança. Muitos anos mais tarde, Lelé descobriu que Euzete estava trabalhando como dançarina em um circo. Como esse era um trabalho itinerante, elas perderam contato e nunca mais voltaram a se falar.

Manoel Antônio fixou a residência da família em Aratuípe. Essa cidade foi durante muito tempo um distrito de Nazaré. A economia local era baseada principalmente na produção artesanal de produtos cerâmicos, na extração de piaçava e de dendê e em diversas culturas agrícolas. Foi em Aratuípe que a morte, sem que tivesse sido convidada, voltou a aparecer.

Por ser rejeitada e maltratada por Nazinha, Litinha cresceu carente de afeto. Ela era ciumenta. Como Celina costumava dizer que Elza era a sua irmã preferida, Litinha se queixava para Lelé de que Elza não gostava dela. Elza era como uma segunda mãe para os irmãos mais novos, todos disputavam a atenção dela. Litinha também implicava com Lizá. Em um dos últimos atritos entre elas, uma desejou a morte da outra. Aborrecida, Litinha disse que

Lizá deveria morrer. Lizá replicou que quem morreria seria Litinha.

Lelé, por sua vez, era a filha predileta de meu bisavô. Era a única filha que não tinha medo dele e que sempre o ajudou no trabalho. Assumindo o papel de segunda irmã mais velha, ela buscava suprir um pouco da carência de Litinha. Quando queria comprar balas, Litinha sempre recorria a Lelé para interceder junto ao pai, pois dizia que Manoel Antônio não negava nada que Lelé pedia.

Como não podia contar com Lelé em tempo integral, Litinha passou a se dedicar aos estudos. A escola se tornou o seu local de paz e refúgio. A professora se afeiçoou tanto à menina que não começava a aula até que ela chegasse na escola. Quando por ventura faltava à aula por estar machucada, a professora ia buscá-la em casa no dia seguinte. Litinha tinha muita facilidade de aprender qualquer coisa em que fosse instruída. Tornou-se uma exímia bordadeira, a melhor das moças de sua geração. Bordava até com fios de piaçava, uma proeza que poucas senhoras experientes se aventuravam a experimentar.

Quando completou dezesseis anos, Litinha começou a passar mal. Isso aconteceu depois de alguns dias em que tomou banho de rio. Ele tinha febre, calafrios, diarreia, dores no corpo e perda de apetite. Quando ela foi levada ao médico ele diagnosticou que ela estava com febre tifoide. Seu quadro de saúde era grave, diversos dos seus órgãos já estavam comprometidos. Por essa razão, Litinha faleceu alguns dias depois da consulta médica.

No ano seguinte da morte de Litinha, Manoel Antônio alugou um ponto para montar uma padaria em Aratuípe. Como o local estava sujo, ele resolveu levar uma de suas filhas para ajudar na limpeza e organização do lugar. Elizabete, mais conhecida como Lizá, foi com ele. Além de ser muito bela, com os cabelos compridos e lisos, era também prestativa. No lugar onde seria a nova padaria havia muitos medicamentos com o prazo de validade expirado. Meu bisavô pediu que Lizá colocasse tudo em um saco para jogar no lixo. Ela recolheu os remédios, mas não os jogou fora. Levou tudo consigo para casa. No mesmo dia ela tomou os medicamentos e começou a passar mal. Ao ver todos preocupados com Lizá, Arnaldo falou para o pai que viu a irmã escondida tomando remédios. A moça começou a ficar meio boba, não dizia coisa com coisa, estava fora de si. Assustado com a morte recente de Letinha, Manoel Antônio pediu para Lelé ajudá-lo a levar Lizá no médico.

Quando chegaram no consultório, o médico mandou que a moça tirasse a roupa e examinou-a. Ele notou que ela estava com uma ferida em uma das pernas, mas não viu gravidade na lesão que foi identificada como leishmaniose. O médico advertiu que ela estava com intoxicação medicamentosa e que não adiantava mais fazer lavagem estomacal. Ele também alertou que havia grandes chances do problema se agravar devido às altas doses de medicamentos que ela havia tomado. Poucos dias depois, Lizá faleceu aos dezoito anos. Não se sabe ao certo o que motivou a jovem a tomar os remédios. Cogitou-se que ela acreditava que os medicamentos iriam sarar a sua perna. Outra especulação é de que ela estaria ainda estaria triste e se sentindo culpada pela morte de Litinha. Nunca saberemos se ela cometeu suicídio ou se foi apenas um acidente.

Com a partida das duas meninas, as mortes na família deixaram de ser creditadas ao vento. Este se foi, mas a morte, ainda que não tivesse sido convidada, estava disposta a ficar. A desgraça não estava completa.

Uma mulher de ouro

Depois de não obter sucesso comercial em Aratuípe, Manoel Antônio foi com Lelé para outra cidade para montar uma nova padaria. Ele escolheu a cidade de Belmonte, que outrora fora um distrito de Porto Seguro, e que floresceu nos tempos áureos do cultivo do cacau. Meu bisavô decidiu que sua família continuaria morando em Aratuípe. Seu plano era voltar para casa de tempos em tempos levando dinheiro e mantimentos. Em geral, a cada 30 dias, ele passava um final de semana em casa.

Nazinha emprenhou mais uma vez. Sua vida se resumia a parir, cuidar da casa e dos filhos. — Ainda que fosse ruim, era muito melhor do que viver em Camaçari. Ao final do tempo de completar a gravidez ela teve um sonho estranho. Foi advertida por um homem alto, de cabelos louros que lhe falou: "Alcídia, você terá um parto difícil. Dessa vez você não vai escapar".

Lelé, quando retornou para casa com o pai, notou que Nazinha estava diferente. Esta ia parir o seu décimo primeiro filho, contando com os dois Nandinhos que haviam morrido. Quando estendeu a mão para tomar a benção da madrinha pela manhã, Lelé teve um pressentimento ruim. Nazinha tocou-lhe a mão de uma forma diferente. Nesse momento, todos estavam reunidos na mesa para tomar café.

João, o caçula, prestava atenção em todos os detalhes quando a família fazia as refeições. Ele gostava de observar o pai sentado à mesa. Manoel Antônio havia se tornando num homem carrancudo, tanto que o pequenino João nunca o viu sorrir. Quando meu bisavô estava à mesa, todos ficavam quietos e evitavam falar qualquer coisa. João achava estranho ver o pai manuseando a sua xícara enquanto tomava café. Às vezes o café derramava um pouco no pires e o pai levava o pratinho até a boca sugando o líquido com prazer. Quando Manoel Antônio deixou a mesa, Nandinho correu para o lugar do pai para lamber o açúcar residual depositado no fundo da xícara abandonada.

Na hora do almoço, João continuou observando o ritual familiar. Manoel Antônio foi o primeiro a se sentar à mesa. Na verdade era sempre assim porque ninguém se aventurava a tomar o assento antes dele. Em seguida, os filhos se sentaram e aguardaram Nazinha trazer a comida. Nos domingos o almoço era sempre um cozido de legumes, verduras, algumas variedades de carnes e pirão de farinha de mandioca. Ela servia a todos um a um. Celina sempre reclamava quando sua mãe colocava jiló em seu prato:

— Num bota jiló não, mãe.

— Bota dois jilós pra ela! — gritou Manoel Antônio — A primeira coisa que você vai comer é o jiló! — sentenciou.

Manoel Antônio achava um absurdo que seus filhos escolhessem o que iriam comer. Uma fruta era servida como sobremesa. João comia satisfeito observando tudo o que acontecia ao redor da mesa.

Outro ritual cumprido por Manoel Antônio era disciplinar os filhos. Ele batia muito em Nandinho e Carlinho porque eram muito travessos. Arnaldo não apanhava porque sempre foi muito comportado e protegido pelas irmãs mais velhas. João também nunca apanhou do pai, pois era muito pequeno. Fred começou a apanhar tão logo se tornou aprendiz de Nadinho e Carlinho.

Lelé ficou muito incomodada com o pressentimento que teve a respeito da morte de Nazinha. Ela ficou tão agoniada que achou por bem falar com o pai. Não conseguia se desvencilhar do pensamento de que a sua madrinha iria morrer e já não podia guardá-lo consigo. Enquanto se arrumava para voltar para Belmonte, chamou-o para conversar:

— Papai, eu quero falar uma coisa com o senhor.

— O que é, Lelé?

— O senhor não vai ver mais Nazinha.

— Mas por quê? O que aconteceu?

— Nazinha vai morrer.

— Você tá falando isso só porque ela está grávida?

— Não. Uma voz falou aqui dentro de mim!

— Que é isso, menina! Deixe de ser boba. Já chega de falar besteira — Manoel Antônio encerrou o assunto.

Embora não tenha tido a devida atenção do pai, Lelé se sentiu melhor por ter falado. Os dois retornaram para Belmonte no mesmo dia. Não muitos dias depois, Nazinha sentiu as dores do parto. Como era comum nas cidades do interior, mandaram chamar a parteira que veio sem demora. Foi um momento difícil. Enquanto a criança nascia, Nazinha teve uma visão com o mesmo homem do sonho. Ele a mandou chamar o menino de Raimundo.

A mulher sobreviveu ao parto. Os dias foram passando e tudo parecia se encaminhar bem com a criança, mas ela ainda sentia dores. Em Belmonte, Lelé recebeu um telegrama. Na verdade, era uma mensagem para o seu pai, mas Manoel Antônio estava dormindo. Ele sempre tirava um cochilo após o almoço antes de voltar às fornadas na padaria no meio da tarde. Lelé aguardou o pai acordar e lhe entregou o telegrama. Era uma mensagem de Elza, a mais velha de suas irmãs. Manoel Antônio leu a mensagem e entregou o telegrama para Lelé.

— Leia alto você mesma. É da Elza.

— "Papai. Nazinha ganhou neném. Foi homem. Tudo bem".

Lelé não ficou muito convencida, ainda que a mensagem fosse positiva. Ela continuava pensando na visão que teve de que a sua madrinha iria morrer.

— Tá vendo? Você não disse que ela iria morrer? Está tudo bem com ela e com o neném — comemorou Manoel Antônio, aliviado.

— O senhor não acreditou em mim, não foi? Então espere que logo o senhor vai receber outro.

— Outro o quê, menina?

— Outro telegrama. O senhor vai ver!

— Você tá falando bobagem outra vez. Vamos trabalhar, menina — encerrou a conversa.

Em Aratuípe, Nazinha não passava bem. Como estava demorando de se recuperar, pediu para Elza passar outro telegrama para avisar a Manoel Antônio. "Quem sabe ele não se apressa em voltar mais cedo para conhecer o filho" — pensou Nazinha.

Poucos dias depois, Lelé recebeu mais um telegrama em Belmonte. Manoel Antônio estava dormindo, descansando antes de preparar a fornada de pão da tarde. Quando ele acordou, Lelé avisou do telegrama.

— Papai, tem outro telegrama para o senhor.

— Leia aí pra mim — falou ainda sonolento.

— É da Elza.

— Pode ler, deve ser notícias do seu irmãozinho.

— "Papai. Nazinha passando mal. Sua filha Elza. Saudades".

— É, menina. Você, hein! — comentou Manoel Antônio preocupado, lembrando-se do que a Lelé lhe dissera sobre a visão.

— Ainda vem outro telegrama pior, papai. E você não vai gostar, não. Aguarde.

Manoel Antônio não respondeu. Ficou calado. Resolveu se distrair trabalhando. Sabia que o seu compadre João Ricardo estava de olho na família. Ele cuidaria de Nazinha e dos filhos caso acontecesse algum problema. Meu bisavô era precavido.

Como ficava muito tempo longe de casa, sempre deixava o compadre de sobreaviso para acudir a família. João Ricardo Filho, que fora prefeito de Aratuípe entre os anos de 1936 e 1940, era inclusive o padrinho do menino João. Ele não deixava faltar nada para a família. — Era um homem de posses e muito amigo de Manoel Antônio.

O compadre, percebendo o agravamento do caso, resolveu chamar um médico para examinar Nazinha. A parteira sempre estava por lá, pois passava todos os dias para ajudar a dar banho no pequeno Raimundo até o dia do umbigo cicatrizar e cair. Acreditando que não havia nada de grave com Nazinha, o médico resolveu dar uma injeção para que ela se recuperasse mais rápido. Alguns minutos depois de aplicar uma injeção na barriga da paciente, o médico percebeu que havia falhado no procedimento.

— A senhora sabe se essa mulher tem erisipela? — perguntou o médico, falando ao pé do ouvido da parteira.

— Sim, doutor, ela tem — respondeu prontamente a parteira.

— Puxa! Matei a mulher do homem! — disse o médico, como se falasse um palavrão que às vezes escapa sem o consentimento dos lábios, mas sob às ordens do coração. Inadvertidamente, ele revelou seu erro para a parteira, para Nazinha e para a casa inteira que ouviram a frase, em alto e bom som, vibrante como um "puta que pariu".

O médico logo notou a formação de um caroço que surgiu imediatamente após a aplicação da injeção. A barriga de Nazinha ficou roxa e infeccionou. O caroço cresceu tanto que estourou como um furúnculo, vazando uma secreção de pus e sangue. A secreção tinha um odor insuportavelmente fétido, era cheiro de gente morta.

Arnaldo, que não conseguia dormir depois que ouviu o grito do médico, observou que o relógio imenso que ficava na sala parou de funcionar. De algum modo, embora fosse criança, achou que estava acontecendo algo muito grave.

— O carrão parou... o carrão parou! Papai vai ficar zangado — alertou Arnaldo, que não sabia falar carrilhão, por isso disse "carrão".

— Vou mandar para um relojoeiro. Quando papai chegar vai tá funcionando — falou Elza, tentando acalmá-lo.

Foi somente ao amanhecer que Elza falou para as crianças que Nazinha havia morrido. O compadre se encarregou dos preparativos para o sepultamento. A jovem passou rapidamente um telegrama para o seu pai a fim de dar a má notícia. As crianças choraram muito quando os dois homens colocaram Nazinha em um caixão escuro de madeira. Todos acompanharam o corpo em cortejo até o cemitério. Arnaldo não parava de pensar no relógio. Achava que ele havia parado porque a sua mãe tinha morrido. O bebê, por sua vez, continuou chorando nos dias subsequentes — O pequeno Raimundo não parecia estar bem.

Três dias depois de receber o último telegrama de Elza, Lelé recebeu mais um em Belmonte. Desta vez Manoel Antônio estava acordado.

— Papai, chegou mais um telegrama.

— Não quero ler agora! — respondeu assustado.

— Porque o senhor não vai abrir? Pode ser algo importante — insistiu Lelé.

— Antes de ler, eu quero te falar uma coisa que aconteceu comigo ontem de noite.

— Pode falar, papai.

— Quando eu acabei de fornear o pão, eu fiquei arrumando algumas coisas na padaria. De repente, a corda que sustentava as lonas grandes quebrou jogando tudo no chão. Sem motivo algum meus pelos do corpo inteiro começaram a subir e descer. Eu nunca tive esse tipo de arrepio. Fiquei tremendo um pouco, aí eu me sentei e fui melhorando.

— Entranho... Agora que o senhor terminou de falar, é melhor ler logo — falou Lelé ansiosa.

— Não tô com coragem — respondeu Manoel Antônio.

— Me dê que eu vou ler para o senhor ouvir — Lelé tomou o telegrama das mãos o pai, abriu e leu.

— "Papai Nazinha faleceu ontem onze da noite. Elza". Eu não te disse? Ela morreu!

— É, menina... Você tem alguma coisa que não se explica — respondeu Manoel Antônio.

— O que a gente vai fazer agora, papai?

— Vamos ter que voltar pra casa.

Em Aratuípe, Elza e Dedé se revezavam entre acalentar as crianças e cuidar da casa. A casa foi a parte mais difícil. Elas fizeram inúmeras limpezas no imóvel, mas o cheiro da secreção do ferimento de Nazinha não saía. Por mais que lavassem a casa, e passassem produtos de limpeza, não se resolvia. Assim, Elza não viu alternativa senão encontrar uma casa para se mudarem temporariamente porque ninguém suportava o odor. O fedor, misturado com o choro das crianças, criava uma atmosfera ainda mais sombria no lugar.

Elza não encontrou nenhuma casa em Aratuípe para alugar. Mudou-se com os irmãos para a única casa vazia da cidade. Esta não tinha portas e estava abandonada. Resolveu nem levar o relógio para que o pai não achasse que ele foi quebrado na mudança. O objeto era enorme e caro e tinha um pêndulo que balançava lateralmente. Era chamado de relógio de carrilhão.

Quando Manoel Antônio e Lelé chegaram, foram informados pelos vizinhos de que a Elza havia se mudado com as crianças. Vendo que a casa onde seus filhos estavam instalados não tinha condições apropriadas, Manoel Antônio resolveu voltar para a casa onde Nazinha morreu. Embora meu bisavô não fosse mais rico como nos tempos de Camaçari e São Félix, ainda gozava de um padrão de vida confortável. A casa deles, embora alugada, era a melhor de Aratuípe. Concluiu que se fizesse uma pequena reforma e a limpeza com produtos químicos a casa ficaria ainda melhor. Antes de retornar, contratou três pedreiros que trocaram as telhas da casa, lavaram-na com produtos de limpeza industrial e pintaram todas as paredes. Quando Manoel Antônio e os filhos retornaram para a casa reformada, João segurou o pai pelas pernas e começou a chorar. Arnaldo apontou para o relógio e gritou:

— Papai, o carrão parou, o carrão parou!

— Não é carrão, é carrilhão, meu filho — respondeu enquanto observava as crianças assustadas.

Manoel Antônio caminhou lentamente em direção ao relógio e abriu a porta de vidro que dava acesso ao pêndulo. O silêncio era tão ensurdecedor que era possível ouvir a respiração das crianças e os seus coraçõezinhos batendo forte. Ele levantou o dedo e tocou o pêndulo que imediatamente voltou a funcionar. Todos interpretaram que Nazinha queria que Manoel Antônio soubesse o horário em que ela havia morrido. O relógio marcava onze horas. Ao contrário do que esperavam as crianças, ninguém apanhou por causa do relógio.

Algum tempo depois da morte de Nazinha, Manoel Antônio foi informado por telegrama em Belmonte da morte de Raimundo. O menino nunca parou de chorar desde o dia que nasceu. Morreu algumas semanas após a partida da mãe. Dessa forma, Nazinha não passou pela tristeza de ver Raimundo morrer. Certamente, ela questionaria o homem com quem teve a visão no momento do parto. Afinal de contas, ele mandou chamar a criança de Raimundo, mas depois que o nome foi dado, a criança pereceu. Depois disso, ele não voltou para dar satisfação. A única coisa que fez foi, chegar dando ordens a respeito do nome do filho de outrem e desaparecer.

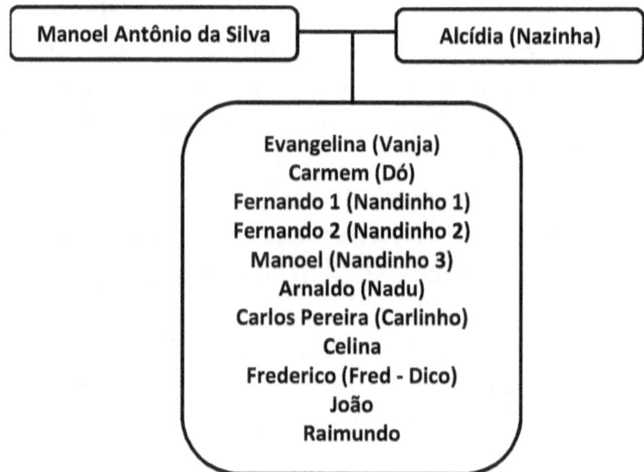

Manoel Antônio, Nazinha e Filhos

Ainda impactado pela morte da mãe, Arnaldo adoeceu. Desde que nasceu, ele sempre foi uma criança muito bonita. Tinha cabelos loiros e olhos azuis. Manoel Antônio chegou até a ficar desconfiado de Arnaldo não ser seu filho porque o menino era diferente de todos os filhos que tinha gerado até então. Ele só se acalmou quando Leonídia falou da aparência física de seus antepassados.

— Deixa de pensar bobagens, meu filho. O menino puxou aos avós e aos familiares de Portugal. Quando ele crescer a cor dos cabelos e dos olhos vai ficar diferente.

— Eu não tinha pensado nisso, às vezes eu me esqueço de que tenho origem portuguesa — disse, Manoel Antônio.

A explicação fez sentido para o pai do menino. Nazinha podia ter muitos defeitos, mas nunca falseou o marido.

Leonídia morreu poucos anos depois do nascimento de Arnaldo. Ela não gostava de médicos e se recusava a tomar remédios. Por ter essa postura, ela faleceu devido a complicações decorrentes de uma infecção urinária.

Poucos meses após a morte de Nazinha, algo estranho aconteceu. Arnaldo, como as crianças da época, dormia de camisola. Ele também urinava na cama. Em vista disso, Manoel Antônio ameaçava que quem molhasse a cama iria tomar seis bolos nas mãos, pois achava que já era tempo do menino parar de molhar o colchão. Arnaldo era muito protegido por Lelé e Dedé, que davam um jeito de virar o colchão ou coloca-lo no sol antes que o pai pudesse ver o que aconteceu. Assim, Arnaldo não apanharia. Certo dia pela manhã, Lelé observou um nó na camisola de Arnaldo. Ela desatou o nó e ficou intrigada com o que vira. Pouco depois ela viu Arnaldo gritando. Ele berrava como se falasse com alguém:

— Nãaaao! Nãaaaao!

— O que foi, Nadu? Porque você tá gritando? — interrompeu, Lelé.

— Tem uma mulher me chamando ali no quintal, mas eu não quero ir. — ele respondeu para Lelé assustado.

— Por que, Arnaldo?

— Porque ela vai me levar naquela coisa preta — respondeu o menino.

— Venha comigo. Vamos lá ver se tem alguma coisa — disse Lelé.

— Não. Ela vai pegar a gente e levar naquela coisa preta.

Lelé entendeu que Arnaldo se referia ao caixão em que Nazinha foi sepultada. Foi procurar algo suspeito no quintal e não encontrou nada. Não foi procurar para acalmar o menino, mas sim porque acreditava que ele falava a verdade. Lelé sabia que somente Nazinha fazia aquele tipo de nó que ela desatou na camisola de Arnaldo.

Dos filhos de Nazinha, Lelé sempre gostou mais de Arnaldo, que era chamado por todos de Nadu. Ele, por sua vez, tinha preferência por Dedé; e depois por Lelé, dentre todos os seus irmãos. Arnaldo era muito amado e não foi a toa que todos ficaram muito preocupados quando ele adoeceu. Com medo de receber um telegrama informando-o sobre a morte do filho, Manoel Antônio resolveu levar Nadu com ele e Lelé para Belmonte. Lá, levaram o menino ao médico.

Quando Arnaldo foi examinado em Belmonte, o médico recomendou apenas banana.

— Vocês vai fazer o que eu disser para sarar o menino. Comprem muita banana. Banana prata verde, banana "de vez" e banana madura.

— Só banana, doutor? Nenhum remédio? — questionou Manoel Antônio, meio incrédulo.

— Não precisa de remédio. Todos os dias ele tem que comer banana madura amassada no garfo em abundância na refeição do café da manhã. Não deve comer mais nada pela manha, só as bananas. Quando as bananas maduras acabarem, as de vez já vão estar maduras, aí vocês amassam e dão para ele comer. Quando chegar nas mais verdes elas já estarão maduras também. Toda vez que ele quiser comer é só dar as bananas.

Manoel Antônio encarregou Lelé de cumprir a recomendação médica, não deixando Arnaldo comer outra coisa, exceto as bananas. Ela logo tratou de orientar o menino.

— Nadu, você está vendo aquelas bananas ali?

— Tô, Lelé — respondeu o menino.

— Você é agora o rei das bananas, são todas suas — apontou para as bananas maduras.

— Eu gosto muito de banana — respondeu o menino feliz.

— Mas tem uma coisa! Você só vai comer as bananas. Não pode comer mais nada. Nem pão, nem bolacha, nem coisa nenhuma até você ficar sarado, tá bem?

— Tá, Lelé — concordou.

Arnaldo era tão obediente que parecia até que Lelé era a sua mãe. Fez tudo conforme prometeu a irmã. Comia as bananas ao longo do dia. Duas semanas depois já estava curado e ajudando o pai na padaria.

Depois que voltaram para Aratuípe, pensando com os seus botões, meu bisavô se lembrou de que Nazinha tinha uma dentadura repleta de ouro. Ele estava inquieto com o fato de ter sepultado uma quantia em ouro considerável. Ele foi ao cemitério e instruiu o coveiro para que, quando o corpo de Nazinha concluísse o processo de decomposição, ele removesse o ouro da ossada e lhe devolvesse. Após o cumprimento dos dias da degeneração do corpo, o coveiro fez conforme o combinado e levou o ouro dos dentes de Nazinha para meu bisavô. Em troca, ele foi recompensado com algumas gramas do precioso metal.

> *Diferente de um coveiro, cujo nome é perdido,*
> *O ouro fica na memória do homem precavido.*
> *Ainda que no túmulo de quem te deu onze filhos,*
> *O ouro será resgatado, não ficará esquecido.*

Após a morte de Nazinha, Elza passou a tomar conta dos irmãos em Aratuípe, auxiliada por Dedé. Os meninos, especialmente Manoel, Carlinho e Fred tornaram-se odiados e insuportáveis para os vizinhos. Eram conhecidos como "os capetas de seu Manoel Antônio".

Os Capetas de seu Manoel Antônio

Os filhos do padeiro eram crianças difíceis de aturar. Na verdade apenas alguns deles: Nandinho, Carlinho e Fred. Eles foram rotulados como "capetas" porque quebravam as vidraças e telhados, além de fazerem pequenos furtos na vizinhança. Eram verdadeiros diabos mirins. Arnaldo nunca esteve entre eles, sempre teve uma conduta exemplar. João, por sua vez, ainda era muito pequeno para acompanhar os irmãos. Os capetas tocavam o terror em Aratuípe. Atiravam pedras nas casas, xingavam os vizinhos, atacavam em bandos as crianças das redondezas. Eles invadiam os quintais e faziam as suas travessuras.

Como já foi dito, eles também furtavam objetos da vizinhança. Não que faltassem provisões em casa, pois Manoel Antônio não deixava faltar nada. O fato é que, depois da morte de Nazinha, os meninos tornaram-se incontroláveis. Principalmente Nandinho, que por ser o mais velho dos filhos de Nazinha, influenciava os irmãos. Eles pegaram tanta má fama que todas as coisas erradas que ocorriam na cidade de Aratuípe eram creditadas aos capetas, mesmo nos poucos casos em que eram inocentes. Como eles eram mentirosos, ninguém acreditava quando diziam a verdade.

Como Manoel Antônio estava sempre ausente trabalhando nas cidades onde abria uma nova padaria, os moradores passaram a se queixar diretamente para João Ricardo Filho, o prefeito. Ele, que também era padrinho do pequeno João, era o responsável por auxiliar a família. Assim sendo, nas ocasiões em que os meninos causavam danos aos demais moradores de Aratuípe, era João Ricardo quem substituía os vidros das casas, reparava todas as avarias e, quando Manoel Antônio retornava de viagem, solicitava o reembolso. Isso já acontecia nos tempos de Nazinha, mas se intensificou depois que ela morreu.

Elza e Dedé continuavam se revezando nas atividades domésticas. Entretanto, a parte mais difícil era cuidar dos irmãos. Elza não via a hora de se casar para se livrar daquele enfado. Ela já estava noiva de Elpídio. Os dois namoravam desde os tempos em que o rapaz trabalhou na padaria em São Félix. Meu bisavô gostava muito dele porque era muito honesto, mas teve de demiti-lo assim como a muitos outros funcionários.

Elpídio juntou o dinheiro de alguns anos do seu trabalho na padaria e montou um pequeno negócio em Nazaré das Farinhas, cidade vizinha de Aratuípe. Ele aproveitou o aprendizado de muitos anos trabalhando com Manoel Antônio e começou a prosperar. Ele plantava legumes, criava porcos e também comercializava seus produtos em uma pequena venda localizada em uma rua movimentada da cidade. Após a morte de Nazinha, Elza decidiu apressar o seu casamento. No período em que Manoel Antônio estava viajando, Elza escreveu para o pai informando que se casaria no civil e iria morar em Nazaré. Foi assim que Elza foi embora de Aratuípe.

Com a partida de Elza para Nazaré, Dedé ficou com a responsabilidade sobre a casa e os irmãos. Embora Lelé fosse um ano mais velha do que Dedé, Manoel Antônio acreditava que ela era mais útil na padaria e deveria continuar com ele nas viagens. Além do mais, como Dedé já estava adaptada a se revezar com Elza nos cuidados da casa e dos irmãos, ela não teria nenhuma dificuldade em assumir tal responsabilidade. Manoel Antônio nunca escondeu sua preferência por Lelé. Dizia para os fregueses que tinha tido vinte e três filhos, mas que Lelé era a preferida dentre todos. A jovem se ofereceu desde pequena para trabalhar com o pai. Elza e Dedé não gostavam do trabalho na padaria, mas Lelé apreciava ficar atendendo as pessoas no balcão enquanto Manoel Antônio preparava as fornadas de pão. Ela acompanhava o pai em todas as viagens que ele fazia. Houve um dia em que Manoel Antônio e Lelé foram visitar Estância. Isso porque ele desejava conhecer o seu local de nascimento. Lelé ficou impressionada com a beleza das mulheres do lugar. Lá, viram o famoso bando de Lampião de longe, no outro lado da margem do rio, quando os cangaceiros passaram pela cidade. Isso ocorreu em 1928.

Bando de Lampião de Passagem em Estância - SE

Lelé ficou tão impressionada com o seu encontro com o bando de Lampião que começou a colecionar textos sobre o cangaceiro. Ela memorizou, ainda menina, um texto de literatura de cordel chamado de "O ABC de Lampião e Maria Bonita" o qual ainda declamava, de cor, aos 100 anos.

Quando ficou adulta, Lelé se tornou uma moça muito formosa. Era tão bonita que atraía a atenção dos rapazes — e até mesmo dos senhores de idade nas cidades em que passava com o pai. Alguns ficavam tão afoitos que até pulavam o balcão da padaria para ficar perto dela, mas eram repelidos por Manoel Antônio que colocava ordem no local.

Lelé, em 1937

Os filhos mais velhos de Manoel Antônio foram se encaminhando na vida. Dudu já estava trabalhando nos bombeiros, em Salvador e crescia na corporação. Toinho nunca superou a separação dos pais. Pouco tempo depois de Dudu ir morar com Leonídia, ele — que tinha o nome do avô, Antônio Manoel — foi trabalhar em uma padaria na Cidade Alta, no centro de Salvador, e por lá ficou. O pouco tempo em que trabalhou com o pai em São Félix foi suficiente para aprender o ofício de padeiro. Manoel Antônio até se ofereceu para comprar uma padaria para o filho em Salvador na época em que ele tinha muito dinheiro, mas Toinho recusou a ajuda do pai. Não queria nada dele, queria crescer sozinho. A razão disso é que ele era orgulhoso e tinha mágoas do pai pelo modo como agiu com sua mãe.

A vida prosseguia. Lelé continuou trabalhando com o pai, enquanto Dedé cuidava da casa e dos irmãos. Sempre que retornava de viagem e recebia queixas dos filhos, Manoel Antônio advertia os meninos de que sua paciência estava se esgotando. Quando as queixas eram demasiadas, mandava-os fazer uma fila para serem disciplinados. O primeiro a apanhar era Fred, que recebia as chibatadas de cinto. Depois vinha Carlinho, que além das lambidas de cinto nas pernas, levava tapas no pescoço. Mas era em Nandinho que Manoel Antônio descarregava toda a sua ira. Houve uma ocasião que ele ficou tão bravo com o rapaz que tentou fincá-lo em uma estaca de bambu. No fundo, foi apenas para dar um susto no filho. Ele acreditava que as travessuras de Nandinho não passavam de soluços da adolescência. Duvidando de que um gole d'agua fosse suficiente para estancar o soluço, ameaçou matá-lo. Arnaldo e João apenas observavam.

Diante de tantas responsabilidades e de uma vida insuportável, Dedé busca motivos que justificassem o fardo que ela carregava. Não havia razão lógica ou espiritual para ser refém de tantos problemas. "Nunca xinguei minha madrinha, sempre respeitei papai e nunca bati em minha mãe. Eu não vim ao mundo para cuidar desses capetas" — falava sozinha enquanto varria a casa.

Suas irmãs não podiam ajudá-la na árdua tarefa de cuidar dos meninos. Evangelina tinha limitações para se locomover e Celina ainda era muito pequena. Sem saída, Dedé arquitetou uma trama que iria mudar completamente a vida dos seus irmãos — Sim, foi Dedé. A mais pura dentre todas as irmãs estava acima de qualquer suspeita. A jovem era tão cândida que só usava roupas brancas. O entanto, eu não vou falar disso agora, meu caro leitor. Eu vou fazer uma pausa para falar do amor de Lelé. Ele certamente irá distrair a sua curiosidade a respeito de Dedé.

A paixão de Lelé

Os negócios de Manoel Antônio em Belmonte não estavam progredindo. Meu bisavô deu continuidade à sua jornada de padeiro itinerante e se mudou para Amargosa. Dessa vez, ele decidiu levar a família junto com ele. Isso porque a casa de Aratuípe estava repleta de más recordações. Em Aratuípe morreram Litinha, Lizá, Nazinha e Raimundo. Foi lá também que Nandinho, Carlinho e Fred se transformaram em verdadeiros capetas. Ele estava cansado de ouvir queixas e já não tinha mais cara para olhar para as pessoas do lugar. Porém, meu bisavô não imaginava que em Amargosa sua vida se tornaria mais amarga.

O local tinha se tornado um centro regional. Estava no percurso da estrada de ferro que ligava Santo Antônio de Jesus com as cidades do Recôncavo. Amargosa era favorecida pelo comércio do café que lhe dava uma posição de destaque na região. Durante a década de 30, ela ficou conhecida como a "Pequena São Paulo", uma analogia com o estado que era o polo cafeeiro do Brasil.

Em amargosa, Nadu começou ajudar o pai na padaria. Ele não tinha nem oito anos nessa época, mas já levava jeito para o trabalho. Lelé continuava atendendo os clientes no balcão. Dedé, por sua vez, permanecia cuidando de Vanja, Dó, Nandinho, Carlinho, Celina, Nadu e João, assim como dos afazeres da casa. Dudu prosseguia progredindo na sua carreira no Corpo de Bombeiros em Salvador. Ele mudava de posição a cada dois ou três anos. Quanto a Toinho, este já era padeiro experiente em Salvador e esboçava planos para se mudar para o Rio de Janeiro.

A padaria não prosperou em Amargosa. Manoel Antônio deixou a família em Amargosa e foi tentar uma melhor sorte com Lelé em Ilhéus. Ilhéus era a cidade com o mais extenso litoral da

Bahia. Ela ficou famosa por ambientar os cenários dos romances de Jorge Amado, como "Gabriela, Cravo e Canela" e "Terras do Sem Fim". Era uma cidade muito próspera devido à cultura do cacau. Meu bisavô se instalou no bairro do Pontal, na baía de mesmo nome. A Baía do Pontal é uma reentrância onde ocorre a confluência dos rios Itacanoeira (também conhecido como Fundão), Cachoeira e Santana. Na época áurea do ciclo do cacau, a baía acomodava o porto para escoamento da produção cacaueira.

Manoel Antônio abriu sua padaria no bairro do Pontal. O lugar era servido de transporte marítimo por lanchas que faziam o transporte para o centro de Ilhéus. Existiam também embarcações de pequeno porte, chamadas de besouros. O cais das lanchas ficava próximo, bem no fundo do Ilhéus Hotel. O mar era bastante revolto. Quando as embarcações passavam pelo canal balançavam tanto que pareciam que iriam afundar. Muitas vezes a proa da lancha batia com tanta força nas ondas do mar que respingava água nos passageiros.

Embarcação de Travessia do Pontal de Ilhéus

As ruas do Pontal eram cobertas de areia e somente poucas delas eram calçadas. Era comum ver os moradores colocarem cadeiras nos passeios e ficarem conversando. Eles ficavam sentados ali por várias horas, sem pressa de retornar para dentro de suas casas. As residências tinham enormes quintais com árvores frondosas, principalmente mangueiras. O Pontal era muito frequentado pelas famílias que vinham para o veraneio.

Foi lá que Lelé conheceu Antônio Domingues Mendes. Quando viu a jovem, ele se apaixonou. Ela já estava com vinte anos. Domingos Mendes falou para um amigo que iria se casar com a moça da padaria, mas o colega não creu nisso.

— Como você vai se casar com uma moça muito mais nova do que você? Dificilmente ela vai se interessar por um homem maduro e ainda viúvo — disse o amigo.

— Minha idade é irrelevante. O importante é que ela goste de mim. O resto tudo se resolve.

Lelé soube desse diálogo entre amigos através de Dalva, que escutou a conversa e lhe contou tudo. As duas também eram amigas e não tinha outro assunto senão Antônio Mendes.

Certo dia, ele abordou Dalva na rua e gentilmente pediu que ela falasse para Lelé que ele queria se casar com ela. Disse ainda que, se a jovem o aceitasse, ele iria pedir o consentimento do pai dela. Dalva contou tudo para Lelé. Minha avó ficou tão entusiasmada que não se conteve e foi correndo contar tudo para o pai.

— O quê? Você já tá pensando em namoro? O que você achou dele? — perguntou Manoel Antônio.

— Eu o achei bonito, papai. Ele é português e bem empregado. É fiscal da Renda Mercantil. Eu o acho um homem muito bacana.

— Olhe aqui, menina. Se você começar essa conversa de namoro com esse português eu vou tirar você da escola — ameaçou.

— Tá bom, papai — Lelé respondeu com tristeza.

Nessa época, as mulheres quase não tinham poder de decisão sobre suas vidas. Contra a sua vontade, Lelé obedeceu ao pai. Isso porque a escola de corte e costura proporcionava muita alegria para ela. A jovem gostava muito de fazer roupas que estavam na moda. A sua escola ficava no centro de Ilhéus, e por isso, Lelé tinha de fazer a travessia de barco ou de canoa todos os dias para ir estudar.

No dia seguinte à conversa com o pai, a moça foi para o cais. Na ocasião, quatro barcos se revezavam na travessia. Quando um deles chegou, ela viu Antônio Mendes desembarcar. Seu coração disparou, ficou muito feliz em vê-lo. Contudo, temendo o pai, ela se escondeu até vê-lo desaparecer entre as pessoas. Lelé continuou fugindo de Antônio Mendes em diversos momentos, até que chegou um dia em que não foi mais possível ignorá-lo.

Certa noite, ela estava com o pai num barco retornando para o Pontal. Estava tudo muito escuro, pois a lâmpada da embarcação estava apagada. Foi então que ela percebeu que Antônio Mendes também tinha embarcado. Meu bisavô estava afastado conversando com o piloto. Ele reclamava das luzes apagadas. Foi nesse momento que Antônio Mendes se aproximou de Lelé e a chamou para conversar.

— Eleusina, se aproxime que eu preciso falar com você.

Lelé não conseguiu se controlar. Ela se esqueceu do pai e foi para perto dele. Acalmou-se quando Antônio Mendes segurou sua mão. Quando Manoel Antônio viu a filha de mãos dadas com o português, berrou:

— Eleusinaaa!!!! — gritou como se fosse o rei da França.

— O senhor é o pai dela? Fique calmo, eu quero me casar com sua filha — adiantou-se Antônio Mendes.

— O senhor não se acha muito velhinho para casar com minha filha?

— O senhor tem um ego sem futuro. Pois saiba que eu vou me casar com sua filha com ou sem o seu consentimento — Antônio Mendes respondeu irritado porque foi chamado de velho.

— É o que veremos! — Manoel Antônio respondeu com rispidez e, quando o barco atracou, saiu com a filha.

Lelé ficou tão assustada com a discussão que chegou a acreditar que Antônio Mendes havia apagado as luzes do barco para raptá-la. Ela gostava dele, mas não queria ser tomada do pai daquele jeito. Manoel Antônio se aborreceu tanto que fechou a padaria de Ilhéus e foi embora da cidade com Lelé. Acreditava que a filha logo se esqueceria do português atrevido.

O entanto, meu bisavô ignorou a longevidade do amor. Pois é, meu caro leitor, mesmo depois de ter completado seu centenário, minha avó Lelé revelou que nunca esqueceu Antônio Mendes. Ela me disse que deveria ter se casado com ele. Quando tivemos essa conversa em setembro de 2019, Antônio Mendes já havia morrido há algumas décadas. Contudo, ela continuou amando-o.

Eu imagino que você não digeriu bem o fato de eu ter interrompido o relato sobre Dedé no capítulo anterior. Mas não fique bravo comigo. Eu quero que você saiba que eu me importo com os seus sentimentos. Em momento oportuno contarei os detalhes da trama engendrada por minha santa tia Dedé. Não se entregue à curiosidade. Tenha paciência, não me apresse. Eu ainda preciso falar de falar de um boêmio lá de Faisqueira.

O boêmio

Após deixar Ilhéus, Manoel Antônio passou por diversas cidades, abrindo e fechando padarias, até que acabou parando em Faisqueira. Como sempre, Lelé foi com ele. Sua família, no entanto, continuou em Amargosa, sob os cuidados de Dedé. Faisqueira naquela época era um pequeno povoado que deu origem a cidade de Ubaitaba. Formou-se à margem esquerda do rio de Contas, numa planície entre as colinas e o rio, numa área destinada à extração de madeira e ao plantio de cana de açúcar e cacau.

Faisqueira era o local onde Alípio e Gertrudes moravam. Alípio era natural de Valença, uma cidade da Região da Costa do Dendê. Ele conheceu Gertrudes quando foi trabalhar em Faisqueira, um povoado perto do seu local de origem, e lá se casaram. Tiveram sete filhos: José César, Dagmar, mais conhecida como Zizinha, Anita, Sofia, Angelina, Olímpio e Jonas.

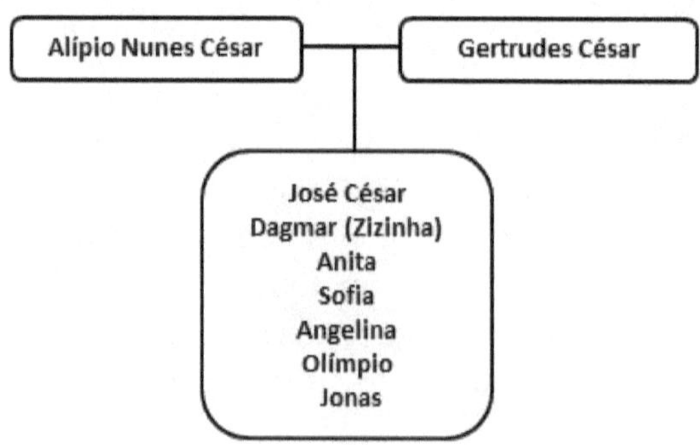

Alípio, Gertrudes e Filhos

Alípio Nunes César era alcóolatra. Bebia ao ponto de entrar em casa montado no cavalo. Por essa razão, ele era agressivo e batia na mulher. O entanto, ele mudou seu comportamento quando se converteu ao Evangelho, parando de beber. Ele e a esposa fundaram a Igreja Batista de Faisqueira, um ponto de pregação localizado na casa em que residiam. Anos mais tarde, construíram uma sede da igreja na cidade. Anos depois, contribuíram para a fundação da Primeira Igreja Batista de Ubaitaba.

Gertrudes era conhecida por muitos nomes. Na verdade, seu nome era Maria Edeltrudes, mas era conhecida como Maria Edelfrides, Maria da Conceição, Maria Gertrudes da Conceição e por Gertrudes César. Ela era analfabeta, mas, acompanhando os cultos com frequência, aprendeu a ler manuseando a Bíblia. Entretanto, diferentemente do marido, que nasceu de novo com a descoberta dos Evangelhos, Gertrudes se aperfeiçoou na hipocrisia dos fariseus. Falarei mais sobre as múltiplas faces de minha bisavó Gertrudes (isso mesmo, minha bisavó) quando eu voltar a esse assunto. Tenha paciência, caro leitor, cada coisa ao seu tempo. Comprometo-me a chamá-la apenas de Gertrudes, assim você não ficará aborrecido com a variação dos nomes e não fará confusão. Tudo o que não quero é que você abandone precocemente a leitura do livro. Sei que já lhe basta a raiva por não saber ainda o que Dedé fez.

Vou detalhar a genealogia dessa parte da família. Não se precipite achando que estou sendo repetitivo. É necessário, acredite em mim!

Alípio e Gertrudes tiveram sete filhos: José César, Dagmar, mais conhecida como Zizinha, Anita, Sofia, Angelina, Olímpio e Jonas.

Olímpio se casou com Hermínia. Deles nasceram José Henrique, conhecido por todos como Liu, Daniel, Nem, Tamburica, Maria Olímpia, Augusto, Rita, Ilma e Índia Neci.

Jonas se casou com Carlinda, mais conhecida como Pituta. Seus filhos foram Jonas, Honorato, Carlos, Val, Gilmar, José Carlos, Gilson, Adiraci, Mariza e Márcia.

Angelina se casou com Antônio e teve uma filha chamada Angeli. Chegaram a se separar depois que ele descobriu que ela tinha um relacionamento extraconjugal com outro homem.

Zizinha não se casou. Tinha fama de excelente cozinheira. Nas épocas de eleição, ela era explorada por políticos locais que utilizavam de seus dotes culinários para dar comida ao povo em troca de votos. Em virtude disso, em períodos de eleição, Zizinha fazia viagens para diversas cidades do interior, nas quais acabava engravidando.

Sofia era casada com Otávio. Este administrava a fazenda Santa Helena que pertencia a Arthur Levigne. Certo dia, ele contratou um capataz conhecido como Firmo para ajudá-lo nas atividades da fazenda. O rapaz era branco e tinha os olhos azuis. Não levou muito tempo para Sofia se envolver com Firmo e engravidar dele. Quando a criança nasceu com pele clara como a do pai, todos deduziram que Firmo era o pai da menina. Ela recebeu o nome de Sueli. Para evitar a continuação do falatório na comunidade, Otávio e Sofia, que eram negros, decidiram entregar a criança branca para Gertrudes e Alípio criar. Além de Sueli, Sofia teve Alzenira, Soélia, Alípio, Aderaldo (Dé), Ariosvaldo (Vado), Arisvaldo (Vaque) e Cremilda (Chica). Como dizia Lelé: "Sofia tinha um parafuso empenado na nuca".

Anita se casou e foi embora para São Paulo morar na cidade de Diadema, levando a sobrinha Sueli com ela. Anos depois, após a morte de Alípio, Gertrudes também foi levada para Diadema, local no qual anos mais tarde viria a falecer. Sueli nunca morou com Sofia, sua mãe biológica. Anita, por sua vez, ficou viúva de

Ataíde, primeiro marido, e de Romualdo, o segundo companheiro. Com este, ela teve três filhos. Anita é a única filha de Alípio e Gertrudes ainda com vida. Todos os seus irmãos e irmãs já faleceram.

Gertrudes não gostava de Zizinha porque esta, não sendo casada, tinha seis filhos com parceiros diferentes. A origem diversa de sua prole desprestigiava a imagem de família cristã que Gertrudes desejava transmitir à igreja que ajudou a fundar. Ela chamava a filha de prostituta e a tratava como empregada. Pobre Zizinha, que não teve os seus pecados ocultados como os de suas irmãs. Gertrudes era a encobridora oficial dos pecados das filhas que ela queria bem.

José César era o filho primogênito de Alípio e Gertrudes. Ele conheceu Lelé em 1938. Foi nessa época que Manoel Antônio e a filha chegaram à Faisqueira e montaram uma padaria. José César não saia do balcão quando ia comprar pão, ficava cortejando Lelé. Além dele, Jonas, irmão de José César, sempre aparecia para conversar com a jovem. Eles se tornaram grandes amigos.

José César era amigo da pitianga, comentava-se que ele bebia desde que tinha sete anos. Também gostava de tocar violão, hábito que era associado aos ébrios. Todos esses atributos não faziam dele um bom pretendente. O rapaz era dois anos mais novo do que Lelé. Nasceu em 19 de março de 1921, no dia de São José, o que motivou os seus pais a chamá-lo de José.

A persistência de José César, que ficava cortejando Lelé na padaria aborreceu muito o meu bisavô. Temendo que Lelé viesse a se envolver com o rapaz, o padeiro encerrou o seu negócio em Faisqueira. Ele foi tentar a sorte em outra cidade. Ele agiu exatamente como fizera no Pontal de Ilhéus para afastá-la de Antônio Mendes. A notícia de que Manoel Antônio desprezou

José César correu a cidade e fez morada no coração de Gertrudes, que, por esse motivo, passou a odiar Lelé e Manoel Antônio. Desiludida com a possibilidade de se casar com Antônio Mendes, Lelé continuou se correspondendo com José César por cartas por oito anos. Ela o atualizava com o endereço de todas as cidades por onde passava.

José César era inteligente e bem informado. Era um rapaz elegante e galanteador. Ele gostava de música e de declamar poesia. Sua caligrafia era muito bonita, impecável, e sua ortografia era perfeita. Embora fosse muito novo, tinha experiência com o Livro Caixa. Apesar de não ser contador de formação, tinha pleno domínio do seu ofício. Era habilidoso com os registros de entradas e saídas dos livros contábeis e até sabia usar a calculadora Facit. José César era até responsável, mas só para coisas de prazo curto. Ele era boêmio.

Em Faisqueira, também havia um homem chamado Adolfo Menezes, proprietário da Loja São José de secos e molhados. Como ele precisava que os seus funcionários residissem próximos da loja, alugou uma casa em Faisqueira para abrigá-los. José César, o primogênito de Alípio e Gertrudes, trabalhava como caixeiro da loja de seu Adolfo. Como a fazenda em que os pais moravam era afastada do centro de Faisqueira, ele passou a morar na casa que fora alugada.

Seu Adolfo contratou uma senhora, chamada Antônia, para lavar as roupas dos seus empregados. Ela acabou engravidando de José César e teve um filho. O menino foi chamado de Israel César. Ele nasceu no dia quatro de abril de 1940, quase dois anos depois de Lelé ter ido embora de Faisqueira. Como Antônia era muito pobre e não tinha condições de criar o filho, resolveu dar a criança para Alípio e Gertrudes. Os avós registraram o menino como filho deles, privando José César de assumir a sua responsabilidade como pai. Assim, o menino foi criado com os avós na Fazenda São José, onde Alípio foi administrador por mais de cinquenta anos. Foi lá que Israel César passou a maior parte da infância e da adolescência. Naquelas terras, passava o Rio Oricó.

Algum tempo depois, seu Adolfo também engravidou Antônia. Embora fosse um homem de posses, nunca assumiu o filho bastardo. Este, quando adulto, tornou-se alcóolatra. Berrava o nome do pai nos espaços públicos da cidade. Clamava por justiça, embriagado, denunciando para todos que um comerciante honrado pode agir como um moleque dissimulado.

Antes que você me cobre, meu caro leitor, eu vou falar de Dedé. É bom eu encerrar logo esse assunto porque eu ainda tenho muitas outras coisas pra contar.

A distribuição amargosa

Como eu já disse algumas vezes, depois que Elza foi morar com Elpídio em Nazaré, a responsável por cuidar da casa e das crianças foi Dedé. A família estava morando em Amargosa.

Depois de não mais suportar as queixas dos vizinhos na nova cidade, minha tia pôs em prática um plano no qual meditava desde que moravam em Aratuípe. Ela escreveu uma carta para o pai dizendo que dona Filhinha, a mãe de Nazinha, havia mandado recado dizendo que queria ficar com os meninos. Segundo Dedé, Filhinha tinha ficado triste com a morte da filha e queria criar os netos. Dedé sabia que Manoel Antônio não falava com Filhinha desde que saiu de Camaçari. Sabia também que ele não voltaria para a cidade. Assim, as chances do seu plano ser bem sucedido eram grandes. Manoel Antônio nunca ficaria sabendo que tudo era mentira. Afinal de contas, Filhinha nunca fez contato algum.

O padeiro acreditou em Dedé, achando que a mãe da defunta queria ficar mesmo com os netos. Concluiu que talvez não fosse má ideia mandar os meninos para a casa da avó em Camaçari. A sua cabeça, a mudança seria boa até para dona Filhinha porque ele iria contribuir com as despesas dos filhos. Ainda assim, Manoel Antônio decidiu que não mandaria todos os filhos de Nazinha. Ele combinou com Elza e Elpídio que mandaria Nandinho para morar com eles em Nazaré. Sabia que Elza tinha parido um menino e não conseguia mais ajudar no comércio do marido. Dessa forma, Nandinho iria morar com eles para ajudar o cunhado. Consequentemente, Manoel Antônio decidiu mandar apenas Arnaldo, Carlinho e João iriam pra Camaçari. Por sugestão de Dedé, ele mandou um telegrama para Neném Garrido, irmão de Nazinha, marcando um encontro com o cunhado na estação da Calçada em Salvador. Quando chegou lá,

Neném se encontrou com Manoel Antônio e com as crianças. Depois da saudação, a conversa deles foi breve.

— Ô Neném, por favor, leva esses meninos para tua mãe e entregue esse dinheiro pra ela. Todos os meses eu vou te dar a mesma quantidade pra pagar as despesas. Você sabe que eu preciso trabalhar e viajo bastante. Sem Nazinha eu não consigo mais tomar conta dos meninos. Como sua mãe é vó deles, achei muito bom ela ficar com as crianças.

Neném pegou o pacote de dinheiro e entrou no primeiro trem com as crianças para Camaçari. Quando chegou na casa de sua mãe, contou tudo conforme ocorrera. Cheia de ira, Filhinha não quis receber o pacote com o dinheiro.

— Amanhã cedo, você volta lá e devolva essa porcaria. Diga a ele que eu não preciso do dinheiro dele — falou Filhinha.

— E como é que a senhora vai cuidar desses meninos, mamãe?

— Faça o que estou mandando, Neném. Não preciso desse pervertido pra nada!

No dia seguinte, Neném foi procurar Manoel Antônio que estava hospedado no Hotel Calçada, bem em frente à estação do trem. Por pouco não o encontrava, pois o meu bisavô já estava de saída.

— Bom dia, Neném. Você se esqueceu de alguma coisa? Aconteceu algo com as crianças?

— Esqueci nada não, seu Né. As crianças estão bem. Foi mamãe. Ela disse que não carece de dinheiro não. Vim devolver o pacote.

— Num precisa? — Manoel Antônio sabia que Filhinha era uma mulher sem recursos.

— Carece não — insistiu Neném.

— Verdade? Como ela vai cuidar de tantas crianças, Neném?

— Num sei. Ela não quer nada seu. Foi isso que ela disse — respondeu.

— Tua mãe está com dinheiro?

— Ela não tem dinheiro não, seu Né.

— Então leve o pacote de volta — concluiu Manoel Antônio.

— Levo não. Ela tá braba. Se eu levar vai dar briga feia.

— Quer saber? Dane-se! Eu preciso trabalhar. Passar bem, Neném. Fale para sua mãe que ela nunca mais verá um tostão meu — disse Manoel Antônio enquanto caminhava enfurecido para a estação.

Em Camaçari, as crianças foram separadas: Arnaldo ficou com Ernesto enquanto Carlinho, Fred e João ficaram com Filhinha. Na casa desta, Carlinho, Fred e João passaram a comer apenas uma refeição diária. Não comiam nada pela manha, nem à noite. Faziam uma refeição apenas na hora do almoço. Tiveram também de trabalhar ajudando a avó e os tios. Na hora de dormir deitavam em uma esteira no chão da casa e se cobriam com um tecido reaproveitado dos sacos de farinha.

Em Amargosa, Dedé teve descanso com a partida dos irmãos. Reduziu-se muito o seu trabalho, pois só Vanja e Celina estavam com ela. Lelé continuou viajando com o pai aonde quer que uma nova padaria fosse aberta. Dudu e Toinho continuaram em Salvador. Nandinho, por sua vez, foi morar com Elza e Elpídio em Nazaré das Farinhas.

Vou falar agora dos rapazes que nasceram nas cidades-irmãs de Cachoeira e São Félix. Estou me referindo a Dudu, Toinho e Nandinho.

Os meninos das cidades-irmãs

Dudu, Toinho e Nandinho não tinham muita coisa em comum, além de serem filhos de Manoel Antônio e terem nascido cidades-irmãs de Cachoeira e São Félix. Os dois primeiros eram filhos de Maria Assumpção. Nandinho, por sua vez, era filho de Nazinha. Cada um dos irmãos trilhou o seu próprio caminho.

Depois que deixou São Felix, Dudu foi para Salvador morar com a sua avó paterna. Com a morte de Leonídia, passou a residir sozinho e construiu uma carreira promissora no Corpo de Bombeiros. Foi em Salvador que ele conheceu Neuza. Ela trabalhava de duas formas distintas: como enfermeira, em um hospital da cidade, e como funcionária de uma rede ferroviária, conhecida popularmente como Leste. Os dois se casaram logo depois de um breve período de namoro.

O casal tinha uma vida conturbada. Embora Dudu fosse muito calmo, ele sempre teve dificuldades de se relacionar com a mulher. Dudu era tão pacífico, Neuza, encrenqueira. Os colegas de trabalho dele costumavam dizer que a sua mulher tinha feito macumba para se casar com ele. Essa ilação não surgiu sem motivos. Certa vez, alguém encontrou uma foto de Dudu e foi mostrar para ele.

— Capitão, Silva! Esse homem na foto é o senhor?

— Sim, sou eu. Como minha foto foi parar em suas mãos?

— Acharam lá no cemitério. Alguém achou o retrato parecido com o senhor e o deixou na portaria.

— Hum... Essa foto foi tirada de minha casa. Eu já sei quem botou a foto lá no cemitério.

— Quem foi, Capitão?

— Deixa pra lá — disse Dudu, sem comentar que fora Neuza.

Neuza também era parteira. Ela fazia muitos partos, mas, por zombaria do destino, nunca teve filhos. Diziam que essa era a razão dela ter ficado amargurada com o marido. Aquele tempo, era corrente a crença de que ter ou não ter filhos determinava a doçura ou amargura de uma mulher. Neuza sabia ser divertida, porém era grosseira e estúpida com Dudu. Quando ele chamava a esposa, ela sempre respondia com aspereza. Ela também o tratava pelo sobrenome. Chamava-o de Silva. Com o passar do tempo, o Capitão Silva progrediu até chegar à posição de Tenente-Coronel.

Dudu e Neuza

Toinho cresceu ressentido com a conduta de pai. Nunca aceitou como Manoel Antônio tratou Maria Assumpção e sempre reprovou o relacionamento deste com Nazinha. Poucos anos depois de ir morar com o pai, Toinho decidiu deixar a casa. Para ele, era insuportável conviver com Nazinha depois de tudo o que tinha acontecido com a sua mãe. Depois de morar e trabalhar como padeiro por alguns anos na Cidade Alta em Salvador, Toinho foi embora para o Rio de Janeiro. Na capital federal, ele trabalhou na padaria Mimosa, localizada na Avenida Monsenhor Félix do bairro de Irajá, até o dia de sua aposentadoria. Ele se casou com uma colega de trabalho, chamada Eliene, que ficava no caixa da padaria. Os dois tiveram uma filha chama da Irismar. Eliene já era mãe de José Olgue, este fruto de um relacionamento anterior.

Toinho tinha um ajudante que gostava de praticar boxe. Seu nome era Bill. Enquanto Bill brincava de socar a massa, Toinho fazia mágica com os números. Todos ficavam impressionados com o testemunho que Bill dava a respeito da habilidade numérica do padeiro no seu ofício. Ele não errava nos cálculos e nunca utilizava papel e caneta para computar a quantidade de farinha necessária para fazer a quantidade desejada de pães. Ele sempre informava a quantidade exata de pão, broa ou qualquer outra coisa que estivesse sendo produzida. Toinho era padeiro de mão cheia. É digno de nota que o filho menos afeiçoado a Manoel Antônio foi o único que deu continuidade à carreira do pai. Ele chegou a ter a oportunidade no Rio de ser o dono de uma padaria, mas costumava dizer que nasceu para ser empregado e não patrão.

Toinho circulava pelo Irajá com uma bicicleta inglesa preta. Mesmo depois de ter se mudado de um imóvel alugado no Irajá para uma casa construída por ele em Vilar dos Teles, em São João de Meriti, ele continuou percorrendo todo o trajeto no veículo de duas rodas. Quando Lelé já tinha filhos e morava com eles em Coelho Neto, Toinho tinha o hábito de deixar várias bisnagas de pão na casa da irmã. O homem era seguro, correto, generoso e imponente. Gostava de receber pessoas em casa, considerando que sempre teve muita fartura na mesa. Enquanto Carlinho era muquirana e mão fechada, Toinho tinha prazer de receber e alimentar os seus convidados.

Falando de Nandinho, ele tinha dezesseis anos quando foi morar com a sua irmã. Foi trabalhar como caixeiro na venda de Elpídio. Ele era irmão por parte de pai de Elza, sendo filho de Nazinha. Elpídio aceitou-o em sua casa porque não queria negar um favor para Manoel Antônio. Seria também uma forma de retribuir o bem que Manoel Antônio lhe fez. Foi com ele que aprendeu a habilidade de negociar quando trabalhou na Panificação Universal em São Félix.

Não demorou muito tempo para que Elpídio estranhasse o fato de seus rendimentos terem reduzido desde que Manoel passou a trabalhar para ele. Ficou desconfiado, mas evitou fazer comentários. Seria indelicado falar de suas suspeitas com o cunhado. Elpídio passou então a observar melhor o caixa e não teve dúvidas de que estava faltando dinheiro. Ele conversou com Elza e ela se prontificou a investigar o que estava acontecendo.

Certo dia, enquanto limpava a casa, Elza descobriu grande quantidade de dinheiro debaixo do colchão que Nandinho dormia. Ela mostrou a quantia para Elpídio, que comentou que ainda não havia pagado o salário do cunhado. Por essa razão, Elpídio chamou o seu empregado para conversar e os dois acabaram discutindo. Nandinho ficou enfurecido por ter sido descoberto e temeu que toda a família descobrisse o que ele aprontou na casa da Elza. Sabia que Manoel Antônio gostava muito de Elpídio e que a sua fama de capeta não era boa.

Sem encontrar uma saída para a situação, Nandinho decidiu matar o marido da sua irmã. Ele pegou a arma de Elpídio escondido e se aproveitou da ocasião em que o cunhado estava jogando damas com um compadre embaixo do pé de aroeira para tentar matá-lo. Ele se aproximou e ficou esperando o momento certo para atirar. De repente, foi surpreendido por Elza que apareceu e ficou na sua frente.

— O que é isso, Nandinho! Você vai me matar, é? — disse Elza.

— Não, eu vou matar o seu marido. Ele me chamou de ladrão.

— Você não vai matar ninguém. Você vai cuidar de mim e do meu filho pequeno, vai?

— Ele me desonrou dizendo que eu sou ladrão — Nandinho se justificou.

— Pois você saiba que fui eu quem achou o dinheiro debaixo do seu colchão. Não vá me dizer que dinheiro de Elpídio foi voando pra lá, foi? — Elza desabafou.

Nandinho abaixou a cabeça e a arma lentamente. Ele ficou muito envergonhado. Disse que só queria o dinheiro para comprar cigarros. Ele entregou o revolver nas mãos de Elza que escondeu o artefato. Elpídio, por sua vez, viu os dois discutindo, mas não percebeu que o cunhado estava com a arma.

A partir desse dia, Elza começou a pensar como faria para se livrar de Nandinho. Não queria trazer os mesmos problemas que enfrentou com os irmãos em Aratuípe para dentro de sua casa.

Voltaremos a esse assunto depois, meu caro leitor. Muitas coisas estavam prestes a acontecer lá em Amargosa. É sobre isso que eu vou contar agora.

O casamento

Depois de trocarem cartas por tanto tempo, José César e Lelé resolveram se encontrar em Amargosa. Fazia quase oito anos desde que se viram pela última vez em Faisqueira. Nessa época, Elza estava em Nazaré com Elpídio, Dudu já estava casado com Neuza e Toinho já tinha se estabelecido no Rio de Janeiro. Dedé, por sua vez, não estava em Amargosa. Ela foi para Salvador ajudar Maria Assumpção que já havia constituído uma nova família, dando à luz mais uma filha. Lelé não viajava mais com o pai, pois ela passou a cuidar de Vanja, Carmem e Celina em Amargosa. Os meninos menores estavam em Camaçari e Nandinho ainda estava morando com Elza.

Quando José César chegou, Lelé estava esperando-o na estação de trem. Ele contou muitas coisas para ela. Falou sobre Israel César, sobre música e também sobre poesias. Falou também de seu trabalho, da sua mudança para Jequié e do seu amor por Lelé. Durantes as horas em que estiveram juntos, conversaram em local público para não dar margem para fofocas. Como fez uma viagem longa, José César passou a noite em uma pousada antes de retornar à sua cidade. No dia seguinte, eles se reencontraram e se despediram na estação de trem.

Quando Manoel Antônio retornou de viagem, algumas pessoas lhe contaram que Lelé havia recebido a visita de um rapaz que pousou na cidade. Deduzindo que a sua filha dormiu com o forasteiro, Manoel Antônio ficou indignado. Ele disse para a jovem que ela havia desrespeitado as irmãs ao trazer um homem para dentro de casa. Quando ele soube que o rapaz era o boêmio de Faisqueira, meu bisavô ficou ainda mais descontrolado. Manoel Antônio estava tão fora de si que disse que só não daria uma surra na filha porque ela já estava com vinte e quatro anos. Durante todo o seu falatório, ele não a deixou abrir a boca. Irado, deixou uma pequena quantia de dinheiro numa gaveta e partiu. Disse que não retornava e, de fato, e nunca mais voltou a vê-las.

O dinheiro acabou em pouco tempo. A casa em que Lelé morava com Vanja e Carmem era alugada. O imóvel pertencia a uma pessoa que tinha diversas propriedades na cidade, mas que residia em Salvador. O tempo foi passando e o aluguel já estava atrasado há seis meses. Ainda assim, a pessoa encarregada de recolher o dinheiro foi benevolente com Lelé. Disse que iria dizer ao patrão que a casa estava desocupada. Ela pediu para Lelé deixar o imóvel, afirmando que não cobraria a dívida. Combinaram, então, que quando ela e as suas irmãs fossem embora deveriam deixar a chave com a vizinha.

Lelé escreveu para Dudu e explicou a sua situação. Nessa época, o bombeiro estava fazendo cursos de aperfeiçoamento no Rio de Janeiro. Ele aconselhou a irmã a escrever uma carta para José César e perguntar se ele tinha a pretensão de se casar com ela. Lelé seguiu a instrução dele. Foram momentos de angústia e espera. Afinal de contas, demorava algumas semanas para uma carta chegar ao seu destino. Mas você já notou quantas cartas foram trocadas nesse pequeno trecho do livro? Então saiba que José César não demorou para responder. Ele escreveu que, se Lelé confiasse nele, ela deveria comprar uma passagem de trem e ir encontrá-lo. Ao saber que Lelé iria embora, Vanja começou a chorar. Ela implorou que a sua irmã a levasse junto com ela. No entanto, a minha avó não tinha dinheiro suficiente para assumir a responsabilidade de levá-la. Assim, aconselhou Vanja a ir com as irmãs para a casa de Elza em Nazaré. Prometeu a ela que escreveria e, se tudo ficasse bem, mandaria buscá-la. Nesse período, José César estava residindo em Jequié. Ele trabalhava na Loja Três Irmãos. O jovem avisou Lelé que, assim que ela chegasse, ele iria restituir o dinheiro que ela pagou pela passagem.

Como ele não podia se ausentar do trabalho, mandou um emissário de sua confiança ir buscar a namorada de trem em Amargosa. Quando essa pessoa chegou, ela já estava esperando-o na estação com a passagem comprada.

Matriz das Lojas Três Irmãos (à esquerda) em Jequié

Vanja decidiu ir com as irmãs para a casa da avó em Camaçari. Como Filhinha já estava com Carlinho, João e Fred, mandou Celina ir morar com Neném Garrido e Vitalina. No entanto, a mulher já tinha três filhos. Assim, ela decidiu que Celina iria para um colégio interno dentro de um convento em Salvador. Dó e Vanja, por sua vez, ficaram sem moradia certa, vivendo em casas de parentes ora Camaçari, ora em Mapele, distrito de Salvador.

José César e Lelé se casaram sem demora. Gertrudes não ficou feliz com essa decisão do filho. Porém não era cisma boba de sogra que não gosta de nora. A mulher abominava Lelé com todas as suas foças. Meus avós se casaram em Jequié, em 1946. Como costume da época, na verdade por um protocolo obrigatório, o nome dos noivos e a data do casamento foram anunciados no jornal impresso. Dudu leu a notícia do casamento da irmã e escreveu para Lelé parabenizando-a. Ao contrário do que Manoel Antônio imaginara, Lelé só se entregou a José César na noite de núpcias.

REPÚBLICA FEDERATIVA DO BRASIL

JEQUIÉ — BAHIA
Cartório do Registo Civil das Pessoas Naturais do
1.ª Ofício da Comarca de Jequié
ALBERTO JOSÉ PINTO JÚNIOR — OFICIAL
Escreventes Autorizada — Antonieta Maia de Aquino, e
Joalice da Silva Bittencourt

Certidão de Casamento   N.º 25

Certifico que do Livro de Registro de Casamento n.º 15, existente em meu poder e Cartório, às fls. 297-V, consta o termo de Casamento do Sr. JOSÉ CESAR SANTOS e ELEUSINA ANTONIA DA SILVA, que após o casamento passou a se chamar ELEUSINA ANTONIA DA SILVA SANTOS, cujo casamento foi realizado em 27 de março de 1946.

O NUBENTE

Estado Civil solteiro
Naturalidade Ubaitaba - Bahia
Profissão comerciario
Nascido em 19 de março de 1921
Filho de Alipio Nunes Cesar e D. Maria Bioltrudes Cesar Santos
Residente em Jequié-Bahia
Testemunhas Pedro Oliveira

A NUBENTE

Estado Civil solteira
Naturalidade Camaçari-Bahia
Profissão domestica
Nascida em 25 de novembro de 1918
Filha de Manoel Antonio da Silva e D. Maria Assumpção Silva
Residente em Jequié-Bahia
Testemunhas Secundino Pereira Nunes

OBSERVAÇÕES

O presente ato foi celebrado Pelo MM Juiz de Direito da Vara Civil Dr. Mario Lins Ferreira de Araujo, sob o regime de Comunhão de Bens. Certidão enta de selos.

Certidão de Casamento de Lelé e José César

Foram as vicissitudes da vida que conduziram a minha vó ao matrimônio. A verdade é que ela continuava gostando de Antônio Mendes, que conhecera em Ilhéus. Depois de pouco tempo, José César pediu transferência para a filial da Loja Três Irmãos em Aiquara, Distrito de Jequié, onde foram morar. Pouco tempo depois, ela engravidou do seu primeiro filho.

Sobrevivendo em Camaçari

Amargosa foi o último lugar em que Carlinho, Arnaldo, Fred e João moraram com Manoel Antônio. Eles foram levados para casa da avó materna de onde foram distribuídos entre os parentes de Nazinha.

Arnaldo ficou com Ernesto e, depois de algum tempo, foi para a casa de Pedro, o Piroca. Já Carlinho, Fred e João ficaram com a avó sob a tutela constante de Luiz, irmão de Nazinha.

E por falar em Luiz, está na hora de voltar a falar dele. Eu pedi que você me lembrasse de contar as suas perversidades. Darei então início aos relatos sobre essa pessoa abominável.

Luiz não gostava João. Ele vivia procurando encontrar motivos para maltratar o garoto. Mandava o menino selar o jumento só para ver o moleque cair. Na época, João era muito magro e barrigudo devido às verminoses. Então, quando tentava colocar a cela no animal, ele não conseguia porque era pequeno e não tinha forças. Por outro lado, esforçava-se muito para se livrar dos coices e das tentativas do jumento de mordê-lo. Quando Luiz de cansava de ver o menino cair e chorar, ele mesmo colocava a cela no animal e ainda batia em João, chamando-o de burro.

Para se divertir, Luiz colocava João em cima do jumento e feria o animal com as esporas colocadas nos pés do menino. Assim, o bicho saía correndo e acabava derrubando João no chão. Luiz se deleitava com a situação. No entanto, com o tempo, João acabou ficando esperto. Ele passou a esconder as esporas para evitar machucar o asno e, consequentemente, ser derrubado.

Luiz não era apenas perverso com João. Ele também não gostava de Fred. Certa vez, Luiz mandou o menino comprar farinha e feijão no armazém debaixo de chuva. Para chegar ao estabelecimento, Fred tinha de atravessar uma ponte de madeira sobre o principal rio da cidade. Quando ele retornou com os mantimentos, o volume do rio tinha subido ao ponto de encobrir ponte. Com medo de apanhar do tio por estar demorando, Fred decidiu atravessar a ponte. A correnteza estava tão forte que arrastou o menino para dentro do rio.

Algumas pessoas que aguardavam o rio baixar para atravessar a ponte começaram a gritar que o garoto tinha sido carregado pela correnteza. Um vaqueiro chamado Evaristo se apressou e conseguiu tirar Fred do rio utilizando uma corda para laçar animais. Todos ficaram surpresos quando o menino saiu do rio agarrado aos sacos de farinha e feijão. Isso porque, com medo de apanhar, ele não deixou os sacos serem levados pela água. Quando Fred chegou em casa, Luiz bateu muito nele porque o feijão estava inchado e a farinha molhada.

Dona Filhinha também odiava os netos. Parecia ter projetado neles toda a ira que sentia contra Manoel Antônio. Por essa razão, João e Fred apanhavam da avó todos os dias. Ela descontava neles as suas frustrações. Carlinho foi o que menos apanhou. Logo ele fugiu de casa e passou a morar nas ruas de Camaçari e de Salvador.

Apesar dos maus tratos, o grande problema de João e de Fred era a falta de alimentos. Eles só comiam uma vez ao dia, depois de trabalhar. Além disso, os meninos tinham de subir nos coqueiros para arrancar os frutos para a avó fazer bolos e cocadas para vender. Eram eles que ralavam a polpa do coco e faziam as entregas dos bolos nos armazéns e nas casas dos compradores. Só depois de terminarem tudo é que podiam almoçar.

Filhinha também vendia bananas. Prendia o cacho na janela e aguardava a chegada dos compradores. Quando ela saía, para evitar que os netos comessem as frutas, colocava todos os alimentos em um quarto e amarrava a porta. A fome era tamanha que João e Fred roubavam parte da comida dos cachorros. Eles chupavam até o pó do coador de café para atenuar o apetite.

Com o passar do tempo, eles aprenderam a enganar a avó. Aproveitando-se de que Filhinha fechava o quarto onde guardava as bananas com um cordão amarrado, eles passaram a saquear as frutas. Os meninos não entendiam o porquê de sempre apanharem quando ela chegava. Ainda que amarrassem a porta sem deixar pistas, ela sempre descobria os saques. Depois de certo tempo, descobriram que Filhinha contava a quantidade de nós que dava no cordão. Observadores, eles passaram a deixar os nós exatamente iguais aos da avó e pararam de apanhar por esse motivo. Outra forma de atenuar a fome era colher frutas das árvores dos quintais da redondeza. Comer frutas não dava sustança, mas pelo menos não ficavam de barriga vazia. Era comum ter pés de frutas nos quintais de todas as casas. Havia bananas, caju, manga, mamão, goiaba, araçá, pitanga, graviola, carambola e outros frutos. Cada um nascia na sua época.

Quando os meninos iam com a avó visitar os tios Ernesto, Neném Garrido ou Piroca, eles também não podiam aceitar os alimentos oferecidos. Se dissessem que não tinham comido, apanhavam quando retornavam pra casa. Se as tias ou os primos insistissem para que comessem algo, eram obrigados a recusar, senão apanhavam de Filhinha quando voltassem para casa. Não havia nada mais terrível para eles quanto recusar alimentos quando estavam com fome. Filhinha era implacável.

Cansado de apanhar da avó, João decidiu matá-la. Nesse tempo, Celina já havia retornado de Salvador. Ela estava morando na casa de Neném Garrido e Vitalina em Camaçari. João, por sua vez, estava se sentindo só. Fred também tinha fugido e ele não tinha mais com quem conversar. Foi por isso que decidiu confessar seu plano macabro para a irmã:

— Celina, eu vou matar minha vó! Eu não aguento mais apanhar.

— Deixe de bobagem, João. Vai matar ela como?

— Eu vou pegar Formicida, um veneno de matar formiga lá na casa de tio Luiz e vou matar ela. Quando ela for fazer uma moqueca de ovo, eu vou botar veneno na comida dela — respondeu João.

— Não faça isso porque depois todo mundo vai descobrir e a situação vai ficar pior pra você — aconselhou Celina.

Convencido por Celina, João desistiu do plano de matar sua avó. Concluiu que dar fim à vida de Filhinha traria as suas consequências e ele continuaria sem ter paz. Nesse dia, o menino estava tão sujo que Celina o levou no rio para lhe dar banho. João se lembrou, então, de quando morava em Aratuípe e em Amargosa. Eram as irmãs que cuidavam dele e o alimentavam com abundância. O banho lavou a sua alma e aquietou o seu coração.

Celina e Carmem foram as únicas irmãs com as quais João tinha contato regular em Camaçari. A primeira passou boa parte da infância em Salvador, no colégio interno em que estudava. Ela só encontrava os irmãos quando ia passar as suas férias em Camaçari. Quanto à Dó, ela ficava transitando de casa em casa, nunca tendo residência fixa até se casar. A casa em que ficou mais tempo foi na residência de dona Chica, mãe de Nelson e Zeca, que a acolheu. Dó chegou a namorar com Zeca, mas foi por pouco tempo. Vanja também ficou morando na casa de conhecidos até o dia em que se casou com Djalma.

Sobrevivendo em Salvador

Arnaldo começou a trabalhar logo que chegou em Camaçari. Aos doze anos ele já ralava na melhor hospedaria da cidade: a Santa Terezinha, conhecida como a Pensão de dona Teté (não confunda esse nome com o apelido do filho de Ernesto).

Etelvina, a dona da pensão, era uma mulher de pele negra que viajou pela Europa com seus ex-patrões. Por ter morado fora do país, ela aprendeu a falar inglês, francês e alemão. Quando seu chefe — o Coronel Lemos — morreu, ele deixou uma casa na Rua do Limão de herança para a sua estimada empregada. Foi assim que nasceu a pensão de Teté.

Um casal de franceses que estava hospedado na pensão de Teté ficou tão impressionado com a dedicação de Arnaldo que o chamou para ir trabalhar em sua loja de produtos europeus localizada nos arredores do Farol da Barra, em Salvador. Era comum a presença de franceses nessa região. Na Ladeira da Barra, inclusive, funcionava uma pensão para franceses que depois se transformou no Hotel Colonial onde hoje é a sede da Aliança Francesa da Bahia.

Sabendo da notícia, Dona Teté alertou os europeus de que Arnaldo tinha parentes na cidade e, por isso, não podia ir para Salvador sem o consentimento da sua família. Em vista disso, o casal conversou com Piroca e Ernesto, que autorizaram que os franceses levassem o sobrinho para a capital. Foi assim que Arnaldo foi trabalhar em uma loja de produtos importados no bairro da Barra. Certo dia, o filho adolescente do casal pegou certa quantidade de dinheiro na bolsa do pai. Ao ser questionado pelo patrão a respeito do valor, Arnaldo se sentiu tão ofendido que resolveu deixar o trabalho. Ainda no mesmo dia, o casal descobriu que fora o próprio filho que pegou a quantia do pai. Arnaldo não quis ficar, mesmo depois de muita insistência dos pais do rapaz. Ele foi para a Fazenda Garcia, na Cidade Alta, onde tinha feito amizade com uma freguesa da loja da Barra que o recomendou para um novo trabalho.

Na Cidade Alta em Salvador, circulavam poucos carros particulares. Era comum ver algumas marionetes que tinham um único terminal na Praça da Sé. Os bondes eram o principal meio de transporte da cidade, interligando o centro com quase todos os bairros. O transporte marítimo, por sua vez, era responsável pela circulação de mercadorias e pelo turismo existente, além de ser o melhor meio de acesso à cidade. Também havia um bonde da Barra que passava em frente ao Arcebispado e outro que saía da Barra Avenida, indo até a Praça da Sé.

Na Fazenda Garcia, Arnaldo logo começou a trabalhar para uma senhora que produzia doces caseiros. Ele acabou descobrindo que o advogado, esposo da mulher, era amigo de Toinho, o seu irmão padeiro. Quando passou a morar com o casal, Arnaldo descobriu que Toinho tinha morado nos arredores, mas havia ido embora para o Rio de Janeiro.

Arnaldo trabalhou vendendo doces pelas ruas do bairro por alguns meses. Quando o casal decidiu se mudar para o Rio Vermelho, ele não quis acompanhá-los. Preferiu ir para o bairro da Federação, no Alto das Pombas, onde foi trabalhar em uma padaria. Nesse tempo, descobriu que Fred e João estavam vivendo nas ruas porque não tinham onde morar. Os meninos não ficavam juntos, cada um deles andava por diferentes bandas da cidade. Eles haviam fugido das surras de cipó caboclo de Filhinha. Por essa razão, sempre que podia, Arnaldo dava um jeito de alimentar os irmãos. Ele pedia para que Fred e João fossem comer na padaria em que trabalhava.

Fred vivia perambulando pelas ruas, pedindo alimentos e dinheiro, até que foi apreendido e internado em um abrigo público. Sabendo disso, Arnaldo passou a ir visitá-lo. O menino implorava ao irmão que o tirasse de lá. Condoído, Arnaldo preparou um plano de fuga. Alguns minutos depois que saísse do abrigo, Fred deveria fugir correndo e encontrá-lo no ponto do bonde. O menino fez conforme o acordado. Depois que se encontrou com o irmão no local que ele indicou, Arnaldo o levou para a padaria sem saber o que faria depois. Quando a esposa do proprietário conheceu Fred, ficou tão afeiçoada a ele que convenceu o marido a deixar que o menino morasse com eles. O seu esposo, além de comerciante, era também advogado. Como eles não tinham filhos, ficaram felizes de ter uma criança por perto. Fred passou, então, a ser chamado de "sobrinho" pelo casal.

Arnaldo atuava como ajudante no estabelecimento em que trabalhava. Ele auxiliava o padeiro em todas as atividades exigidas. Depois de alguns meses, esse homem conseguiu uma oportunidade de trabalho mais atrativa na Padaria Sempre Viva, na Fazenda Garcia. Ele disse que, se Arnaldo quisesse acompanhá-lo, falaria com o dono da Sempre Viva para contratá-lo também. Nessa época, Arnaldo era muito novo. Por ser franzino, parecia ter ainda menos idade. Foi por isso que o Sr. Laurindo Allonso, que era de família espanhola, relutou em contratá-lo.

— Quantos anos você tem, menino? — perguntou seu Allonso.

— Eu tenho treze anos — respondeu Arnaldo.

— Treze anos não dá. O serviço que eu tenho aqui é para homem, não é para menino.

— Mas eu posso fazer qualquer serviço que um homem faz — respondeu Arnaldo.

— Você é muito magro, não aguenta peso. Não dá!

— Seu Allonso, vamos fazer uma coisa. O senhor me deixa trabalhar aqui e se achar que eu não sirvo, aí eu vou embora — insistiu Arnaldo.

— Então volte segunda-feira — concordou seu Allonso.

O menino retornou no dia marcado e começou a trabalhar. Logo agradou o proprietário e ficou por lá por cinco anos até quando se alistou na Marinha do Brasil.

Fred não seguiu Arnaldo, continuando a viver com o casal — mas não por muito tempo. Isso porque ele não se adaptou. Sua verdadeira casa era na rua. Ele sequer conseguia dormir em um colchão. Revirava-se na cama a noite inteira brigando com a insônia. Perseguia o sono que teimava em deixar-se capturar. Certo dia, foi o sono que o dominou. Depois de muita peleja, teve pesadelos e acordou. Algumas horas mais tarde, o sono o agarrou outra vez e ele dormiu na marra. Fred estava encolhidinho quando lhe atacou uma vontade abominável de mijar. Derrotado pela pressão da bexiga, ele se levantou para pegar o urinol. Segurou o espadim e mirou, mas teve de esperar alguns segundos aguardando passar uma ereção involuntária que o impedia de desaguar. Não conseguindo mais segurar, ele mijou de forma tão esparramada que molhou a roupa, o chão, a parede, a beira do colchão e até uma plantinha que dormia no canto da parede num vaso de barro. Molhou a casa inteira, só não acertou o pinico. Depois de esvaziar o ventre e dar três palavrões, foi para cama procurar briga com o sono outra vez. Cansado, adormeceu quando o sol reiniciava a sua jornada. Fred gostava da rua, onde não havia pinicos. A rua é paraíso dos cachorros, do filho do governador da Bahia que foi preso em Camaçari e de todos os que apreciam mijar de verdade.

E por falar da Bahia, o estado estava passando por grandes transformações no ensino público. Ainda assim, Arnaldo, Carlinho, Fred e João não tiveram acesso a essa fase áurea da educação. Anísio Teixeira criou a Escola Parque e tratou o ensino como tema prioritário de desenvolvimento social. No entanto, os meninos nem chegaram a participar do costume da época, em que as crianças aprendiam o alfabeto e a cartilha em casa com os pais ou com os irmãos mais velhos. Eles não exercitaram a leitura de textos, não memorizaram a tabuada e não fizeram cópias manuscritas de trechos de livros. Os filhos de Maria Assumpção tiveram a oportunidade de estudar. Já os filhos de Nazinha, foram aprendendo o bê-á-bá na escola da vida.

Depois que fugiu da casa da avó, João perambulou algum tempo pelas ruas de Camaçari. Ele costumava dormir atrás da Igreja, perto da pensão de Neném Garrido. Nem registro de nascimento João tinha mais. O documento perdeu-se depois da distribuição dos filhos de Manoel Antônio. O menino sabia que havia nascido em Aratuípe, mas não tinha noção de exatamente quando. Ficou sabendo, depois de umas contas feitas por Dedé, que devia ter nascido em 1937. Vanja guardou essa informação dada por sua irmã e a contou pra João depois que foi morar em Camaçari.

Quando estava frio, João dormia no abrigo do gerador a óleo que sustentava a energia elétrica da cidade. O gerador ficava localizado onde hoje é a Igreja Universal, perto da Praça Abrantes. O equipamento era ligado no final da tarde e desligado às dez da noite. Lá João ficava protegido da chuva. O gerador atenuava o frio de madrugada porque o óleo, que era queimado para manter o equipamento funcionando, permanecia quente por várias horas. O único inconveniente era o barulho que ele fazia até às dez da noite. Depois disso, o aparelho era desligado e dava para dormir sem o zumbido que maltratava os seus ouvidos.

Certo dia, Djalma apareceu embriagado para fazer a manutenção do gerador. Ele era o eletricista encarregado desse trabalho e também de ligar e desligar o equipamento. João cumprimentou-o chamando de Fufu. Foi nesse momento que Djalma perdeu a compostura. João, atordoado, sem entender a reação do homem nem saber que ele iria reparar o equipamento, saiu correndo com medo e abandonou o local permanentemente. Algumas pessoas irritavam Djalma chamando-o de Fufu, pois diziam que ele costumava misturar aguardente com fubá de milho. João não sabia que o nome o rapaz era Djalma, muito menos que ele não gostava do jeito que era chamado.

Depois que fugiu do eletricista, João teve de achar outro lugar que fosse seguro para passar as noites. Ele encontrou um abrigo em cima de uma árvore na Praça Desembargador Montenegro. Assim, ele passou a dormir igual aos passarinhos. Como aquele não era o seu espaço, acordava com o barulho das aves protestando. Elas achavam estranho aquela incômoda presença de um falso pássaro com cara de menino que ocupava a maior parte da copa do arvoredo. Muitas reclamavam tamborilando com os bicos, enquanto outras apenas cantavam em advertência. João preferia os bem-te-vis porque falavam. Estes tinham personalidade. Embora pudessem falar o que quisessem, decidiram proclamar apenas o nome da espécie. Não eram abestalhados como o papagaio de Luiz que só repetia os palavrões que ouvia do dono malvado.

João não era um joão-ninguém. Ele era meio alguma coisa. Quase voejava como os passarinhos, mas tinha voo pesado. Depois de dois segundos, após decolar da árvore, tocava o chão. Aterrissava de pé que nem gato. Isso! João era meio pássaro e meio gato, meio menino e meio homem. Ele era meio alguma coisa, não era coisa completa, mas não era um joão-ninguém.

Eventualmente, o rapaz passava defronte do alambique de um espanhol chamado Mamede. Na verdade, ele não tinha certeza se o homem era espanhol ou era sírio, mas era estrangeiro porque falava embolado. Toda vez que o seu Mamede o via, fazia sempre o mesmo comentário:

— Lá vai o filho de compadre com comadre.

João esboçava um sorriso e sinalizava positivamente com a cabeça sem entender o significado da saudação do estrangeiro. Parecia algo ruim, mas como o gringo sorria, talvez fosse algo bom também. Isso voltou a acontecer algumas vezes, mas João nunca entendeu o significado daquela saudação estranha.

Ele foi parar no distrito de Dias D'Ávila, que fora anexado ao município de Camaçari. Muitas pessoas visitavam o local pela fama de suas águas límpidas e medicinais. Lá, ele trabalhou em uma pensão, preparando os animais que puxavam carroças utilizadas para passeios turísticos pela cidade. Não era mais o menino que não sabia selar um jumento. João sabia fazer de tudo. Depois ele foi trabalhar em uma padaria. Como sempre estava faminto, foi uma boa oportunidade de migrar para um trabalho onde o alimento era abundante. Depois de algum tempo, o proprietário vendeu a padaria e o chamou para seguir com ele para Salvador. João aceitou imediatamente. Ele queria muito reencontrar Nadu.

Chegando à capital, passou a trabalhar em um armazém no bairro da Fazenda Garcia. Para a sua surpresa, alguns dias depois de sua chegada, descobriu que esse estabelecimento ficava defronte ao lugar onde Arnaldo trabalhava. Assim, os irmãos passaram a se encontrar com certa frequência. Alguns meses depois, o armazém foi vendido e João foi dispensado. Para não ver o irmão voltar pra rua, Arnaldo chamou João para morar com ele. O rapaz já era independente, morava em um quartinho alugado e continuava trabalhando na Padaria Sempre Viva. Logo ele conseguiu um trabalho para o irmão na mesma padaria.

Quando completou a maioridade, Arnaldo se alistou e entrou na Marinha em 1954. Ele teve de deixar o trabalho para morar no quartel e fazer o curso de formação. Portanto, João ficou sozinho, residindo no mesmo quartinho na Fazenda Garcia e trabalhando na Padaria Sempre Viva. Ele foi se virando. Comia alimentos enlatados, especialmente sardinhas e quitutes Wilson, além de pães e bolos da padaria. O rapaz retornou algumas vezes para Camaçari para visitar os familiares. Quando ia, sempre levava bolachas e café em grande quantidade. Em uma ocasião, levou Filhinha ao cinema. Foi a primeira vez em que ela assistiu a um filme. Como João sempre chegava com alimentos, passou a ser recebido com alegria. Ele tinha agora tão boa reputação que chegou até a namorar Diva, sua prima, filha do seu tio Ernesto.

Enquanto isso, Carlinho usava de suas astúcias para sobreviver em Salvador. Quando estava com fome, ele se sentava em algum restaurante e pedia um prato de comida. Enquanto comia, aguardava a distração do garçom para fugir correndo sem pagar. Logo era perseguido na corrida pelo garçom.

— Pega, ladrão! Pega, ladrão! — gritava o garçom. No entanto, ele não sabia que o menino sempre foi movido por pressão externa que impulsionava a sua criatividade. Para distrair os transeuntes e parecer que era ele quem corria atrás do ladrão, Carlinho também gritava:

— Pega, ladrão! Pega, ladrão aí na frente. Pega, ladrão!

A moqueca de caranguejo

lguns anos depois de se separar de Manoel Antônio, Maria Assumpção reconstruiu a sua vida com outro homem. Eles tiveram uma menina que chamaram de Joselina. A família morava na Cidade Baixa, no bairro da Boa Viagem, não muito distante da fábrica de tecidos de Luiz Tarquínio.

Poucos anos depois de reencontrar a felicidade ao lado de um homem, minha bisavó foi surpreendida pela morte prematura de seu companheiro. Ele morreu devido a problemas no coração alguns anos depois do nascimento da filha. Minha bisavó nunca mais voltou a se envolver com outro homem e se dedicou à criação da filha. Já fazia tempo que ela não via suas duas filhas mais velhas. Quando soube que Lelé tinha se casado e estava próximo de ganhar o primeiro filho, Maria Assumpção teve um forte desejo de ir para Aiquara visitar a filha. Ela deixou Joselina com Dedé em Salvador — a qual havia ido morar com ela — e viajou para visitar Lelé. Antes disso, no entanto, ela decidiu passar na casa de Elza em Nazaré. Assim, ela aproveitaria a viagem para conhecer Elpídio e Edilson.

Nessa época, Edilson nem parecia o mesmo menino que havia escapado da morte quando nasceu. Assim que deu à luz seu filho, Elza não teve leite suficiente para amamentá-lo. Como a sua vizinha pariu na mesma época, elas combinaram que Elza daria alguns legumes em troca do leite materno excedente da colega. Pouco depois de se alimentar dele, Edilson começou a apresentar problemas de saúde. Parecia que a quantidade ainda não era suficiente. Por recomendações médicas, Elza passou a dar leite de jumenta para o menino. Foi assim que ele ficou bom. Quando Maria Assumpção foi para a casa de Elza, Edilson já estava com cerca de dois anos.

Na casa da filha, Maria Assumpção cismou de comer uma moqueca de caranguejo no almoço. No entanto, ela já tinha passado mal há alguns anos por causa do crustáceo e o médico que a atendeu proibiu-a de comê-lo novamente. Isso porque ela tinha alergia. Se o ingerisse, corria o risco de morrer. Mas viver também era arriscado. Como já tinha passado muitos anos depois do ocorrido, ela achou que não faria mal e comeu a moqueca. Mais do que isso, na noite do mesmo dia ela ainda comeu uma porção de pipoca. Consequentemente, antes de se deitar para dormir, ela não se sentiu bem. Lembrou-se das palavras de advertência do médico e se arrependeu de ter comido o caranguejo. Temendo que não fosse sobreviver, minha bisavó disse para Elza que se não conseguisse ver Lelé não se perdoaria.

Maria Assumpção morreu próximo da meia-noite. Ela não conseguiu visitar Lelé em Aiquara e nem conhecer o neto que nasceria em breve. O seu falecimento se deu em 1947, provavelmente entre os meses de março e início de abril, quando ela estava com quarenta e poucos anos. Elza mandou avisar Lelé da morte da mãe delas, mas José César interceptou o telegrama. Receoso de que Lelé pudesse perder o bebê no final da gestação, ele escondeu a notícia ruim.

Joselina estava na adolescência quando perdeu a sua mãe. Ela continuou morando com Dedé, que ficou responsável por sua criação. Como se fosse um sacerdócio, a jovem viveu para cuidar da irmã. Nunca namorou nem desejou se casar. Já adulta, ainda continuava se vestindo de branco.

A perda da mãe marcou muito a vida de minha avó. Lembro-me de que, quando minha esposa perdeu a mãe, em 2004, Lelé escreveu uma carta para confortá-la. Nessa carta, ela relatou alguns detalhes sobre a morte de Maria Assumpção. Embora já tivessem completados 57 anos da morte da mãe, Lelé ainda guardava em sua memória esse momento de dor.

Rio de Janeiro 30 de Maio de 2014

Sempre lembrada Ione

Em primeiro lugar muita saúde pa
ra toda família. Aqui todos na paz
de Deus. Estou te escrevendo para
te dá os pêsames pelo falecimento
da sua boa mãe.
ai minha, eu perdi quando eu esta
va esperando o Milton seu sogro
Ela vinha p'ra ficar comigo, foi
saltar no caminho para visitar à
minha irmã Elza que já era casa
da e morava em Nazaré cismou
de comer caranguejo, sendo proibi
da pelo médico, passou mal á
noite e morreu de congestão.
Quando eu soube, ela já estava
enterrada... Porque meu marido
escondeu á carta com mêdo de
eu perdêr o Milton

Carta de Lelé para Ione

Às dez horas da manhã, no dia 12 de abril de 1947, Lelé teve Milton pelas mãos de uma parteira chamada Ludugera. Minha bisavó não teve um bom parto, demorando muito para se recuperar do resguardo. Algum tempo depois, ela ficou sabendo que Ludugera morreu. A coitada passou mal depois de fazer a besteira de tomar café quente e, logo depois, ir lavar roupa no rio. Não deu outra: morreu estoporada.

José César tinha acabado de tomar umas pitiangas quando foi ao tabelião registrar o filho. Ele desejava que o menino se chamasse José César Filho. Lelé não concordou, queria que o filho se chamasse Milton José da Silva Santos. Ela escreveu o nome em uma folha de papel e entregou-a ao marido.

Embriagado, José César se confundiu e induziu o tabelião ao erro. Foi por isso que Milton, diferente de Israel César, foi registrado como Milton Santos. Além disso, sua avó materna foi inscrita erroneamente como Maria Anunciação dos Santos e a avó paterna como Maria Edeltrudes Santos. Na adolescência, Milton se incomodou por muito tempo com o seu nome. Cheio de dúvidas, ele chegou a pensar que não era filho de José César. Segundo seu pai, o nome foi em homenagem a John Milton, um famoso poeta inglês, autor de Paraíso Perdido.

Lelé se sentiu muito mal após o parto, estava convicta de que a parteira não fez um bom trabalho. Como Aiquara não tinha muitos recursos, ela decidiu ir para Salvador para se consultar com um médico. Uma mulher de sua confiança cuidou de Milton nesse intervalo de tempo. Lelé, por sua vez, ficou instalada em uma hospedaria em Salvador. Alípio, seu sogro, mandou dinheiro para custear as despesas já que José César estava sem dinheiro.

Enquanto Lelé esteve fora, Milton perdeu muito peso. Quando foi informada que o seu filho não estava bem, ela pediu que levassem o menino para ficar com ela na hospedagem. O médico ficou indignado quando soube que Lelé estava com o filho. Acreditava que o esforço dela para cuidar da criança iria atrapalhar sua recuperação.

— Eu soube que a senhora trouxe seu filho para ficar com a senhora, dona Eleusina.

— Sim, eu mandei trazer. Doutor, ele estava muito magro. A moça que ficou com ele não sabe cuidar dele direito, por isso eu pedi para trazê-lo.

— Eu já expliquei que a senhora não pode carregar peso, não pode fazer esforço. Se a senhora não mandar o menino de volta, eu não vou continuar o tratamento.

— Doutor, seja o que Deus quiser. Eu não posso deixar meu filho com quem não sabe cuidar dele.

Depois do ultimato do médico, Lelé decidiu voltar para Aiquara. Ficou preocupada de ver Milton desnutrido depois que descobriu que ele só estava bebendo chá. Depois de algumas semanas de retornar para casa, não somente Milton se recuperou como Lelé ficou boa. Na verdade, ela recorreu a um amigo farmacêutico que lhe aplicou algumas injeções e seu corpo foi reagindo até sarar por completo.

Certo dia, Gertrudes foi visitar o neto acompanhada de Jonas, um de seus filhos. Como ela não gostava de Lelé, depois de ficar por apenas alguns minutos, decidiu voltar pra casa.
— Vou embora, já vi tudo mundo.
— Que é isso, mãe, acabamos de chegar! Eu não vou — respondeu Jonas.

Jonas se recusou a ir embora e Gertrudes teve de esperar. Ele gostava muito de Lelé. Tornaram-se amigos desde os tempos em que ela trabalhou na padaria, em Faisqueira. Gertrudes não era completamente má. Ela era apenas uma religiosa legalista, uma "chata de Galocha", como dizia Lelé. Ainda assim, minha bisavó também tinha um lado doce: ela gostava de poesias. Certo dia, compôs um poema conhecido na família como "O meu vestido de chita":

Com o meu vestidinho de chita,
Bem limpinho e bem engomado,
Dizem que fico bonita, como lírio perfumado
Mas alguém com tanto encanto
Lança seu olho comprido
Mas não sabe, no entanto, eu só tenho dois vestidos

Embora Milton estivesse saudável, ainda tinha dificuldades de ganhar peso. O menino passou a ser chamado de magricelo pelaspessoas mais próximas. Isso deixava Lelé muito irritada. Certa noite, ela sonhou com Maria Assumpção aconselhando-a:

— Ô, minha filha. Você tá com raiva porque ficam chamando Milton de magricelo, não é? Vou te dizer uma coisa... Vá para casa de sua irmã Elza. O marido dela vende legumes fresquinhos. Todo dia, faça uma sopa de legumes pra Milton, mas bote um pouquinho de açúcar porque criança não gosta de nada sem doce. Tire a mamadeira dele e pare de dar Nestogênio pra ele tomar.

Impactada pelo sonho, Lelé foi com Milton para a casa de Elza. Ela fez exatamente como sua mãe orientou. Milton estava com três meses. Foi lá que Lelé descobriu que Elza e Elpídio não eram casados.

— Quer dizer que vocês estão só morando juntos? — perguntou Lelé indignada.

— Nunca me importei com isso, Lelé. O importante é que a gente vive bem — respondeu Elza.

— Misse, eu só não casei porque ela disse que não tinha problema — justificou-se Elpídio que chamava Lelé desse modo, pois dizia que a cunhada era elegante como uma misse (referia-se ao termo "miss", que nomeia a jovem que participa de concursos de beleza).

— Pois tem problema sim, Elpídio! — insistiu Lelé. E você ficou boba, Elza? Até quando você vai viver assim, sem casar?

Na mesma semana em que Lelé chegou, Elpídio e Elza se casaram no cartório de registro civil de Nazaré.

Assim que teve uma oportunidade, a minha bisavó sentiu o desejo de falar com Elpídio sobre algo que ela observara.

— Você vai morrer, Elpídio!

— É o quê, Misse?

— Isso mesmo! Você come muita tripa de porco. É tripa no café, no almoço e no jantar.

— Não vou morrer, não.

— Se continuar assim, vai morrer sim. E pare de dar risada de minha cara que eu tô falando sério — repreendeu-o.

— Não tem jeito, Lelé. Você acha que eu já não falei? — interrompeu Elza, trazendo as tripas fritas para o marido.

— Minha irmã, você é testemunha de que eu falei com ele — respondeu Lelé.

— Vamos comer, Misse. — Brincou Elpídio, mostrando o garfo cheio de tiras de tripa.

Depois de passar trinta dias com Elza e Elpídio, Lelé decidiu ir embora. O plano original de ficarem três meses na casa da irmã foi alterado porque Milton já tinha ganhado peso. Elza queria que Lelé ficasse os três meses combinados, mas a jovem mãe resolveu voltar pra casa para cuidar do marido.

Nandinho chegou na casa de Elza pouco tempo depois que Lelé foi embora. Já comentei que vou voltar a fala dele meu caro leitor, mas não será agora. Antes disso, continuarei o meu relato sobre a vida de Lelé com José César. Não me detenha, por favor!

Entre Aiquara e Jequié

Pouco depois de se casar com José César, Lelé mandou chamar Evangelina para morar com ela. Vanja atendeu prontamente ao pedido da irmã, mas não ficou na sua casa por muito tempo. Logo decidiu ir embora. Disse que queria ir morar com Filhinha em Camaçari. Lelé insistiu para que ela ficasse, mas sua irmã estava irredutível. Ela chegou até a acreditar que Vanja estivesse com vergonha de suas muletas. Isso porque ela sempre ficava desconfortável na presença de José César.

Só depois de alguns anos que Dudu contou a Lelé o que motivou a saída de Vanja de Aiquara. José César sempre que estava bêbado tentava acariciar a cunhada. Constrangida, Vanja foi embora e contou tudo pra Dudu. Só depois de muitos anos que Lelé teve a oportunidade de conversar com Vanja sobre o ocorrido.

— Minha irmã, porque foi que você não me contou o que José César fez com você?

— Eu tive medo de você não acreditar em mim, Lelé. Você tinha acabado de se casar e ele era o seu marido.

— Se você tivesse me contado das safadezas de José César, eu teria largado ele antes de ter tido tantos filhos, Vanja.

— Pense na minha situação, Lelé. Você é uma mulher bonita, será que iria acreditar que o seu marido estava dando em cima de mim como eu sou? Quem iria acreditar que ele, tendo uma mulher como você, iria procuraria ter algo comigo?

Lelé ficou muito aborrecida, mas entendeu a situação de Vanja. Ela se lembrou de que, em certa ocasião, Celina foi enviada para Aiquara para passar alguns dias com ela. Depois de uma semana a moça falou com a irmã que José César começou a desrespeitá-la. Quando Lelé foi tirar satisfações com o marido, ele não só negou a acusação como convenceu Lelé de que Celina era criadora de confusão, mandando-a de volta para Camaçari. Em vista disso, Lelé concluiu, depois do relato de Vanja, que Celina tinha falado a verdade a respeito de José César.

O casal permaneceu em Aiquara. Por insistência de Lelé, Israel César chegou a morar com eles por algum tempo. Ela se afeiçoou muito ao enteado. Ele chamava José César de "pai Zeca". Para ele, Lelé era a "mãe Lé". Quando o menino urinava na cama, era repreendido pelo pai:
— Israel, quem foi que mijou na cama? — dizia José César.
— Foi o cavalo de São Jorge, pai Zeca — respondia o menino. Quando apanhava, ele gritava:
— Me acode, mãe Lé!

Lelé estava impressionada com o rápido desenvolvimento de Israel César. Contudo, como o menino já estava muito acostumado a viver no ambiente rural com os avós, o casal decidiu levá-lo de volta para Faisqueira a fim de que ele ficasse com Olímpio e Gertrudes.

Lelé gostava de Aiquara, que nessa época era um pequeno distrito de Jequié. José César tinha muitos amigos no município, onde ficava a Matriz da Loja Três Irmãos — entre eles, Lomanto Júnior. Aplicado na política, Lomanto foi vereador em Jequié entre os anos de 1947 até 1950. Ele inclusive chegou a presidir a Associação Brasileira dos Municípios.

Foi em Aiquara que Lelé soube por uma carta de Elza que Elpídio começou a emagrecer muito e adoeceu gravemente. Ele foi internado às pressas sentindo dores e evacuando nas calças. Os médicos acreditavam que ele foi contaminado por um parasita comum nos porcos. Quando a ingestão da carne contaminada ocorre, o verme se multiplica no intestino humano e invade a corrente sanguínea, podendo atingir também os pulmões e o cérebro. Elpídio sentia-se fraco. Tinha dores musculares, febre, diarreia e muita cólica.

Os médicos fizeram todo o possível para salvá-lo. Chegaram até a mandar buscar um medicamento nos Estados Unidos, mas não adiantou. A compra de remédios só fez Elza gastar dinheiro. Uma vez que seu marido não podia mais trabalhar, os gastos deterioraram as finanças da família. Desenganado pelos médicos e sabendo que iria morrer, Elpídio decidiu voltar para casa e pediu para que Elza preparasse um peixe para ele, pois estava cansado de comer a comida do hospital. Solícita, Elza preparou um prato caprichado. Elpídio comeu e, no dia seguinte, faleceu.

Quando viu o corpo de marido em um caixão improvisado, Elza ficou ainda mais triste. Recusou-se a enterrá-lo num lugar tão feio e com tábuas de madeira de qualidade ruim. Como ela não tinha dinheiro para construir um caixão melhor, ordenou para que ninguém o sepultasse até ela voltar. Assim, foi de casa em casa pedindo uma contribuição de cada um dos compadres de Elpídio na cidade. Por fim, a mulher conseguiu juntar dinheiro suficiente para comprar um caixão melhor e dar um enterro digno para o marido. Depois que leu a carta da irmã, Lelé se lembrou da conversa que tivera com Elpídio.

— As tripas de porco o mataram. — falou para si.

Elza, por sua vez, adoeceu gravemente poucos anos após a morte de Elpídio. Ela foi picada por um barbeiro, sendo diagnosticada com o estado avançado da Doença de Chagas. Em virtude da doença, seu coração cresceu e não funcionava bem. Sem ter condições de criar os filhos, teve de confiá-los a parentes e conhecidos. Vale dizer que Elza e Elpídio tiveram dez filhos. Edilson foi o único homem. As meninas que vingaram foram Edileuza, Elzenira e Elzelita. As demais morreram quando ainda eram muito pequenas e seus nomes se perderam com o tempo. Já ia me esquecendo de Eladir. Esta já estava grandinha quando morreu engasgada no momento em que comia camarão.

Lelé se prontificou a ficar com Edilson, que passou a morar com ela. A mãe dele morreu pouco tempo depois. Depois de Milton, Lelé pariu mais duas crianças: Lindacy, chamada de Linda, e Gileno César.

Edilson era o filho mais velho de Elza. Na sua adolescência ele revelou para a tia que era homossexual. Ele tinha um bom relacionamento com Lelé. Por isso, era com ela que ele desabafava a respeito do seu desejo por homens.

— Oh, minha tia, porque será que eu sou assim? — questionou Edilson.

— Meu filho, não chore não. Eu não sei te explicar essas coisas — respondeu Lelé.

— Será que é porque eu tive aquele problema quando nasci?

— Não, não foi não. Não fique pensando nisso — disse Lelé.

— Minha mãe falava que o médico passou um remédio para ela colocar no meu ânus — falou Edilson.

— Não foi isso. Aquilo era supositório, um remédio pra você ficar bom — explicou Lelé.

— Será que é porque minha mãe tocou no meu ânus, tia?

— Não sei, meu filho. Essa coisa é só Deus quem sabe.

No tempo em que morou com sua tia, Edilson gostava muito de brincar com Linda. Carlinho, irmão de Lelé, aparecia na cidade para visitá-la de vez em quando. Este já estava adulto e trabalhava como cobrador de ônibus em Salvador. Quando aparecia, costumava a implicar com Edilson. Um dia, sem motivo algum, Carlinho pegou uma faca dizendo que ia furar a barriga de Edilson, mas foi impedido por Lelé. Por essa razão, e lá ficou algum tempo sem falar com seu irmão. Achou muita ousadia dele puxar uma faca para o filho da falecida Elza. Afinal de contas, Edilson também era sobrinho dele.

Em meio a esses revezes, o jovem se dedicou aos estudos com afinco. Quando ficou adulto, ele foi morar em uma casa própria que financiou na cidade de Simões Filho. Edilson trabalhava na Prefeitura de Salvador. Ele era independente e vivia sozinho, ganhando a vida como professor concursado. Muitos anos depois, ele apareceu morto dentro de sua casa, em 2002. Tinha por volta de 57 anos.

Não se sabe dizer ao certo se cometeu suicídio ou se foi assassinado. A porta da sua casa estava trancada por dentro. Além disso, quando encontraram o corpo, perceberam que, se houve algum assassino, este não havia levado o dinheiro que estava embaixo de um jarro com flores nem o relógio bonito que ele tinha no pulso. Ele também tinha cortes de lâmina de barbear no pescoço. Edileuza chegou inclusive a ouvir dos vizinhos de seu irmão que ele havia emagrecido muito. Até hoje ninguém tem certeza do que motivou a morte dele. Como disse Lelé para o sobrinho quando ele era ainda um jovem rapaz, "essa coisa é só Deus quem sabe!".

Voltando a falar de Aiquara, houve um momento em que José César foi ameaçado de levar uma surra. Ele teve algumas desavenças com um político chamado Ermínio Vaz que lhe disse que havia contratado alguém para lhe dar uma surra de rabo de boi se ele não deixasse a cidade. Assim, José César se viu obrigado a sair de onde morou por quase oito anos e ir para Jequié. Ele pediu transferência da filial da Loja Três Irmãos de Aiquara para a matriz em sua nova cidade. Isso aconteceu em 1954. No dia da mudança, Milton se escondeu em uma das barracas da feira de Aiquara, como se pressentisse que algo de ruim estava por vir.

Em Jequié, José César alugou uma boa casa no bairro Joaquim Romão. Nessa época, Milton estava com sete anos, Linda com seis e Gileno com três. Apesar da vida boemia de José César, a situação financeira da família era confortável. O filho mais velho estudava em uma escola particular e todos iam com frequência ao Rotary Clube de Jequié. José César inclusive mandou fazer dois barcos a remo com madeira de eucalipto, com duas pás, nos quais Milton, Linda e Gileno passeavam com os amigos no Rio de Contas. Sim, esse é o mesmo rio que passa em Ubaitaba. Voltarei a falar dele em momento oportuno.

Jequié se desenvolveu a partir da movimentada feira que atraía comerciantes de todos os cantos da região. A cidade abastecia as regiões Sudeste e Sudoeste da Bahia, assim como toda a região da bacia do Rio de Contas. Pelo curso navegável deste rio, pequenas embarcações desciam transportando hortifrutigranjeiros e outros produtos de subsistência. Nessa época, Lomanto Júnior já era o prefeito da cidade, permanecendo no poder de 1951 a 1955 com o apoio do governador Otávio Mangabeira. Certo dia, conversando com José César, Lomanto soube que Dudu, irmão de Lelé, tinha grande autoridade no corpo de bombeiros da Bahia. Para atrair a atenção dos eleitores, o político pediu ao profissional que uma ambulância do corpo de bombeiros ficasse exposta por alguns dias na Praça de Jequié. Assim, Dudu disponibilizou o veículo, que chamou a atenção das pessoas da cidade. Vê-se que Lomanto, um político hábil, tirou proveito da situação para se promover.

No dia vinte e quatro de agosto de 1954, morreu o Presidente Getúlio Vargas. Milton, filho de Lelé, estava com sete anos nessa data. Pela manhã, ele havia se desentendido com um colega na aula. O menino que estava sentado na cadeira à sua frente voltou-se para trás apontando o lápis com uma Gilete, na sua direção. Nessa época, os estudantes afiavam o objeto com um pedaço de lâmina de barbear. O garoto, para provocar, fazia movimentos longos com as mãos, deixando que a lâmina chegasse próximo do rosto de Milton. Por um momento, ele se descontrolou e acertou o rosto de Milton, fazendo um pequeno corte na face dele.

Milton se queixou com a professora. Ela, por sua vez, fez um pequeno curativo no local, mas não repreendeu o menino agressor. Milton chorou, não por causa da dor do corte, mas sim de raiva do colega e da professora. Instantes depois de afiar a pinta do lápis, Milton se aproveitou da distração da professora e perfurou a cabeça do menino com o lápis.

— Ai meu Deus, ai meu Deus. Eu fiquei maluco! — gritava o menino.

— O que está acontecendo? O que foi, menino? Fale o que aconteceu! Você está com dor de cabeça? — desesperou-se a professora que não estava entendendo nada.

Assim, formou-se uma grande algazarra na sala de aula. A professora procurava acalmar o menino, que continuava a gritar com as mãos na cabeça.

— Ai meu Deus, ai meu Deus. Eu fiquei maluco. Eu tô doido, eu tô doido!

Depois de examinar a cabeça do menino, a professora percebeu que havia um pequeno furo. Ela usou uma pinça para retirar o pedaço do grafite que havia ficado preso no couro cabeludo do menino. Milton foi duramente repreendido pela professora, que solicitou que ele entregasse um bilhete para o seu pai.

Quando Milton chegou em casa, ele passou o recado para José César. O menino sabia que iria levar bolo nas mãos. Contudo, estava aliviado por ter retribuído a agressão que sofrera na escola. Quando seu pai leu o bilhete da professora, o seu semblante mudou. Ele ficou tão irado que não percebeu o curativo na testa do filho.

— Tá vendo aquela palmatória pendurada lá na parede?

— Sim — respondeu Milton, prevendo o que iria acontecer.

— Vá pegar pra mim e não demore — falou José César.

A palmatória tinha um furo no meio que potencializava a dor após o golpe ser deferido. O furo promovia uma espécie de sucção que ardia na mão.

— Agora você vai levar seis bolos. A professora mandou dizer que você quebrou a ponta do lápis na cabeça do seu colega.

— Mas ele me feriu primeiro, ele me cortou com a Gile...

— Chega! — interrompeu José César.

O rádio estava ligado. Quando se preparou para desferir o golpe de palmatória nas mãos de Milton, José César ouviu a vinheta da Rádio Nacional do Rio de Janeiro. Quando ela tocava, todos os ouvintes se achegavam para perto do rádio com toda atenção. Dessa vez, o som precedeu a divulgação de um fato extraordinário.

Após a vinheta, o repórter Eron Domingues deu a notícia bombástica: "E atenção! Acaba de suicidar-se em seus aposentos no Palácio do Catete o presidente Getúlio Vargas". José César ficou tão chocado que a palmatória escorreu de sua mão e caiu o chão. Ele começou a chorar descontroladamente. Milton olhava para o pai como se pedisse uma explicação.

— Pegue a palmatória e coloque lá no lugar — disse José César soluçando.

Milton não entendeu muito bem o que tinha acontecido. Achou entranho que algumas palavras ditas no rádio salvaram a sua pele. "Que palavras poderiam ser tão poderosas para fazer José César chorar sem apanhar?" — pensou.

Uns dois anos depois, Milton pegou uma cédula na bolsa do pai. Ele não tinha ideia do valor dela. Por isso, o menino ficou impressionado depois que comprou um acarajé e recebeu diversas notas da baiana que o atendeu. Ele não conseguia entender o porquê de ter recebido tantas cédulas além do acarajé. Depois de comer o bolinho, ele foi para uma banca de revistas da Praça Rui

Barbosa. Como ele gostava de ler as de Zorro e Mandrak, logo foi comprá-las.

Lá, ele foi surpreendido quando alguém lhe segurou firme no pulso. Inquietou-se ao ver que era sua mãe. Lelé, entendendo o que aconteceu, repreendeu Milton e tomou o restante do dinheiro que ele havia guardado no bolso do short. Ele estava com medo, pois sabia que iria apanhar do pai quando chegasse em casa. De fato, José César ficou tão bravo que amarrou seu filho em um pé de mamão no quintal de casa. Nesse dia ele bateu tanto no filho que esse fato traumatizou Milton por muitos anos da sua vida. O menino foi socorrido por Lelé, que o colocou em um vasilhame com água e sal e banhou os ferimentos para cicatrizarem mais rápido.

Apesar de todos os erros que cometeu durante sua vida, Milton se orgulha de nunca ter agredido fisicamente nenhum dos filhos que teve. Naquele fatídico dia, José César teve uma reação desproporcional, não levando em consideração que o filho não tinha nem dez anos. Depois de refletir sobre a sua atitude, José César se arrependeu do que fez. Certa vez, quando foi questionado por Milton da surra que deu, ele disse que tinha agido mal "nos tempos da ignorância". Anos depois, como uma compensação pelo que fizera, apresentou ao filho os primeiros acordes no violão. Ele também lhe deu as primeiras instruções no ofício da contabilidade.

A vida prosseguiu em Jequié. Em 1955, Lelé recebeu a visita de sua irmã Joselina. Elas eram filhas da mesma mãe, mas de pai diferentes. A mulher disse que já tinha se casado. Ela foi encontrar a irmã com Oscar, seu marido. Como ele e José César sempre saíam para beber, para não deixá-los sozinhos, as esposas também os acompanhavam. Lelé simpatizava tanto com Oscar que, quando Conça nasceu, ela deu a menina para Oscar e Joselina batizarem.

Até 1957, Lelé tinha tudo em casa. Ela, José César e os filhos viviam uma vida regalada. Minha avó já era mãe de cinco filhos, pois Sônia e Conça já haviam nascido. Contudo, com a piora do alcoolismo de José César, a situação da família em Jequié começou a se degradar. Chegou o tempo das vacas magras. Milton e Gileno tiveram de começar a trabalhar para conseguir alimentos. Para remediarem a sua situação, eles construíram dois carrinhos de mão de madeira para carregarem compras. Eles iam à feira da cidade para oferecerem serviços de transporte das mercadorias. Lá, eles persuadiam as pessoas, anunciando o frete.

— Eu carrego feira! — Gileno anunciava pausadamente.

— Eu também carrego! — Milton gritava logo em seguida.

Gileno sempre foi muito apegado à mãe. Ele começou a trabalhar com o carrinho de mão com apenas oito anos. Para isso, acordava todos os dias às quatro horas da manhã. Lelé morria de pena do filho. As freguesas, por sua vez, gostavam muito de Gileno porque ele não furtava nenhuma das mercadorias. Ele era honesto, seguindo as instruções recebidas de Lelé para não comer nem pegar nada dos clientes. Ele e Milton trabalhavam a manhã inteira sob um sol escaldante nos dias da feira.

A situação financeira da família piorava a cada dia. José César estava cada vez mais ausente. Ele abandonou a mulher e desapareceu no mundo. A situação ficou tão difícil que as crianças perambulavam pelas ruas de Jequié pedindo esmolas. Elas chegavam a bater na porta das casas pedindo comida. Para coletarem os alimentos, usavam uma fronha de travesseiros porque não tinham nem sacolas em casa. Nos dias em que Milton e Gileno faziam frete na feira, as irmãs pediam alimentos aos feirantes. Às vezes, todos iam dormir com fome. À noite, sempre tinha um ou outro que reclamava:

— Mãe, eu estou com fome – dizia   .

— Durma com a barriga pra baixo que a fome passa — Lelé respondia.

Eventualmente, Milton e Gileno saiam de Jequié para Ubaitaba buscar alimentos na casa dos avós. Eles iam de carona por todo o percurso, trocando de condução de cidade em cidade. Quando chegavam em Lage, seguiam caminhando até Aurelino Leal. De lá, pegavam carona em uma das canoas e atravessavam o Rio de Contas para Ubaitaba. Depois seguiam andando pelos quatorze quilômetros restantes até Faisqueira.

Na casa dos avós havia abundância de alimentos. Ainda hoje, Gileno costuma se lembrar de que, quando comia a poupa das sementes do cacau, Alípio advertia: "quando acabarem de comer o cacau coloquem as sementes na barcaça".

Depois de se abastecerem, Milton e Gileno faziam todo o trajeto de retorno para casa. Voltavam carregando sacos com alimentos trazidos da casa dos avós, especialmente frutas e farinha de mandioca. Retornar com comida era bom, mas o trabalho era dobrado. Era muito peso para dois meninos franzinos carregarem na longa jornada.

José César reapareceu e Lelé engravidou de Arlete. Devido a dificuldades alimentares, minha avó foi ter a menina na roça de Alípio e Gertrudes, em Faisqueira. Ela teve de suportar Gertrudes, mas essa não foi a pior parte. Arlete nasceu em 30 de março de 1959. Esse era exatamente o dia do casamento de Anita, irmã de José César. Quando começou a sentir as dores do parto, Lelé pediu para que seu marido fosse chamar a parteira. Apegado à bebida, ele se desviou do caminho e foi tomar umas pitiangas. Já embriagado, se esqueceu de fazer o que a mulher pediu. Lelé, desesperada pela dor, pegou um pano branco e começou a balançar. Ela tinha esperança de que algum empregado da fazenda pudesse avistá-la e acudi-la.

Felizmente, Jonas, irmão de José César, apareceu. Ele estava de saída para o casamento da irmã. Jonas saiu correndo e trouxe a parteira, conhecida como Maria Pimenta. Lelé agradeceu e, em seguida, pediu que seu cunhado fosse para o casamento de Anita.

Minha avó estava muito aborrecida quando teve Arlete. Ficou ainda mais ao ver o marido chegar bêbado algumas horas depois. Ela passou muitos dias com raiva. Em uma ocasião, Lelé pediu uma lata de leite para Angelina, mas sua cunhada lhe negou. Assim, ela voltou para Jequié ainda mais triste com esse episódio. Lá, a menina começou a apresentar tremores. Não era exatamente como as tremedeiras dos Nandinhos que morreram. Arlete tremia de fome. O leite de Lelé secou de tanto passar raiva. José César, por sua vez, só bebia. Ele não trabalhava nem tinha dinheiro. Assim, Arlete morreu alguns meses depois de inanição.

Todos os gastos com o sepultamento de Arlete foram providenciados por dona Pequena, esposa de Ananias. Milton, que estava com nove anos, foi incumbido de levar a tampa do pequeno caixão no sepultamento da irmã. Por isso, ele foi à frente do cortejo fúnebre. O corpo da menina seguiu logo atrás com a presença de diversas crianças que acompanhavam a marcha. Sem compreender a dor que sentia, Milton blasfemava no coração, responsabilizando Deus pela morte da irmã. Arlete havia se recusado a dormir com a barriga pra baixo. Ela foi para o céu onde há leite em abundância para as crianças que morrem de fome.

A vida só não era mais dura devido à generosidade de pessoas amigas como dona Clautildes Mendonça, conhecida como dona Pequena (alguns a chamavam de Kena), que sempre acudia Lelé. Dona Pequena era casada com Ananias, o proprietário de uma loja de móveis na cidade. O casal tinha alguns filhos, entre eles um jovem chamado Brazilton. Dona Pequena era filha de outra pessoa muito dadivosa: dona Benzinha, uma tradicional feirante de Aiquara. Lelé chegou até a dar aulas como instrutora de corte e costura para as moças do lugar. Na época, sua casa ficava repleta de jovens que vinham aprender a atividade.

A situação alimentar da família continuou piorando. Por isso, José César decidiu mandar Sônia, Conça e Neu para a casa de Alípio e Gertrudes, em Faisqueira. Elas permaneceriam com os avós até a situação voltar a melhorar. Gertrudes não era apegada aos netos, mas tolerava Sônia e Neu porque se pareciam com José César. Entretanto, Conça era repudiada pela avó porque se assemelhava fisicamente a Lelé. A mulher guardava mágoa de minha vó desde o dia em que Manoel Antônio desprezou José César. Gertrudes dizia que Lelé era metida como o pai.

Não muito tempo depois, Gertrudes recusou-se a permanecer com Neu. Mandou a menina de volta porque era muito pequena e ficava chorando com saudades da mãe. Aborrecido com a devolução de uma das filhas, José César decidiu dar uma solução permanente para Sônia e Conça. Resolveu que ficaria apenas com Milton, Linda, Gileno e Neu. Já Sônia e Conça seriam oferecidas para duas famílias de Jequié. Elas não voltariam mais para casa nem morariam com os avós. Depois que tomou a decisão, José César foi até a casa dos pais em Faisqueira e mandou as meninas ajuntarem as poucas roupas que tinham. Quando elas souberam que iriam morar com estranhos e não voltariam para casa, começaram a chorar.

Ficaram desoladas. Como um pai poderia dar suas filhas como se fossem cachos de banana? Seriam oferecidas para quem? Dadas para quê? Certamente para servir outras famílias em troca de alimento e de uma cama para restaurarem as forças para trabalharem no dia seguinte. Seriam serviçais dos verbos que amordaçam as mulheres até hoje: lavar, passar, varrer, cozinhar, chorar e sofrer.

As meninas ainda choravam quando Zizinha apareceu muito brava. Embora fosse muito pobre e passasse por muitas dificuldades, ela não deixou que o irmão levasse as meninas. Assim, assumiu a responsabilidade e acolheu as sobrinhas em sua casa. A mulher, que sempre fora repudiada por Gertrudes, não queria que as meninas passassem pelos menos sofrimentos e desprezo que ela vivenciou quando era mais nova.

Zizinha era amada por todos os filhos de Lelé. Era a tia preferida de Conça e de Milton. Este guarda até hoje uma recordação feliz de sua infância. Certo dia, sua tia se preparou para ir para a cidade de Maraú. Como já contei anteriormente, diversos políticos da região recorriam a Zizinha quando precisavam que ela cozinhasse nas épocas de campanhas políticas. Nesse dia, ela resolveu levar Milton consigo. Ele tinha cerca de sete anos e costumava brincar no quintal sem camisa, usando apenas um calção. Vendo que a roupa do sobrinho era inapropriada, Zizinha foi de Faisqueira à Ubaitaba para comprar um pedaço de fazenda. Ela comprou o pano na nova loja de seu Adolfo Menezes, que havia mudado de Faisqueira para lá. Em seguida, levou o tecido para uma costureira fazer uma calça para o sobrinho. Milton ficou tão radiante quando vestiu a calça que não conseguiu se conter de alegria.

Em Jequié, Lelé sofria com todas as decisões errôneas do marido. Entretanto, na época cabia a uma mulher casada a incumbência de concordar com o marido, ainda que ele fosse alcóolatra. Apesar das dificuldades, ela cultivava muitas amizades. Entre elas, a dona Hildete de Britto Lomanto, a primeira dama do município, que era carinhosamente chamada de Detinha. Elas eram muito amigas. Detinha até convidou Lelé para trabalhar na Prefeitura de Jequié, mas minha avó teve de ir embora da cidade. Mais uma vez, Jose César desapareceu de casa e não voltou. É possível que ele já estivesse planejando abandonar a família, por isso se livrou das filhas como se fossem trapo velho e sem serventia.

Nessa época, revoltado com o abandono do pai, Milton começou a andar com más companhias. Fazia tantas bobagens que Lelé passou a temer que o filho se tornasse bandido. Foi por isso que Lelé se recusou a ir trabalhar na Prefeitura de Jequié. Achou melhor deixar a cidade e ir embora para preservar o que sobrou de sua família.

Lelé e José César tiveram oito filhos. Milton, Lindacy Maria, Gileno César, Sônia Regina e Maria Conceição nasceram em Aiquara, que na época era um distrito de Jequié. Neuza nasceu em Salvador e Arlete em Faisqueira. Lelé engravidou de Antônio Carlos em Governador Valadares, em Minas Gerais, mas ele nasceu no Rio de Janeiro. Falarei mais tarde sobre a trajetória da família nessas cidades e do filho caçula.

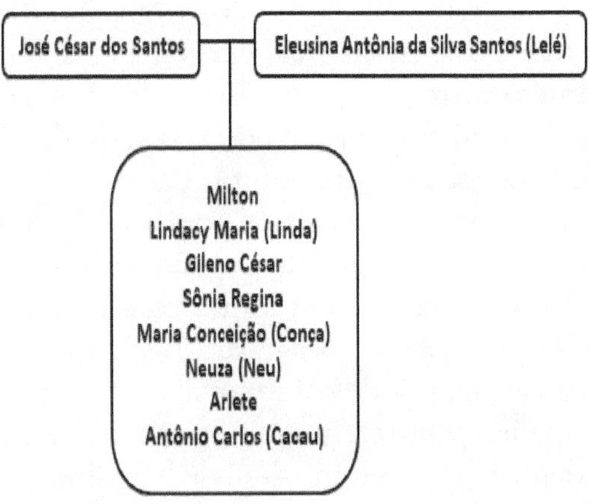

José César, Eleusina e Filhos

Agora eu vou falar de Nandinho, meu caro leitor. Eu te convido para me acompanhar até Nazaré. Vou te contar como aquele imbróglio terminou.

Nandinho ou Manoel?

Epois que Nandinho teve seu plano frustrado de matar Elpídio, Elza escreveu para Lelé relatando o episódio e implorou para que a irmã recebesse o rapaz em sua casa. Queria que Nandinho ficasse um tempo com ela em Aiquara até que ele completasse a maioridade e fosse cuidar da própria vida. Elza temia que o irmão tentasse mais uma vez matar o seu marido. Enquanto aguardava uma resposta de Lelé, Nandinho ficou mais uns dias trabalhando na venda, mas sem falar com Elpídio.

Minha avó conseguiu a aprovação de Zé César e mandou chamar Nandinho. Ele achou que o cunhado poderia ajudar a esposa a pegar água no rio porque Lelé estava grávida de Milton e não podia carregar peso. No dia seguinte ao recebimento da carta de Lelé, Nandinho viajou. No meio do caminho, ele teve de fazer a baldeação no trem. Na confusão, roubaram-lhe a mala com todos as suas roupas. Assim, ele chegou à casa de Lelé com uma expressão muito triste.

— Estou aqui só com a roupa do corpo — disse Nandinho.

— Cadê a sua mala? — perguntou Lelé.

— Roubaram no trem — ele respondeu cabisbaixo.

— Você veio para morar comigo, não foi? — perguntou Lelé.

— Sim. Elza me mandou vir morar com você.

— Não se preocupe com as roupas. Zé César não vai te dar tudo de uma vez, mas pode comprar algumas peças aos poucos.

— Elza pediu para te entregar essa carta. Tem uma foto de Edilson aí dentro do envelope — disse Nandinho.

Nandinho ficou pouco mais de um ano com Lelé e José César. Logo vieram os problemas. Assim como na casa da Elza, ele passou a pegar coisas da casa para trocar por cigarros. Surrupiou os talheres que Lelé ganhou do pai quando era ainda adolescente e também deu sumiço nas galinhas que eram criadas no quintal. Lelé descobriu que ele trocava tudo pelos cigarros que fumava escondido.

Nandinho era responsável por buscar água no rio para encher o tonel de água utilizado para lavar roupas, tomar banho e limpar a casa. Certo dia, ele encontrou um cachorro na rua e parou de ajudar em casa. O cão passou a ser o centro de sua atenção. Ele andava com o animal pra cima e pra baixo. Assim, ele se afeiçoou tanto ao animal que saía andando pelos matadouros de Aiquara para pegar sobras de carnes para dar para ele. Como Nandinho parou de ajudar nas atividades domésticas, José César o chamou para uma conversa.

— Olhe só Nandinho, se você quiser ficar aqui ajudando a sua irmã, você pode ficar conosco. Eu até comprei algumas roupas pra você, não foi? Mas se você for ficar andando sem rumo com esse cachorro é melhor você procurar uma fita métrica maior — disse José César.

Nandinho não entendeu as palavras de José César e foi procurar a interpretação com Lelé.

— Lelé, o que ele quis dizer com isso. Pra eu procurar uma fita métrica maior?

— Você não sabe? Claro que sabe! Você é muito inteligente. Ele disse que se você não ajudar é melhor ir procurar um lugar onde cabe você — respondeu Lelé.

Alguns dias depois, Nandinho ficou aborrecido quando Lelé vendeu todas as galinhas que ainda restavam. Então, ele usou o resto de dinheiro que tinha em mãos para pegar o trem e ir embora para Salvador. Nessa época, ele tinha por volta de dezessete anos.

Salvador tinha crescido bastante. Ao final da década de 40, no século XX, já haviam sido construídos o Estádio da Fonte Nova, o Fórum Rui Barbosa e o primeiro grande hotel de Salvador, o Hotel da Bahia, no Campo Grande. No mesmo ano, o carnaval tornou-se ainda mais importante com a fundação do afoxé Filhos de Gandhi e com a construção do primeiro trio elétrico por Dodô e Osmar. Nos anos 50, a Bahia e Salvador cresceram principalmente devido à exploração do petróleo que havia sido descoberto anos antes em Lobato (em 1939), o que motivou o início das atividades da Petrobrás em 1953 e a implantação da Refinaria Landulfo Alves na Região Metropolitana. Essas iniciativas geraram muitos empregos e trouxeram recursos importantes para o estado.

Alguns jovens optavam em servir nas forças armadas. A Marinha, na primeira metade do século XX, foi uma excelente alternativa à formação do jovem de baixa renda de Salvador. Nandinho viu nela a oportunidade de ter abrigo, alimentos e estudo. Após se alistar, ele foi convocado e passou a frequentar a Escola de Aprendizes-Marinheiros da Bahia. A partir de agora, passarei a chamá-lo pelo seu nome. Nandinho era fruto do desejo de Nazinha. Na Marinha, ele era Manoel.

No curso de formação, a agenda dos internos começava com a alvorada às cinco horas da manhã. Depois de escovar os dentes, eles se higienizavam e iam se alimentar. As refeições eram chamadas de rancho. Após comerem, faziam exercícios por meia hora e tomavam banho de mar. Eles ainda entravam em formação em divisões defronte à escola e executavam diversas tarefas, além de fazerem faxina. Às sete e trinta, ocorria um rancho mais elaborado. Depois, eles retornavam para a parada militar e as transmissões de ordens às oito horas. Participavam também do hasteamento da bandeira do pavilhão nacional e, em seguida, era efetuada a distribuição dos jovens para as salas de aula. Eles assistiam três aulas de manhã. À tarde, tinham lições técnicas voltadas às especialidades de sinais, artilharia, máquinas, manobras de torpedos, entre outras atividades. Depois de uma breve interrupção, às dezesseis horas eles voltam às aulas. Às dezessete e trinta se iniciavam as atividades esportivas, seguidas do banho, do rancho e da banca de estudos até próximo das vinte e uma horas. Ao final do dia, eles tomavam chá mate e seguiam para o dormitório.

O processo de formação moral dos jovens era avaliado pelo comandante e pelos demais oficiais da escola. Os critérios de avaliação, como a apreciação bimestral, eram baseados na aptidão para a carreira, no garbo militar e no entusiasmo profissional. Eles ainda eram avaliados quanto à conduta, à apresentação dos uniformes e às atitudes dos alunos.

Naquela época, era comum a presença de animais nas forças armadas. Haviam cachorros e até mesmo carneiros. Certo dia, Manoel ficou responsável por cuidar de um dos carneiros. Na época, a Escola de Aprendizes-Marinheiros, em frente à Igreja de Nossa Senhora da Conceição da Praia, localizada na Avenida das Naus, não tinha cercas. Por isso, o carneiro acabou saindo das dependências da Marinha e foi ferido na estrada. A ocorrência desagradou o comandante, que expulsou Manoel da corporação por negligência. Os registros de ocorrências dos alunos eram lançados no Livro de Contravenções Disciplinares dos Aprendizes-Marinheiros, nos arquivos da Marinha.

Certo dia, falaram para Dedé que haviam visto Nandinho na fila da Igreja de São Francisco. Essa congregação tinha um programa de distribuição de alimentos para pessoas pobres que não tinham o que comer. Dedé, que morava em Salvador com Joselina, foi até a igreja e viu Nandinho na fila com um prato nas mãos. Ele estava magro e sujo. Seus cabelos haviam crescido e já tocavam nos ombros. Ela se entristeceu muito, pois o viu crescer e gostava muito dele.

— Nandinho, o que é isso? Porque você está aqui? — disse Dedé.

— Eu saí da Marinha. O comandante me botou pra fora —
ele respondeu com a voz embargada.

— Eu vou lá na Marinha conversar com o comandante. —
Respondeu Dedé chorando.

— Não vá não, minha irmã, porque ele não vai me deixar
voltar.

— Adianta! Você vai lá comigo amanhã — sentenciou Dedé.

No dia seguinte, Dedé foi com Manoel falar com o
comandante. Depois de aguardar por mais de uma hora, foram
recebidos. Quando entraram na sala do comandante, Dedé pediu
para que Manoel fosse reintegrado. Com a negativa do chefe
militar, que se manteve inflexível, Dedé se ajoelhou sobre os pés
do comandante e começou a chorar, implorando para que seu
irmão fosse readmitido. Quanto mais ele negava, mais Dedé
chorava abraçada às pernas do comandante.

— Ele não vai fazer mais nada de errado. Por favor, aceite o
meu irmão de volta!

— Levanta, moça. Eu não sou santo, não! — gritou o
comandante, desconcertado.

Dedé só parou quando o comandante foi em direção a Manoel
com o dedo em riste.

— Olhe aqui, seu moleque. Você só vai voltar por causa de
sua irmã. Se eu souber que você aprontou de novo eu vou te dar
um pontapé na bunda e jogar você no mar pra morrer afogado.
Foi assim que Manoel voltou para a Marinha. Lelé soube do
ocorrido por Dedé quando esta foi visitá-la em Jequié. João, por
sua vez, soube do que aconteceu pelo próprio Manoel quando
ele já estava idoso. Manoel não falou de Dedé, mas contou como
ele saiu da Marinha por causa do animal.

Quando ele entrou na Marinha, João ainda perambulava pelas
ruas desbravando o seu destino.

A saga de João em terra

Certo dia, agora com doze anos, João foi ao Corpo de Bombeiros em Salvador para procurar Dudu. Estava vestido com um macacão feito de tecido de saco de farinha de trigo e calçando um tamanco de madeira. João sabia que seu irmão mais velho trabalhava nos Bombeiros. Sabia de cor até o número de telefone da Corporação: 1414.

Ele tinha resgatado o contato com Dudu quando este passou a ir com frequência para Camaçari a fim de treinar os escoteiros da cidade. Naquele tempo, os Escoteiros da Terra eram vinculados ao Corpo de Bombeiros. Em Camaçari, Dudu também visitava seu compadre e cunhado, conhecido como Toinho Rolinha. Rolinha era marido de Celina. Foi assim que João voltou a se relacionar com Dudu.

Ao chegar à portaria dos Bombeiros, João foi interrogado pelo guarda sentinela:

— O que você tá fazendo aqui, menino? — perguntou o guarda.

— Eu quero falar com o Dudu — João respondeu.

— Dudu? Que negócio é esse de Dudu, menino? Aqui não tem nenhum Dudu, não. Vai embora! — gritou o guarda.

— Tem sim, Dudu é meu irmão — insistiu João.

— E como é o seu nome e sobrenome? — perguntou o guarda.

— Meu nome é João Batista.

Depois de falar, João estava incerto sobre seu nome completo. Sabia apenas que seu nome era João Batista. Ele ficou tão nervoso por não saber o próprio nome que começou a chorar e repetir sem parar:

— Eu quero falar com o Dudu! Eu quero falar com o Dudu!

— Espere um minuto. Vou ligar lá no quartel. Você não se lembra do seu último nome?

— Eu acho que é Silva.

A sentinela acabou descobrindo, graças ao sobrenome dado por João, que Dudu era o Tenente Silva. Como sabia que o primeiro nome deste era Eduardo, decifrou o mistério. Alguns minutos depois, Dudu apareceu.

— Ô João, o que você tá fazendo aqui, menino? Meu nome aqui é Tenente Silva.

— Eu vim te procurar, Dudu. Eu não sabia que você tinha mudado de nome.

— Deixa pra lá. Foi até bom você aparecer. Eu tenho uma coisa importante para te dizer.

— O que é, Dudu?

— João, eu descobri onde está o nosso pai.

Já fazia uns dez anos que João não via nem recebia notícias do pai. Dudu pensou que seu irmão tinha ido pedir para morar com ele, mas estava enganado. João só queria comer. O menino teve a vida marcada pela escassez. Assim, seu apetite era voraz. O mundo inteiro cabia em seu ventre. João tinha fome de amor, de atenção, de pai, de mãe. Sentia tanta fome que nenhuma comida lhe acudia.

— João, você quer ir morar com o papai? — perguntou Dudu.

— Eu só queria comer, Dudu.

— Bem, você vai comer e vai passar a noite em minha casa. Amanhã eu vou te dar o dinheiro da passagem pra você ir encontrar papai.

No dia seguinte, Dudu comprou a passagem de trem para João. Ele escreveu um pequeno bilhete informando o destino final, pois João era analfabeto.

— Olhe só! Em toda estação que o trem parar, você vai mostrar esse papel para o guarda que fica na estação. O guarda vai te explicar tudo o que você tem que fazer. — instruiu Dudu.

João embarcou no trem e seguiu todas as recomendações de Dudu, mostrando o ticket da passagem e o bilhete do irmão. No papel havia uma recomendação para que auxiliassem o menino a chegar em segurança até a cidade de Jacu. Quando chegou à Estação Jacu, João recebeu notícias de seu pai por um funcionário da estação.

— Então você veio encontrar o padeiro, seu Manoel Antônio da Silva. Olha só, menino. Ele morreu.

— Morreu? — indagou João.

— Sim, ele morreu. Vou te levar na coletoria. Lá você pergunta mais coisas.

Naquele tempo, os municípios tinham coletores de impostos que conheciam todos os comerciantes da cidade. Foi lá que João recebeu mais informações sobre seu pai.

— Seu pai morreu tem uns quinze dias — disse o coletor.

— Onde está a padaria dele? — perguntou João.

— Não sobrou quase nada. Ele só deixou um revolver com cabo madre pérola e um despertador — informou o coletor.

— Eu vim pra ficar com ele. Não sei o que fazer — disse João.

— Você vai ficar essa noite aqui. Amanhã vou te embarcar no primeiro trem de volta para Salvador — respondeu o coletor.

No dia seguinte, João retornou com uma carta para o irmão. Dudu deu um tostão para João voltar para Camaçari e o despediu. O rapaz ficou em Salvador, mas não foi para a casa da avó. Dudu, por sua vez, queria mais informações sobre Manoel Antônio. Como ele não podia ir para Jacu, decidiu pedir ajuda para Dedé.

O protagonismo de Dedé

Dudu se entristeceu muito quando recebeu a informação da morte do pai. A última vez que viu Manoel Antônio foi em Salvador. Toda vez que meu bisavô estava na cidade ia ao quartel ver o filho. Na última vez em que se viram, Dudu insistiu para que o pai viesse morar com ele. Manoel Antônio recusou, disse que ainda tinha condições de trabalhar. Depois foi embora e nunca mais apareceu.

Manoel Antônio morreu em Jacu, um pequeno povoado que recebeu uma estação de trem com o nome do lugar. O ramal ferroviário saía de Santo Amaro e ia até Jacu, que por muitos anos foi o ponto final do ramal. Tempos depois, a linha se estendeu até a estação Bom Jardim. Dudu queria saber informações mais detalhadas sobre o pai. Como João era criança, acabou não trazendo muita informação no bilhete. Então, Dudu achou melhor enviar uma pessoa adulta para saber melhor o que tinha acontecido com o pai em Jacu.

Ele convenceu Dedé a ir obter informações sobre Manoel Antônio. Deu dinheiro suficiente para que a irmã coletasse todas as informações possíveis. Dedé deixou Joselina aos cuidados de uma amiga e partiu. Ao chegar em Jacu, ela buscou um lugar para pousar. Como não encontrou uma hospedaria, foi a casa de uma senhora que, coincidentemente, já tinha tido uma pensão no passado.

— Ô de casa! — gritou Dedé enquanto batia palmas na frente da casa.

— Olá, você está procurando por alguém? — respondeu-lhe uma senhora.

— Eu não tô conseguindo um lugar para me hospedar. Disseram que a senhora podia me ajudar – respondeu Dedé.

— Você tem um rosto conhecido. Parece com um senhor que sempre se hospedava aqui — comentou a senhora.

— É mesmo? E como era o nome dele? — perguntou Dedé.

— Chamava-se Manoel Antônio. Ele era português, eu gostava muito dele.

Dedé sentiu como se o coração pulasse para fora de sua boca quando a mulher falou o nome de seu pai.

— Eu sou filha dele. Estou procurando por notícias. É por isso que eu estou aqui — respondeu Dedé angustiada.

— Eu sabia! Vocês se parecem demais. Por favor, entre. Você vai dormir em minha casa. Eu não vou cobrar nada de você por consideração ao seu pai.

Dedé entrou na casa e foi atualizada das notícias sentada no sofá da sala.

— Oh, minha filha, eu não tenho boas notícias. O seu pai morreu — disse a senhora.

— Eu já sabia. Mas não recebi muitas informações de como foi que aconteceu. É por isso que eu estou na cidade — comentou Dedé.

— Seu pai era muito querido. Quando ele morreu, tinha mais crianças no enterro do que adultos. Ele adorava as crianças. Dava pão e doces pra toda a meninada que não queria mais sair de lá da padaria — testemunhou a senhora.

Dedé ficou surpresa de saber que seu pai era descrito como um homem afável e querido por crianças. No dia seguinte, ela foi até o posto da polícia para conversar com o delegado.

— Doutor, eu estou buscando informações sobre a morte de meu pai — disse Dedé.

— Olhe, o seu pai morreu porque ele fumava muito e bebia muito café. Ele passou mal sozinho e morreu do coração — respondeu o delegado.

Quando morava em Jequié, Lelé fora informada da morte do pai. Ela escutou Manoel chamá-la. Era meia-noite quando ela o ouviu gritar seu nome. Gritou igual ao dia em que ele a viu conversando no barco com Antônio Mendes.

— Eleusinaaaaaa!

Lelé não conseguiu mais dormir. Sentiu que seu pai havia morrido. Poucos minutos depois, José César chegou. Ele estava na rua bebendo e tocando violão.

— Zé César, meu pai morreu! — disse Lelé.

— Morreu? Como é que você sabe? Tem um tempão que você não sabe nada do seu pai — respondeu José César desconfiado.

— Não, ele morreu. Eu sei. Ele me gritou como se tivesse pedindo socorro — insistiu Lelé.

— Deixe de besteira, Lelé. Vamos dormir.

— Você vai ver! Ele morreu hoje — disse Lelé inquieta.

Vinte dias depois de ouvir o grito do pai, Lelé recebeu a visita de Dedé em Aiquara. Depois de jogarem conversar fora por alguns minutos, Dedé foi direto ao assunto:

— Lelé, eu tenho uma tristeza pra você. Na verdade uma tristeza pra nós duas, tristeza pra todo mundo.

— O que foi que aconteceu, Dedé?

— Papai morreu, minha irmã.

— Eu já sabia — disse Lelé chorando.

— Alguém te contou antes de mim? — perguntou Dedé.

Lelé explicou para Dedé o mesmo relato que compartilhou com José César a respeito do grito de Manoel Antônio. Depois de ouvir a irmã com atenção, Dedé contou sobre sua viagem à Jacu e as informações que obteve do delegado e da senhora que a recebeu em casa na cidade   .

Manoel Antônio foi encontrado morto pelos vizinhos que sentiram o mau cheiro que exalava da casa onde o meu bisavô estava morando. Eles estranharam quando ele não apareceu para trabalhar. Quando arrombaram a porta da casa, o acharam morto. Não encontraram muitos pertences de meu bisavô. Encontraram um revolver e um despertador. É provável que alguém tenha furtado o seu anel de ouro com a gravação das três letras iniciais do seu nome: "M.A.S.". O relógio de algibeira, que ele mantinha no bolso, também não estava lá. Ele ainda tinha o relógio porque encontraram uma marca circular do mesmo tamanho do objeto, gravada em seu peito. Provavelmente deve ter pressionado o relógio contra o tórax enquanto sentia dores e agonizava antes de morrer. Manoel Antônio foi sepultado sem a presença de familiares porque ninguém tinha informações de como localizá-los. Meu bisavô morreu com cinquenta e poucos anos. Em Jacu ele se jactava de que teve 23 filhos, porém Manoel Antônio morreu sozinho.

Em sua última padaria, meu bisavô não teve funcionários. Estava recomeçando tudo outra vez cheio de remorsos por ter abandonado seus filhos, especialmente a Lelé. Ele nunca se esqueceu de Maria Assunção. Lamentou amargamente por ter demorado de reconhecer que ela era muito mais do que uma mulata que rebolava com graciosidade. Ele morreu sozinho e sem posses. Tal era a magreza do meu bisavô que as pessoas desconfiavam que ele estivesse tuberculoso.

Poucos anos depois da morte do pai, Dedé contraiu tuberculose. Ela voltou a visitar Lelé em Jequié. Foi com Joselina se despedir da irmã. Dedé teve cuidado especial em não compartilhar seus utensílios para não contaminar a família de Lelé. Foi nessa visita que ele contou para a irmã tudo o que aconteceu com Nandinho depois que ele foi para Salvador. Disse como ela tinha conseguido reverter a expulsão dele da Marinha. Lelé insistiu para que ela ficasse mais tempo. Queria cuidar da irmã, mas Dedé disse que tinha de cuidar de Joselina e queria morrer em Salvador.

A mulher faleceu pouco tempo depois de visitar Lelé. Ela deixou tudo encaminhado para o casamento de Joselina com Oscar. Dedé estava com trinta e três anos era virgem e só usava roupas brancas. Quando morreu, morava com Joselina na Rua da Lenha. A rua tinha esse nome porque era ali que se ajuntava a lenha para alimentar as fogueiras que eram acesas no Largo do Bonfim na Festa do Senhor do Bomfim, evento que coincidia com a semana de São João. Foi Dudu quem providenciou o sepultamento de Edelzuita, sua irmã.

Certo dia, alguns meses após a morte de Dedé, Lelé acordou assustada. Ela sentiu algo frio ao seu lado na cama em que dormia. Foi quando ela viu Dedé com um vestido branco. Ela fez um pedido para a irmã: "Lelé, não bata em Miltinho não, viu!". Lelé não sentiu medo. Em conflito, duvidando de si mesma, embora tivesse certeza de que o acontecimento foi real, esforçou-se para negar que tinha visto Dedé.

Sua irmã voltou a aparecer outras vezes, mas Lelé deu um basta naquela situação incômoda. Ela não achava natural que os mortos voltassem para conviver com os vivos. Quando Dedé surgiu, Lelé mordeu a irmã que gritou e nunca mais voltou. Essas aparições ocorreram enquanto minha avó morava no bairro do Jequiezinho, na cidade de Jequié.

Arnaldo na Marinha

Acostumado a trabalhar sem cessar desde que era uma criança, Arnaldo ficou incomodado com a grande quantidade de tempo ocioso na Marinha. Ele observou que um dos oficiais sempre reclamava de equipamentos quebrados na cozinha. Assim, Arnaldo viu uma oportunidade para se manter ocupado.

— O senhor quer que eu dê uma olhada nessa máquina de moer carne que parou de funcionar? — perguntou Arnaldo.

— Você é eletricista? — perguntou o oficial.

— Não, mas se o senhor deixar eu posso dar uma olhada. Talvez funcione — disse Arnaldo.

Algumas horas mais tarde, ele comunicou que o utensílio já estava funcionando.

— O senhor tem mais alguma coisa quebrada? — perguntou Arnaldo.

— Dê uma olhada naquele troço ali, também tá com problema — respondeu o oficial.

— Aquele eu já consertei. Foi bobagem. Tem mais alguma coisa? — Arnaldo insistiu.

Depois dos primeiros reparos, tudo o que precisa de conserto era trazido para Arnaldo que em poucas horas colocava os objetos de volta em funcionamento. Arnaldo acreditava que sua desenvoltura vinha dos peixes que comeu na primeira infância. Também sempre foi curioso. Por isso, observava os técnicos que trabalhavam com instalações elétricas nos equipamentos na Padaria Sempre Viva. A eletricidade era uma novidade na época.
Na solenidade de conclusão do curso de formação, após o discurso prolongado do comandante Carlos Alberto, Arnaldo ouviu quando o seu nome foi chamado.

— Recruta Arnaldo, três passos à frente — disse o comandante.

— Sim, senhor — Arnaldo atendeu.

— A partir de hoje você passa a ser o eletricista do Batalhão — comunicou o comandante.

— Senhor, eu não sou eletricista — respondeu Arnaldo inquieto.

— Não? — perguntou o comandante.

— Não, senhor! — respondeu Arnaldo.

— Não foi você que consertou os motores daqueles trecos da cozinha? — perguntou o comandante.

— Fui eu, senhor!

— E como você diz que não é eletricista?

— Pois é, mas eu não sou não — Arnaldo tentou convencê-lo.

— Então você passa a ser o eletricista do Batalhão só até a chegada de um eletricista — decidiu o comandante.

— Assim, tá bom, senhor — tranquilizou-se Arnaldo.

E Arnaldo foi ficando. Ele estranhou a decisão, mas não lutou contra ela.

No final da tarde, o oficial Perógenes sempre chamava Arnaldo para ir dar uma volta na cidade. Saíam os três juntos: Arnaldo, Perógenes e o comandante Carlos Alberto. Os oficiais não eram baianos; estavam em Salvador apenas de passagem já que na Marinha havia grande mobilidade dos oficiais. Eles ficavam apenas alguns anos em cada lugar por onde passavam. Como Arnaldo conhecia bem Salvador, ele sempre os levava para apreciar os pontos turísticos da cidade e fazer compras.

Completado o tempo de serviço de Perógenes em Salvador, ele foi convocado para se relocar para o Rio de Janeiro.

— Arnaldo, já completou o meu tempo aqui na Bahia. Estou indo para o Rio de Janeiro — comentou Perógenes.

— Fico feliz, se isso for bom para o senhor, Tenente. Por outro lado, eu vou ficar triste porque ficamos amigos e eu não vou mais te ver — respondeu Arnaldo.

— Você quer ir pro Rio de Janeiro comigo, Arnaldo? — perguntou o oficial.

— Nada me prende aqui, Tenente. Se eu puder acompanhá-lo, eu vou sim — respondeu Arnaldo.

— Então comece a se preparar que eu vou providenciar a sua transferência — disse Perógenes.

Arnaldo avisou a João de sua mudança e incentivou o irmão a se alistar na Marinha quando chegasse o tempo. Ele foi embora. No Rio de Janeiro, conheceu os Almirantes Aragão, Alfredo Karan e Maurício Dantas Torres, que era comandante da esquadra. Arnaldo não conseguia entender o porquê de todos eles se alegrarem com a sua presença, requisitando-o com grande frequência. Inclusive no dia em que seria apresentado ao Almirante Dantas Torres, foi advertido pelos oficiais:

— Arnaldo, está vindo um almirante aqui só por sua causa.

— Por minha causa? Mas, como assim? Fiz alguma coisa de errado?

— Não, você não fez nada. Disseram que o Comandante quer conhecer você — responderam.

Quando Dantas Torres o viu, o tratou como se fossem amigos de longa data. Arnaldo continuou sem saber a razão de ser tão bem quisto entre os oficiais. Ele especializou-se como condutor de lancha na Marinha. Ficou tão bom no ofício que, quando a tropa desembarcava, não molhava o calçado. Nos treinamentos, a lancha de Arnaldo era a mais disputada dentre as demais porque ele sempre desembarcava a tropa na areia, em solo seco. Nem mesmo os fuzileiros navais americanos, quando faziam treinamentos de operações conjuntas com os brasileiros, conseguiam tal proeza.

Certa vez, em uma viagem aos EUA, por ocasião das manobras da Operação Unitas — treinamento tático que reunia forças navais de vários países do continente americano sob a coordenação dos Estados Unidos — , Arnaldo pilotou uma das lanchas da Marinha. Na ocasião, ele foi solicitado pelo rádio para retornar ao navio. Quando ele atracou a lancha soube que cinco almirantes americanos embarcariam com ele. Eles não só embarcaram como acompanharam os treinamentos da lancha de Arnaldo. Quando Arnaldo olhou para a proa do navio brasileiro, viu o seu comandante pulando de alegria por vê-lo entre os almirantes americanos.

Alguns anos depois, os Estados Unidos montaram duas bases militares no Brasil. A Base Naval de Aratu, na Bahia, e a do então Território de Fernando de Noronha. Os americanos ficaram nelas até que Getúlio Vargas decidiu que os Estados Unidos não teriam mais bases militares em nosso país. Arnaldo foi um dos primeiros homens da Marinha a servir na Base de Aratu. Ele também participou ativamente da construção da Base Aérea de Fernando de Noronha. Foi ele quem transportou setecentos tambores de betume para a construção da pista aérea, além de mil e quinhentos sacos de cimento para a ilha. Como o navio da Marinha não tinha como atracar, Arnaldo transportou a carga que estava dentro do navio para a Ilha. Utilizou sua lancha por nove dias ininterruptos, trabalhando de dia e por boa parte da noite. O comandante do Exército, que também era o governador da ilha, foi o responsável pela recepção da carga.

Em uma ocasião, em Porto Rico, Arnaldo viu Jesus Cristo. Foi assim: na Marinha, ele tinha um colega que era doido para ter um filho. Em todas as vezes que estavam juntos esse amigo comentava que desejava muito ter um filho homem. Não parava de falar desse assunto. Certo dia, Arnaldo desembarcou no porto. Ele estava caminhando sozinho quando se encontrou com um homem que parou em sua frente e falou:

— Você me conhece? — perguntou o homem.

— Não. Quem é você? — disse Arnaldo.

— Eu sou Jesus Cristo!

— O senhor é quem? — perguntou outra vez.

— Eu sou Jesus Cristo! Venha comigo — respondeu o homem.

Arnaldo prosseguiu caminhando com ele. Não sentiu medo. Caminhavam sem falar. Quando pararam embaixo de uma amendoeira, Arnaldo observou o momento em que o homem levantou o braço e uma folha caiu em sua mão. A folha tinha o formato de um coração. De repente, o homem desapareceu.

No dia seguinte, ao se encontrar com o amigo que desejava ter um filho, Arnaldo narrou o seu encontro com Jesus. O amigo ouviu calado. Não esboçou reação que mostrasse se havia ou não acreditado na veracidade do relato. Três meses depois, quando chegaram ao Brasil, Arnaldo foi informado pelo amigo que a esposa estava grávida de um menino.

— Eu acredito que aquela visão que você teve de Jesus Cristo foi um aviso de que Jurema ia engravidar e me dar um filho.

Arnaldo nunca se esqueceu disso. Soube muitos anos depois que o menino cresceu e se tornou pastor de uma igreja evangélica em Nilópolis, diferentemente de seus pais que continuaram católicos.

Meu tio teve inúmeras oportunidades de crescimento na Marinha, mas um aborrecimento o fez desistir de assumir outras funções. Em 1962, quando estava se preparando para fazer uma prova para mudar de patente, ele pegou um bonde que se envolveu em um acidente na Rua Haddock Lobo. Dessa forma, ele acabou chegando atrasado na Praça Mauá. Na verdade, Arnaldo se apresentou no horário, às sete da manhã, mas não foi permitida a sua entrada. Ele ficou tão aborrecido com a rigidez com que foi tratado que prometeu a si mesmo que nunca mais participaria de um processo seletivo. Ainda assim, ele continuou sendo respeitado pelos altos oficiais. Entre eles, os Almirantes Aragão, Ernesto, Dantas Torres, Melo Batista e Alfredo Karan.

Cândido da Costa Aragão alcançou a posição de vice-almirante da Marinha do Brasil em 1963, assumindo o comando-geral do Corpo de Fuzileiros Navais. Vale dizer que ele se posicionou contra o golpe contra o presidente João Goulart. Já Aragão, de origem humilde, era tratado como herói pelos seus subordinados. Durante o golpe militar, ele foi preso e, devido aos maus-tratos que recebeu na prisão, ficou cego de um olho. Quatro meses depois, ele foi solto devido à concessão de habeas-corpus pelo Superior Tribunal Militar. Em seguida, ele pediu asilo na embaixada do Uruguai. Retornou ao Brasil em outubro de 1979, onde ficou detido por 49 dias. Foi absolvido de todas as acusações em 1981. Em 1983, ele morreu em ditosa velhice aos 91 anos.

Melo Batista, durante a Segunda Guerra Mundial, serviu na missão naval brasileira em Miami, nos Estados Unidos, onde se especializou em submarinos. Após regressar ao Brasil, promoveu a criação do Centro de Tática Antissubmarino. Depois de galgar diversas posições, foi promovido para almirante-de-esquadra em outubro de 1968, durante o governo de Costa e Silva. Faleceu no Rio de Janeiro no dia 14 de outubro de 1973.

Alfredo Karan, por sua vez, ocupou diversas posições na Marinha. Atuou como contra-almirante em 1973 e vice-almirante em fevereiro de 1977. Também foi nomeado chefe do Estado-Maior do Comando de Operações Navais, assumiu o comando do I Distrito Naval no Rio de Janeiro, foi almirante-de-esquadra em 1981, além de ser presidente do Clube Naval e chefe do Estado-Maior da Armada em 1984.

Por fim, Dantas Torres iniciou a sua carreira ingressando na Escola Naval em 1928. Foi galgando posições até chegar a vice-almirante em 1966, comandante-em-chefe da Esquadra, presidente do Clube Naval e almirante-de-esquadra em 1969. Ele faleceu em Belo Horizonte em 1983.

Dois almirantes disputavam para ter Arnaldo em sua equipe. Um deles era o comandante geral do Corpo de Fuzileiros Navais, o vice-almirante Aragão. O outro era o comandante da Esquadra Brasileira, o almirante Ernesto. O comandante da esquadra fora sondado para ocupar a posição de Ministro da Marinha. Sabendo que não poderia ficar com Arnaldo, Aragão deixou-o ir, mas não liberou a documentação do seu protegido. — Ele leva o homem, mas eu não solto os documentos — disse o almirante Aragão. Assim, Arnaldo fazia parte do corpo de fuzileiros e recebia salário pelo seu serviço, mas de fato fazia parte da Esquadra Brasileira, o que lhe permitiu conhecer 57 países.

Na Revolução de 1964, ele foi encarregado de cuidar da Ilha de Mocangê, na Baia de Guanabara. Quinze fuzileiros navais o acompanharam e se instalaram na ilha que até então era ocupada apenas pela equipe da Base de Submarinos. Esse lugar, anos mais tarde, viria a se tornar a Base Naval do Rio de Janeiro.

Arnaldo casou-se com Olga com quem teve quatro filhos: Jorge Arnaldo, Nádia Maria, Teresa Cristina e Marco Antônio. Além dos filhos, tomou uma menina como filha desde que ela tinha seis anos: Norma. Ela era quatro anos mais velha do que Jorge Arnaldo.

Em Salvador, João sentia falta dos momentos em que viveu ao lado de Arnaldo. Foram os anos mais prósperos e felizes desde que perdeu a mãe e foi abandonado pelo pai.

A saga de João no mar

lguns meses depois de Arnaldo partir para o Rio de Janeiro, João acabou voltando para as ruas. Tornou-se um capitão de areia. Eventualmente, ele se encontrava com Carlinho e com Fred que continuavam nas ruas. Quando estava cansado ele pongavam no bonde e se seguravam firme para não cair. Tão logo era avistado pelo cobrador, saltava com a condução ainda em movimento, pois não podiam pagar a condução. Diferentemente de outros meninos, João nunca machucou o pé por despongar do bonde. Sua agilidade de meio pássaro, meio gato continuava intacta.

Certa vez, João se deparou com Fred liderando um grupo de cinco meninos e se juntou a eles. Já era tarde da noite quando o bando começou a procurar um local para dormir nas cercanias do Farol da Barra. Enquanto zanzavam, surpreenderam dois casais tendo relações sexuais em uma rua escura. Fred convenceu os meninos de que o local ela bom para passarem a noite e que, por isso, precisavam expulsar os desnaturados.

— Va-va-vamos botar todo mundo para correr. A-a-aqui não é lugar de pouca ver-ver-vergonha, não! — disse Fred.

Eles se aproximaram e o rapaz deu o sinal.

— Quem não correr vai morrer! — Fred gritou sem gaguejar, enquanto os meninos dispersavam os casais que corriam seminus com as roupas nas mãos.

Percebendo o risco de permanecer com Fred, João o deixou. No dia seguinte, foi para Cidade Alta. Quando ele estava com fome sempre descia para a Cidade Baixa para coletar sobras de frutas na feira. Seu único vício era fumar as bitucas de cigarro que encontrava na rua. João não era mais o mesmo. Não estava satisfeito com a vida. Também não queria mais ficar nas ruas. Ele não parava de pensar em Arnaldo.

Pouco tempo depois, João soube que Fred tinha sido preso por vadiagem. O rapaz ficou detido no prédio da Colônia Penal Lafayete Coutinho, que abrigou por décadas o Presídio Pedra Preta, no bairro de Castelo Branco. Mas não ficou lá por muito tempo. Ninguém podia manter Fred enclausurado.

Decidido a sair das ruas, João decidiu ir procurar uma freira que era muito conhecida em toda a Bahia por ajudar os pobres de Salvador. Ela era chamada de Irmã Dulce. Ele descobriu onde ela morava e foi procurá-la a fim de pedir dinheiro para ir a o Rio de Janeiro. Ao chegar à casa dela , João bateu palmas na frente do portão. De repente, a Irmã abriu a porta e se dirigiu a uma pequena varanda onde permaneceu parada em pé.

— Bom dia, o que você quer, meu jovem? — perguntou a freira.

— Irmã, eu vim pedir uma ajudazinha para a senhora — respondeu João.

— Ajuda pra quê, meu filho? — insistiu Irmã Dulce.

— Qualquer ajuda. Pode ser comida, dinheiro, roupa.

— Abra o portão aí, venha cá! — instruiu-o.

João abriu o portão e entrou. Ficou surpreso com a simplicidade dela. Era uma residência pequena, com poucos móveis. Quase não acreditou no quanto ela era jovem, parecia não ter nem vinte e cinco anos. Ela era muito bonita e estava sozinha.

— Me diga agora o que você estava falando — perguntou Irmã Dulce.

— Muito bem... Irmã, eu tô querendo ir para o Rio de Janeiro. Eu não tenho pai nem mãe. Meu irmão foi embora e eu estou sem nada. Eu queria ter o dinheiro da passagem e uma roupa.

— Dinheiro eu não dou, mas a roupa você vai levar. Tome essa calça branca e essa camisa social. Vá em paz. Que Jesus te abençoe na sua viagem.

João imediatamente procurou informações sobre a partida do navio para o Rio de Janeiro e se preparou para a viagem. Nesse tempo, a Companhia Nacional de Navegação Costeira, conhecida popularmente como Costeira, fazia navegação de cabotagem transportando cargas e passageiros pelo litoral do Brasil. A empresa possuía diversos navios, a maioria com o nome em Tupi-Guarani. Ela foi fundada em 1882 pelos descendentes de um armador português que migraram para o Brasil. Inicialmente a empresa se chamava Lage & Irmãos.

João chegou no cais do porto de Salvador e entrou no navio. Sem demora, foi logo abordado por um oficial:
— Cadê seu documento? — disse o oficial.
— Muito bem... eu só estou levando essa bagagem daquela moça ali na frente. Eu vou colocar lá e já vou descer. — João justificou-se.
— Pode seguir. Vê se não demora. — alertou o oficial.

João não retornou. Ele se misturou aos passageiros como se fosse um deles. Às cinco horas da tarde, o navio partiu. Ainda dentro da Baía de Todos os Santos, ocorreu a contagem de passageiros. À medida que as pessoas relacionadas em uma lista eram chamadas, um marinheiro entregava um prato e um caneco para as refeições. Ao final da contagem, restaram onze pessoas clandestinas que não estavam relacionadas. Todas elas foram desembarcadas na lancha da polícia aduaneira. João ficou frustrado. Embora soubesse que não tinha a passagem, trazia a esperança de não ser expulso do navio. Quando desembarcou da lancha, ele teve de prestar depoimento. Tendo levando uma bronca do policial, foi liberado.

Depois de algumas semanas, João fez uma segunda tentativa de ir para o Rio de Janeiro. Ele avaliou que o risco envolvido era pequeno. O máximo que poderia lhe acontecer seria a sua expulsão do navio pela segunda vez, mas não seria preso. Acreditou que valia a pena tentar. Fingindo ser um carregador de bagagem, exatamente como da primeira vez, ele subiu a bordo do navio Itatinga, que em Tupi-Guarani significa "pedra branca".

Navio Itatinga

Ciente do procedimento de contagem de passageiros, João aguardou no convés a chamada para entrega do prato e da caneca de alumínio. Um a um os passageiros iam recebendo os seus utensílios. Cheio de astúcia, João aguardava ansiosamente que algum dos passageiros do sexo masculino não respondesse à chamada. Esperou pacientemente o tempo passar. O tempo não estava com pressa. Passou tão devagar que as pálpebras de João piscavam em câmera lenta. Seu coração batia forte como tiros de canhão, mas estava tão lento que os intervalos entre os disparos pareciam levar algumas horas. De repente, alguém não respondeu a chamada. O nome foi chamado pela segunda vez.

— Aqui! Aqui! Sou eu — respondeu e João moveu seus lábios em câmera lenta.

— Você nem bem embarcou e já está dormindo, rapaz! Tome aqui seu copo e a caneca. — Repreendeu-lhe o marinheiro e continuou a chamada.

179

Dessa vez, apenas cinco pessoas foram desembarcadas. João se entristeceu por vê-los descer, mas ficou aliviado de ter conseguido ficar. Aos poucos ele voltou a ver as nuvens passearem no céu. As ondas do mar agora dançavam, a brisa quente afagou o seu rosto, o coração parou de atirar e suas pálpebras voltaram a lamber os seus olhos. Foi n a hora em que o tempo voltou a passar que João se lembrou da benção de Irmã Dulce.

João viajou recostado num lugar perto da casa das máquinas do navio. O ruído lá era maior do que o do gerador de energia elétrica em   Camaçari. Depois desse dia, um zumbido passou a persegui-lo por toda a vida. O Itatinga era um navio mercante a vapor construído em 1912 pela Ailsa Shipbuilding Co. Ltd. na cidade de Troon, na Escócia. Seu motor barulhento era composto por duas máquinas alternativas a vapor de tripla expansão com três cilindros, com potência nominal de 274 HP's e velocidade de 12 nós. O navio funcionou até 31 de dezembro de 1962 quando foi sucateado no Rio de Janeiro.

Depois de alguns dias, João chegou ao Rio de Janeiro e foi direto procurar Arnaldo. Embora não conhecesse a então capital do Brasil, João viveu tanto tempo nas ruas de Salvador que já era mestre em se virar em uma grande cidade. Ele encontrou o irmão tão rapidamente que parecia conhecer todas as ruas do Rio de Janeiro. Arnaldo logo providenciou um dormitório para ele em um abrigo próximo do quartel.

João dormiu com sono tão pesado que não percebeu quando suas roupas e seu único par de sapatos foram furtados. Ele reclamou com o responsável pelo estabelecimento, mas não conseguiu seus poucos pertences de volta.

— Aqui não pode dar sopa que a turma leva mesmo. É você que tem que cuidar de suas coisas. Aqui é o Rio de Janeiro, não é lugar para gente ingênua — advertiu o proprietário do abrigo.

João e Arnaldo haviam combinado que se encontrariam de manhã cedo no quartel. Como João não compareceu, Arnaldo foi ao encontro do irmão.

— O que aconteceu, João? Você se perdeu no Rio? — disse Arnaldo.

— Muito bem...eu estava dormindo e, quando acordei, vi que levaram minha roupa e meu calçado. Eu não tive como ir ao quartel.

— Vamos falar com o responsável pelo abrigo — disse Arnaldo aborrecido.

Chegando à recepção do abrigo, Arnaldo se queixou:

— Pô! Como é que você deixa o pessoal levar as roupas do meu irmão?

— Eu não tenho como encontrar a roupa dele. Já disse pra ele que a rapaziada daqui não é moleza — justificou-se o homem.

— Você tem que arrumar outra roupa pra ele— replicou Arnaldo.

— Tem um cara no quarto número vinte e três que foi embora sem me pagar e deixou umas peças de roupas lá. Escolha o que der para seu irmão usar e fica o dito pelo não dito — disse o responsável.

Assim, João conseguiu umas mudas de roupas e um par de sapatos velho que, com esforço, entrou em seus pés. Contudo, Arnaldo decidiu tirar João do abrigo. Levou-o para o alojamento da Marinha depois que conseguiu a autorização do Tenente Perógenes.

Arnaldo fez tudo o que pode para João entrar na Marinha, mas não conseguiu. O único impedimento era o peso. João era tão magro que precisou passar seis meses se alimentando para ganhar massa. Tinha altura, mas não tinha o porte físico necessário. Enquanto isso, Arnaldo continuou ajudando o irmão. Orientou-o para que fosse trabalhar no cais do porto. Nessa época, o Governo Federal passou a permitir que os jovens a partir de quatorze anos pudessem trabalhar durante meio período do dia. Entretanto, eles precisavam estudar no turno em que não estavam trabalhando. Assim, João providenciou a sua carteira de profissional e foi trabalhar no cais do Porto do Rio de Janeiro. Com um carrinho de mão, ele transportava sacas de café para dentro dos navios. Ele tirava as mercadorias do depósito e, em seguida, as levava para o navio. João não frequentava nenhuma escola, mas como os controles não eram rígidos, nunca precisou comprovar que estudava no turno reservado para estudar.

Certo dia, Arnaldo conseguiu autorização para que João pudesse fazer as refeições na Marinha. Por isso, este passou a pegar o bonde para almoçar e jantar no quartel. Ele repetia as refeições diversas vezes como se nunca tivesse comido na vida. Passou alguns meses fazendo isso até que o cozinheiro passou a se recusar a servi-lo.

— Arnaldo, não mande mais o seu irmão vir comer aqui não, entendeu?! — falou o cozinheiro.

— Por quê? Ele está causando algum problema? — perguntou Arnaldo.

— O problema é que seu irmão tá comendo mais do que o batalhão inteiro — queixou-se o cozinheiro.

— Mas a comida é sua? Pra que isso, rapaz?

— Ele tá dando prejuízo. Se ele aparecer de novo, eu vou caguetar você. Vou te entregar lá dentro — ameaçou-o o cozinheiro.

Arnaldo foi falar com o Tenente Perógenes. No mesmo dia, o oficial deu ordens expressas ao cozinheiro para que João fizesse todas as refeições na Marinha, com direito a repetições ilimitadas. Depois de alguns meses, quando conseguiu atingir sessenta e seis quilos, João conseguiu preencher os requisitos obrigatórios e entrou na Marinha. Isso aconteceu em 1957.

Ele iniciou sua carreira militar no corpo de fuzileiros navais no centro do Rio, no mesmo local onde Tiradentes ficou preso quando foi capturado. O trabalho era duro. Como não tinha estudo, ele sobreviveu se notabilizando nos serviços pesados. João capinava e fazia todo tipo de trabalho braçal. Ele chegava a se pendurar em cabos de aço para fazer atividades nas partes mais íngremes do morro em uma altura de sessenta metros. Lá de cima, ele observava as ondas do mar rebentando nas pedras. Para João, não tinha serviço ruim ou difícil de fazer. Quando lançavam um desafio de atividades difíceis e pesadas, ele sempre era voluntário. Como recompensa, conseguia alguns dias extras de folga que utilizava para outros trabalhos que ajudavam no orçamento. Ele vendia picolé, milho cozido, pipoca, relógios e roupas masculinas. Sempre procurou oportunidades de ganhar dinheiro extra.

João, no centro

Não muito tempo depois, Arnaldo designou João para uma missão:

— João, você vai fazer uma coisa muito importante.

— Pode falar, Arnaldo. Qual é o serviço?

— Eu vou trazer Carlinho para a Marinha, mas é você que vai buscá-lo na Bahia.

— Eu trazer Carlinho? E o dinheiro da passagem? — inquietou-se João.

— Da mesma maneira que você veio de lá. Você vai ter que se virar! Agora é mais fácil. Você é fuzileiro naval, rapaz! — respondeu Arnaldo.

João se preparou e foi para o porto do Rio de Janeiro. Como fazia parte da Marinha, ele só precisou acertar a viagem com o comandante para pegar uma carona no navio.

— Comandante, estou precisando ir para Salvador a fim de resolver problemas de família. Só que eu não tenho dinheiro para pagar a passagem.

— Você pode viajar. Você é da Marinha. Mas já vou dizendo que não tem cabine não, viu! — avisou.

— Eu já estou acostumado, em me viro em qualquer lugar — respondeu João.

João e Arnaldo

O navio da viagem se chamava Comandante Capella. Ele foi construído em 1905 pela Howaldtswerke Deutsche Werft em Kiel, na Alemanha. O navio pertencia à Companhia de Navegação Lloyd Brasileiro. Ele tinha um motor composto por duas máquinas alternativas a vapor de tripla expansão com três cilindros. Ele possuía duas hélices e se deslocava em uma velocidade de 12 nós. Em 12 de outubro de 1962, no mesmo ano do navio Itatinga, o Comandante Capella também foi sucateado no Rio de Janeiro.

Navio Comandante Capella

A viagem foi tranquila e João encontrou Carlinho rapidamente quando chegou. João conhecia Salvador e Camaçari como as palmas de suas mãos. Depois de visitar os familiares em Camaçari, se angustiou ao pensar no retorno para o Rio de Janeiro.

— Carlinho, eu não tenho como voltar com você do mesmo modo que eu cheguei. Se eu estivesse sozinho, ia numa boa porque agora eu sou da Marinha. O problema é que você tem que pagar a passagem — disse Arnaldo.

— Eu não tenho nem um centavo, João — respondeu Carlinho.

— A gente vai ter que entrar na marra — disse João.

— Como? Eles vão me jogar no mar e você vai perder a farda, você tá doido? — disse Carlinho.

— Deixe isso comigo — respondeu João.

Os irmãos chegaram apreensivos no Porto de Salvador. João estava de farda, enquanto Carlinho usava um terno branco. Os dois se prepararam para entrar no navio José Marcelino, mais conhecido como vapor José Marcelino, da Cia. de Navegação Bahiana. A embarcação era irmã gêmea do Vapor Bahia, ambos construídos em estaleiros americanos. Esse navio fazia um percurso interestadual, iniciado em 1949. Ele saia de Recife e passava pelos portos de Salvador, Rio de Janeiro e Santos.

Vapor José Marcelino

João orientou Carlinho de como proceder para embarcar no navio. Iria executar o mesmo plano que utilizou nas outras ocasiões.

— Muito bem... Agora você preste atenção. Você vai pegar sua mala e seguir as pessoas que tão na sua frente. Quando alguém perguntar pela sua passagem, diga que está carregando as bagagens de um passageiro, mas que você vai retornar e descer.

— E se não acreditarem em mim? — questionou Carlinho.

— Faça o que eu tô mandando rapaz, você não quer ir pro Rio? Vai logo! — replicou João.

Carlinho seguiu o plano enquanto João entrou fardado sem qualquer dificuldade. O navio estava vindo de Recife, carregado de cerveja Antártica proveniente de uma fábrica que ficava no Estado de Pernambuco. Percebendo que a tripulação procurava Carlinho, João decidiu não arriscar a ver o irmão sendo retirado do navio. Por isso, ele decidiu se esconder com Carlinho no depósito onde as cervejas estavam armazenadas.

No dia seguinte, conseguiram comer se misturando com os passageiros. Eles tinham trocado de roupa e estavam mais tranquilos. Temendo ser reconhecido como o viajante ilegal que não desembarcou, Carlinho tirou o bigode. Caminhando pelo navio, os irmãos viram uma mesa com uma caixa de dominó e sentaram-se para jogar. De repente, um dos membros da tripulação que os observava perguntou:

— Tem uma vaguinha pra mais um?

— Tem chefe. Pode sentar — respondeu João desconfiado.

Enquanto jogavam, João e Carlinho se observavam como se aguardassem o momento de serem desmascarados. Depois de alguns minutos de silêncio, o membro da tribulação tomou a iniciativa de falar.

— Você é da Marinha? Na entrada, eu vi um naval parecido com você.

— Não, eu não sou da Marinha — respondeu João.

— Ah, então tá bom. Eu devo ter me enganado — disse o homem.

Eles continuaram jogando até que o home se despediu e os deixou sozinhos.

Salão de Refeições do Vapor José Marcelino

O José Marcelino tinha capacidade para 74 passageiros na primeira classe e 96 na segunda. Ele se deslocava de 16 a 21 milhas horárias. Além dos passageiros, tinha capacidade para seiscentas toneladas de carga. Ele era um navio rápido, fazendo em três dias o percurso de Salvador ao Rio de Janeiro. Contudo, o alto consumo de combustível o inviabilizou porque precisava de cerca de quarenta toneladas de óleo a cada vinte e quatro horas de operação. Depois de certo tempo, o navio foi removido de rota porque dava prejuízos financeiros.

Completados os três dias de viagem, chegaram à Baía de Guanabara de madrugada. João e Carlinho viram a cidade do Rio de Janeiro toda iluminada. O desembarque tinha hora marcada, seria às nove da manhã do dia seguinte. Ao amanhecer, colocaram as roupas com as quais tinham embarcado enquanto todos aguardavam a liberação para deixar o navio.

João percebeu que o oficial que jogara dominó com eles estava olhando para Carlinho de modo desconfiado. Depois de alguns minutos, ele viu o homem se aproximar.

— Cadê a sua passagem, rapaz? — perguntou o tripulante pra Carlinho.

— Deixe-o passar! As passagens estão comigo — João interrompeu.

Carlinho desembarcou rapidamente e desapareceu misturado na multidão.

— Cadê as passagens? — perguntou o tripulante para João.

— Que passagem? — respondeu João.

— As passagens. Você disse que estava com a sua passagem e a do seu amigo — insistiu o tripulante.

— Eu não tenho passagem não! — respondeu João.

— Você não pode desembarcar sem mostrar os canhotos das passagens — continuou insistindo o tripulante.

— Eu não tenho passagem nenhuma. Eu sou da Marinha. Isso aqui é tudo da Marinha; não tem esse negócio de passagem não. Eu sou fuzileiro naval — João falou alto. Quanto mais era questionado, mas se mostrava indignado. Ele gritava ao mesmo tempo em que buscava apoio dos demais passageiros. Nesse instante, havia muita gente atrás de João aguardando para desembarcar.

— Senhor, essa embarcação é particular — disse o tripulante.

— Particular uma ova, isso aqui é da Marinha! — respondeu João.

— Eu vou chamar a polícia! — o tripulante ameaçou.

— Pode chamar agora. Chame logo a polícia aduaneira porque eu tô com pressa! — respondeu João.

Os passageiros se inflamaram com a demora e logo se formou uma pequena confusão. Para acalmar os passageiros que protestavam inquietos, o tripulante deixou João desembarcar.

João encontrou Carlinho rapidamente. Eles pegaram o bonde e foram para o quartel se encontrar com Arnaldo. Os três irmãos, enfim, estavam novamente reunidos. Em pouco tempo, Arnaldo conseguiu ajudar Carlinho a entrar na Marinha.

João se casou com Dila, com quem teve três filhos: Cátia, Cláudio e Anderson. Carlinho também se casou. Falarei sobre esse episódio depois.

Em Jequié, Lelé continuava vivendo com José César e os seus filhos. Ela estava grávida da sexta criança e estava com planos de fazer o parto em Salvador.

Briga de comadres

Lelé Minha avó e Neuza, esposa de Dudu, sempre tiveram um bom relacionamento. Por isso, quando soube que Lelé havia engravidado, Neuza a persuadiu para ter o filho em Salvador. Afinal, ela era parteira e já manifestara o desejo de batizar a criança.

Lelé aceitou o convite da cunhada e se hospedou na casa de Dudu. Conforme combinado, Neuza fez o parto. Em sua homenagem, a criança recebeu o nome dela. Além disso, a bebê foi batizada pelos tios. Assim, mais do que cunhadas, Lelé e Neuza agora eram comadres. Para não confundi-lo, meu leitor, e para diferenciar a afilhada da tia-madrinha de mesmo nome, vou chamar a filha de Lelé de Neu. Afinal, era assim que ela era conhecida por seus pais e por seus irmãos.

A amizade de Lelé e Neuza foi duramente afetada alguns anos depois. Isso aconteceu após a descoberta de um escândalo na família: o relacionamento extraconjugal entre Neuza, mulher de Dudu, e Oscar, marido de Joselina. Embora muitos já desconfiassem, o caso veio à tona quando Carlinho flagrou os dois aos beijos no cinema. Neuza negou, mas todos sabiam que era verdade. Dudu, sempre muito discreto, se calou.

Lelé soube de tudo através de uma carta de Joselina, sua irmã, que relatou com detalhes os encontros amorosos entre Oscar e Neuza. Minha avó respondeu a carta da irmã dizendo que, se tivesse de escolher um lado, apoiando Joselina ou Neuza, ela ficaria do lado da irmã. Lelé não queria ser conivente com uma dupla traição.

Pouco tempo depois, Neuza enviou uma carta para Lelé junto com um pacote de pirulitos para os sobrinhos. Na carta, Neuza falava mal de Joselina e exaltava Oscar. Lelé ficou muito aborrecida e contou para Joselina, que se entristeceu muito. Sem o conhecimento da esposa, Oscar teve acesso a carta de Lelé e relatou todo o conteúdo para Neuza. Sentindo-se traída por Lelé, Neuza se afastou da cunhada e passou a hostilizá-la nos momentos em que teve oportunidade.

Alguns meses depois, Conça, uma das filhas de Lelé, ficou doente. A menina foi acometida por uma doença de pele. O médico que a atendeu em Jequié disse que a doença era grave e que nada poderia fazer para curá-la. Assim, ele recomendou que Lelé levasse a criança a um dermatologista em Salvador. Sem saber que Neuza estava ciente do conteúdo da carta que trocara com Joselina, Lelé se hospedou na casa de Dudu em Salvador. Decidiu que ficaria apenas o tempo suficiente para que Conça fizesse o tratamento médico.

Neuza recebeu Lelé com frieza. Chegou ao ponto de esconder até o papel higiênico da casa para que Lelé não tivesse acesso. Ela orientava a sua empregada para jogar fora todos os objetos que Conça tocava, apenas para aborrecer a cunhada. Cansada das hostilidades da comadre, Lelé decidiu chamar Neuza para conversar.

— Neuza, desde que eu cheguei você está estranha. Você está agindo assim por causa da carta que eu escrevi para Joselina, não é? Eu já sei de tudo porque Dudu me contou assim que eu cheguei aqui. Eu quero que você saiba que Oscar não te informou direito.

— Eu pensei que eu podia confiar na minha comadre. Aquilo que você fez foi traição, Lelé.

— Só porque eu disse que ficaria do lado de minha irmã e do meu irmão? Você faria o quê no meu lugar? Responda qual foi o mal que te fiz? Você está em condições de falar em traição?

Neuza ficou ainda mais aborrecida ao ser confrontada e continuou a tratar Lelé com indiferença. Minha avó se aborreceu muito com Oscar. Ele era seu compadre, padrinho de Conça. Agindo como se fosse bom moço, foi criar intriga.

Ainda assim, Lelé tinha algo mais importante para se preocupar. Decidiu focar no tratamento da filha e foi procurar o dermatologista. Chegando ao consultório, o médico fez algumas perguntas:

— Há quanto tempo essa menina está assim?

— Faz algumas semanas. Eu já tentei de tudo, mas não teve jeito. Doutor, essa doença tem cura? — perguntou Lelé.

— Sim, tem cura. Não vai precisar nem de remédio. A senhora vai dar a ela somente os alimentos que eu lhe indicar.

— Graças a Deus. O médico de minha cidade deu um parecer ruim. Achei que eu ia perder minha filha.

— A senhora pode ficar tranquila. E o umbigo dela, sempre foi grande assim?

— Não. Ele cresceu depois que ela teve coqueluche. Ficava tossindo o tempo todo, aí cresceu o umbigo.

— A senhora vai colocar um botão no umbigo dela e vai amarrar com uma cinta. Deixe a cinta pressionando o umbigo que, em um ou dois meses, vai voltar ao normal.

— E pra pele, doutor? O senhor não vai passar nada?

— Ela vai sarar sozinha. Ela está com carência de nutrientes. É só cuidar da alimentação dela.

— Qual foi o médico de Jequié que desenganou a sua filha?

— Foi o doutor Nilton Gavazza. Foi ele que me recomendou o senhor.

— Foi Nilton, aquele cachorro? Ele fez faculdade comigo aqui em Salvador. Quando ele voltar aqui, vou dar uma bronca nele.

Lelé saiu do consultório aliviada. Decidiu voltar para casa no mesmo dia para evitar aborrecimentos com Neuza. Algumas semanas depois, Conça sarou da pele e, não muito tempo depois, o umbigo ficou bom.

A relação entre Lelé e Neuza nunca mais voltou a ser como antes. Dudu fazia vistas grossas. Comentava que só tomaria alguma ação se ele mesmo flagrasse a esposa em adultério. Neuza e Oscar, por sua vez, cada vez mais distraídos, foram vistos em atitudes suspeitas por alguns familiares. Fred foi um deles. Viu os dois namorando na praia.

Muitos fatos aconteceram depois disso. A situação financeira da família de Lelé estava no fundo do poço quando ela engravidou de Arlete e viu a filha morrer depois de alguns meses. Já compartilhei tudo isso com você, meu caro leitor. Sem esperanças de ver o marido recuperado do alcoolismo e de ter uma vida melhor em Jequié, Lelé decidiu partir para o Rio de Janeiro.

Lelé no Rio de Janeiro

elé foi com a família para o Rio de Janeiro no final de 1962. Milton, Linda, Gileno e Neu estavam com ela. Conça e Sônia ficaram em Faisqueira, na casa de Alípio e Gertrudes.

Arnaldo e Toinho aconselharam Lelé para que não deixasse José César acompanhá-la porque não gostavam dele. Acreditavam que o marido da irmã só atrapalhava a sua vida Porém, Lelé tinha o coração mole e deixou que José César fosse junto com ela. Ela mandou fazer umas malas de madeira para levar as poucas coisas que ainda tinham. Estas eram tão pesadas e sombrias que pareciam urnas funerárias. Minha avó também levou consigo a máquina de costura Singer que possuía. Em Jequié pegaram um caminhão conhecido como pau-de-arara até Itambé. De lá, apanharam um ônibus para o Rio de Janeiro pela BR 116. A rodovia ainda não era asfaltada nem havia revezamento de motoristas no ônibus. Além disso, naquele tempo, o condutor tinha de fazer múltiplas paradas para que os passageiros fizessem as suas necessidades fisiológicas na beira da estrada. À noite, o ônibus parava para que o motorista pudesse dormir e retomar ao trajeto no dia seguinte.

Inicialmente, Lelé e os filhos foram morar em uma casa no Irajá cedida por Toinho. Isso aconteceu em 18 de setembro de 1962. Era um barraco de madeira onde também ficavam Carlinho e João quando não estavam no quartel dos fuzileiros navais na Ilha das Cobras.

Lelé logo se ocupou em conseguir um trabalho para os filhos. Aconselhada pelos irmãos, ela comprou o Jornal do Brasil para verificar o caderno de empregos. Nele, ela viu um anúncio que a interessou. O anúncio dizia: "Precisa-se de guia de cegos.

Necessário que more no bairro do Irajá. Apresentar-se na Rua Dias da Cruz no Méier.".

Na segunda-feira, Lelé e Milton decidiram ir ao local indicado e, após perguntarem a muitas pessoas, conseguiram chegar a um prédio bonito. Lá havia uma Associação de Cegos em que encontraram muitos integrantes, dentre eles muitos pobres que precisavam de donativos para sobreviver. Milton foi apresentado a um dos cegos conhecido como Dr. David. O homem havia sido acometido de glaucoma e perdido a visão, mas, antes disso acontecer, tinha sido professor de línguas da Universidade Federal do Rio de Janeiro. Assim sendo, Dr. David era professor catedrático e falava diversos idiomas.

— Doutor, o meu filho não conhece o Rio de Janeiro porque chegamos recentemente da Bahia, mas nós moramos no Irajá, na Rua Ferreira Cantão — explicou Lelé.

— Que bom! Eu faço questão que seja uma pessoa do Irajá porque eu também moro lá — respondeu Dr. David.
Milton foi contratado, mas ficou com receio por não conhecer a cidade.

— Dr. David, eu agradeço muito a oportunidade, mas como eu vou conduzi-lo sem conhecer nada na cidade? — indagou.

— Não se preocupe, rapaz. Eu conheço o Rio como a palma da minha mão — encerrou o assunto.

No dia seguinte, Milton começou a trabalhar. Saía da Rua Ferreira Cantão e se dirigia para casa de Dr. David que ficava no mesmo bairro, no Irajá. Dr. David colocava a mão direita no ombro de Milton e com a outra mão segurava uma bengala e saiam. Ele instruía Milton com todas as coordenadas.

— Pare aqui. Aqui é um ponto de ônibus. Vamos pegar o ônibus 747. Ele vai para Copacabana — ensinou.

Quando Milton avistava o ônibus, avisava ao seu acompanhante e os dois subiam.

— Quando passar o segundo túnel, você aperta a cigarra. Nós vamos soltar na Rua Barata Ribeiro — explicava Dr. David.

Percebendo essa desenvoltura, Milton refletia sobre a situação. Apesar de ter boa visão, sabia que o cego era ele, e não o Dr. David que, verdadeiramente, conhecia o Rio de Janeiro em detalhes.

Com o passar dos dias, Milton foi aprendendo a andar na cidade. Antes de receber as instruções costumeiras, ele já sabia o que teria que fazer. Isso só não acontecia quando iam a um local novo e ele precisava de informações. Em geral, os dois passavam o dia nos bairros nobres da Zona Sul como Copacabana, Leblon, Ipanema e São Conrado. Ficavam pedindo donativos. Dr. David fazia as solicitações em português, inglês e em francês, já que na região havia muitos turistas estrangeiros. Na hora do almoço, paravam em um restaurante para comer. Milton tinha até se acostumado a comer pratos variados. Dr. David tinha uma biblioteca fabulosa em sua casa. Havia uma vastidão de livros da literatura universal. Milton trabalhou com o homem até o dia em que ele faleceu. Meu pai   chegou a trabalhar com outro cego que não tinha a cultura e a desenvoltura de Dr. David. Um dia, o homem caiu na rua e Milton foi demitido da Associação de Cegos.

Lelé também arrumou um emprego de condutor de cegos para Gileno. Ele andava pela cidade conduzindo seu Eduardo Alziro. Um dia, parado aguardando o trem na estação, distraiu-se e seu Alziro foi sozinho no trem. O rapaz ficou desolado e voltou para casa chorando. Só se acalmou quando Lelé disse que seu Alziro conhecia a cidade melhor do que ele. A verdade é que Gileno gostava do trabalho, pois lá fazia todas as refeições.

Gileno e Milton

Alziro se afeiçoou a Gileno. Diferentemente dos outros meninos que já haviam trabalhado para ele, o rapaz não o roubava. Alziro morava no Méier. Com o passar do tempo, a madrasta dele passou a fazer Gileno encher um tonel com água na casa dela todos os dias, desviando-o da função para a qual ele foi contratado. Isso levou o rapaz a buscar outro trabalho. Ele era tão obstinado que não passou mais de um dia desempregado.

Pouco tempo depois, como de costume, José César desapareceu. Foi nessa época que Nandinho, que estava morando em Brasília, apareceu com a esposa. Ele convenceu Lelé a ir morar com a sogra dele em São Gonçalo. Em pouco tempo ele arranjou uma casa onde sua mãe passou a trabalhar como empregada doméstica. Como Leidir, a esposa de Nandinho, estava precisando de ajuda em sua casa em Brasília, Linda os acompanhou quando eles voltaram para o Distrito Federal. Ela ficou com eles por quase dois anos e depois retornou para São Gonçalo.

Na época, Lelé já estava com vida estável no Rio de Janeiro. Ela e os filhos já estavam trabalhando quando José César reapareceu dizendo que estava bem estabelecido em Governador

197

Valadares. Por isso, convocou a família para ir para Minas Gerais. Lelé deu-lhe mais um voto de confiança e foram todos com ele.

Logo que chegaram em Governador Valadares, eles foram morar em um hotel onde permaneceram até o dia em que o patrão de José César alugou uma casa para a família. Embora não fosse formado em contabilidade, meu avô tinha grande experiência em prática contábil. Ele estava trabalhando no Escritório Contábil João Moraes. Chegou a convencer seu João Moraes a deixar que Milton trabalhasse com eles. Assim, o jovem aprendeu sobre livros fiscais, imposto de renda e várias rotinas contábeis. Como a situação havia melhorado, Lelé mandou Milton ir buscar Sônia e Conça em Faisqueira. Dessa vez, ele foi de ônibus. Foi assim que a família pôde se reunir depois de mais de dois anos separados. Eventualmente, Carlinho aparecia quando tinha folgas prolongadas na Marinha. Ele gostava de visitar Lelé e os sobrinhos.

Jose César

Foi em Governador Valadares que Lelé engravidou de Cacau. Tudo parecia caminhar bem. Contudo, vencido pela sua própria natureza, José César desapareceu. Por essa razão, Lelé e os filhos voltaram a passar por dificuldades financeiras e privação de alimentos. Temendo o pior, Lelé decidiu que romperia definitivamente com José César e voltaria para o Rio de Janeiro.

Ela escreveu uma carta para Arnaldo, que a incentivou a retornar com os filhos. Lelé decidiu que Milton levaria as meninas para Faisqueira enquanto ela, Linda e Gileno iriam para o Rio de Janeiro. O plano era se estabilizar primeiro no Rio e depois mandar buscar as filhas em Faisqueira.

Minha avó vendeu as poucas coisas que possuía e foi com os filhos para o posto da Polícia Rodoviária na BR 116. Lá, explicou sua situação para um policial, que arrumou uma carona para Milton e as meninas em um caminhão que seguia de Governador Valadares para Jequié. Milton, Sônia, Conça e Neu subiram na carroceria do caminhão e partiram. Não foi fácil para Lelé ver as crianças desaparecerem na estrada à medida que o veículo se afastava. Milton teve de assumir a responsabilidade de levar as irmãs em segurança para Faisqueira. Lelé se apegou à sua fé em Deus e dizia pra si mesma: "quando os homens não assumem as suas responsabilidades, Deus fortalece as crianças".

O motorista do caminhão alertou Milton que estava indo para Campina Grande, mas que, quando chegassem em Jequié, todos deveriam descer. A prole de Lelé passou dois dias em cima do caminhão segurando-se nas cordas que amarravam a lona que cobria a carga. Foi uma viagem difícil. Tiveram de enfrentar o vento frio à noite e o calor escaldante do sol da tarde. Precisaram lidar também com restrições para tomar água e se alimentar. Faziam as necessidades fisiológicas no mato à beira da estrada e enfrentavam a poeira que batia nos seus rostos, bem como o risco de despencar da carroceria. Milton ainda tinha a atribuição adicional de proteger as irmãs do assédio dos homens quando o caminhão parava.

A inocência com relação ao perigo e o prazer provocado pela aventura, tão comum às crianças, contribuíram para que a viagem não parecesse tão terrível quanto era na verdade. Houve um momento em que Conça estava tão cansada que adormeceu. Não podendo se segurar nas cordas, ela quase caiu na estrada quando o caminhão fez uma curva. A menina foi segurada por Milton, que a puxou pelos cabelos e pela calcinha, impedindo uma queda fatal. Na ocasião, Milton passou no primeiro teste de guardião das irmãs.

Quando chegaram em Jequié, desembarcaram e Milton seguiu a orientação de Lelé de procurar dona Mariquinha. Ela era mãe de Manoel, Odilon e Otavino Costa, proprietários da Loja Três Irmãos, onde José César havia trabalhado por muitos anos. A senhora os alimentou e colocou as crianças em um ônibus que seguia para a cidade de Lage. Quando chegaram lá, caminharam por quatorze quilômetros até Aurelino Leal. Milton, que fizera esse percurso diversas vezes com Gileno, ia respondendo as perguntas das irmãs enquanto caminhavam.
— Milton, ainda falta muito pra chegar?
— Falta muito — respondia.
— Milton, ainda falta muito?
— Sim, falta muitíssimo! — respondeu Milton.

O rapaz teve de responder às irmãs dezenas de vezes. Estava mais cansado de falar do que de caminhar. Conça, por sua vez, desejava no coração que não chegassem nunca. Voltar a viver com Gertrudes era como levar uma flechada no coração.

Quando chegaram em Aurelino Leal, tiveram de cruzar o Rio de Contas. A travessia para Ubaitaba era realizada por canoeiros que cobravam pelo transporte. Um deles, condoído com a situação das crianças, fez a travessia gratuitamente. Em Ubaitaba, os filhos de Lelé fizeram a caminhada final de alguns quilômetros até chegarem em Faisqueira na Casa de Alípio e Gertrudes.

Quando viu os netos, Gertrudes já foi logo avisando que não iria ficar com Neu porque a menina tinha só sete anos. Ela tinha dado muito trabalho quando havia ficado lá. Assim, Alípio deu uma passagem de ônibus a Milton para que ele fosse com a menina para Salvador. Lá, deveria pedir a Dudu para embarcá-los rumo ao Rio de Janeiro. Milton deixou então Sônia e Conça com os avós e partiu para a capital baiana com a irmã caçula. Chegando no quartel dos bombeiros, o rapaz se apresentou aos soldados informando que era sobrinho do Capitão Silva. Em seguida, dois bombeiros levaram Milton e Neu até a Avenida Vasco da Gama, bem de frente para o Estádio da Fonte Nova, onde Dudu morava com Neuza. Ele colocou Milton e Neu em um ônibus que seguia para o Rio de Janeiro com uma autorização do Juizado de Menores. Nessa época, Milton ainda não tinha completado a maioridade.

Quando chegaram no Rio de Janeiro, Lelé e os filhos ficaram por cinquenta dias morando com Carmem e o marido. Milton e Neu se juntaram à família. Depois foram todos para uma casa alugada por Arnaldo no Bairro de Coelho Neto, em São João de Meriti. Sônia e Conça seguiam sobrevivendo como podiam em Faisqueira, com abundância de alimentos, mas com sentimentos de rejeição. Zizinha as acudia sempre que era possível.

Pouco tempo depois de Lelé se reestabelecer no Rio de Janeiro, José César reapareceu. Ela o recebeu de volta mais uma vez. Ainda assim, o homem não se firmava em lugar algum, uma vez que o alcoolismo progredia. Não era sem razão que os irmãos de Lelé não o queriam por perto. Arnaldo custeou as despesas do aluguel de Lelé por três anos consecutivos. Aborrecido e temeroso com os problemas que José César poderia causar, Arnaldo advertiu a irmã.

— Lelé, agora que você aceitou o seu marido de volta, nada mais justo que ele arque com as despesas da casa, inclusive com o aluguel.

— Você já nos ajudou muito, meu irmão. Nós vamos nos virar daqui pra frente — respondeu Lelé.

Minha avó, que nascera em berço de ouro e tinha tido uma educação refinada, agora sobrevivia trabalhando em casas de família como doméstica. Milton, Linda e Gileno também voltaram a trabalhar. Assim, com as finanças mais equilibradas, Lelé enviou dinheiro para Sônia e Conça viajarem para o Rio de Janeiro. No entanto, depois que a família estava toda reunida, José César desapareceu outra vez. Só que, quando ele deu o ar da graça, muitas semanas depois, ela não o aceitou de volta. Ele teve de procurar uma fita métrica maior onde coubessem os seus desatinos.

José César encontrou abrigo na casa de Sofia, sua irmã, que, com a família, veio de Faisqueira para São João de Meriti no início da década de 70. Otávio, seu marido, morreu alguns anos depois que chegaram. Ele foi sepultado no cemitério da Vila Rosali. Sofia ficou morando no bairro de Agostinho Porto.

José César continuou aparecendo eventualmente na casa de sua família para almoçar e conversar. Em muitas dessas vezes, ele apareceu embriagado. Ainda assim, Lelé permanecia grata por ele lhe ter apoiado no momento mais difícil de sua juventude, quando ela foi abandonada pelo pai.

Depois que minha avó deixou José César, as coisas começaram a melhorar. No entanto, um fato novo explodiu como uma bomba atingindo toda a família.

O resto, eu caso todo mundo!

Certo dia, Lelé voltou para casa depois de uma jornada exaustiva de trabalho. Ao tentar entrar em casa, foi advertida por Conça de que algo sério havia ocorrido.

— Mãe, não entre agora não por que Carlinho tá lá dentro — disse Conça.

— É o quê? Que coisa é essa que eu não posso entrar? Eu por acaso estou proibida de entrar na casa onde moro? — disse Lelé. Conça ficou calada. Parecia assustada, deixando Lelé intrigada.

— Já que você não vai me falar o que está acontecendo, eu vou descobrir agora — disse Lelé.

Quando Lelé entrou, viu que Carlinho estava sério. Foi quando descobriu que Linda estava grávida do tio. Ele negava, dizendo que o filho não era dele. Nesse dia, eles passaram várias horas discutindo. Logo a notícia se espalhou para toda a família.

Todos estavam indignados. Milton foi surpreendido por Lelé amolando uma faca com a qual pretendia matar o tio. Até mesmo Newton, marido de Dó, tentou atirar um ferro de passar roupas no Carlinho, mas Lelé não permitiu. Minha avó não queria ver mortes, nem alimentar a ira da hipocrisia de todos. Depois de refletir, concluiu que a única saída para aquela situação era casar Carlinho e Linda.

No entanto, embora gostasse da jovem, Carlinho não admitia que ele era o pai da criança. Ainda assim, quanto mais negava, mais duvidavam dele. Lelé o conhecia bem, sabia que ele nunca assumia a responsabilidade por seus atos, utilizando a mentira como um escape. Aprendeu a agir assim desde a infância em Aratuípe, onde era conhecido como um dos capetas de seu Manoel Antônio. Portanto, minha avó sabia que tinha de ser enérgica com o irmão e, por isso, tomou uma decisão drástica: foi com a Linda procurar a polícia. Ela explicou a situação para o delegado que ficou cheio de ira.

— Me responda uma coisa, menina... — falou o delegado, olhando para Linda — você tá prenha há quanto tempo?

— Eu não sei — disse Linda.

— Você ainda é de menor? — perguntou o delegado.

— Eu tenho dezessete.

— Quer dizer então que o pai da criança é do Exérc...

— Não, doutor. Ele é fuzileiro naval — interrompeu Lelé.

— Dona Eleusina — falou o delegado — a senhora vai dar um ultimato pra ele. Vá agora lá no quartel da Marinha e diga pra ele que se ele não casar com sua filha eu vou tirar a farda dele. Quero ver se ele não casa!

Ao sair da delegacia, Lelé se lembrou de quando Dedé conseguiu reintegrar Nandinho na Marinha. Decidiu que falaria com o comandante dos fuzileiros. Portanto, foi ao quartel central conversar diretamente com o comandante. Ele recebeu minha avó e a ouviu com atenção. Ficou tão indignado que estava disposto a expulsar Carlinho da Marinha, mas recuou depois que soube que o fuzileiro decidiu se casar. Nesse ínterim, Lelé foi procurar o padre para providenciar o casamento.

— Padre, eu tenho um irmão que se envolveu com minha filha e ela tá grávida. Eu queria saber se eles podem se casar.

— Ele é tio dela? — falou o padre assustado.

— Sim, mas ele é meu irmão só por parte de pai — respondeu Lelé.

— Como isso aconteceu? — indagou o padre.

— Eu nem imagino. Eu só sei que a minha filha está grávida.

— A senhora quer que eu converse com seu irmão?

— Não, padre. Eu só quero saber se o senhor faz o casamento deles aqui na igreja. O senhor casa? — perguntou Lelé.

— Caso! — respondeu o padre.

— Casa mesmo? — respondeu Lelé.

— Caso. Aqui eu só não caso pai com filha e irmão com irmã. O resto, eu caso todo mundo! — respondeu o padre sorrindo.

Lelé saiu admirada do encontro com o padre. Ficou surpresa com as mudanças ocorridas na Igreja Católica. Ela concluiu que Manoel Antônio não precisaria ter fugido de Camaçari se o envolvimento dele com Nazinha tivesse ocorrido no final da década de 60.

Minha avó falou pra Carlinho tudo o que o padre havia dito, mas ele não quis se casar na igreja. Ele ficou com vergonha, embora sentir vergonha não fizesse parte da sua personalidade. Na verdade, ele não tinha lá grande apreço pelos ritos religiosos. Já lhe bastava na infância o rótulo de ser filho de comadre com compadre. Portanto, ele se casou com Linda no civil.

Anos mais tarde, rememorando e refletindo sobre eventos passados, Lelé concluiu que Carlinho gostava da sobrinha desde que ela ainda era uma menina. Ela me contou que tudo começou quando Linda ainda morava em Jequié e foi passar as férias escolares na casa de Joselina em Salvador. Nesse tempo, Carlinho era cobrador de ônibus na cidade — ainda não tinha ido para o Rio nem entrado na Marinha. Joselina comentou com Lelé que ele ia ver Linda todos os dias em sua casa. Sempre levava doces pra menina. Carlinho também visitou Lelé em todos os locais onde a família morou. Esteve em Aiquara, onde demonstrou comportamento estranho contra Edilson, filho de Elza. Certamente tinha medo de Linda vir a gostar do primo. Ele também foi visitá-la em Governador Valadares e em São João de Meriti. Em outra ocasião, no Rio de Janeiro, Linda trabalhava na casa de uma família portuguesa. Certo dia, a portuguesa comentou com Lelé sobre certo rapaz.
— Tem um rapaz fardado que todo dia vem ver sua filha.
— É mesmo? E como ele é? — perguntou Lelé.

— Meu marido disse que a farda é dos fuzileiros navais lá da Marinha — respondeu a mulher portuguesa.

— Ah! É meu irmão — respondeu Lelé.

— Graças a Deus! Eu já estava começando a ficar preocupada. Pensei que era alguém querendo namorar com ela.

— A senhora não precisa se preocupar não. O nome dele é Carlinho. Ele é meu irmão — disse Lelé.

A gravidez de Linda gerou muitos atritos e confusões que, com o tempo, foram contornados. Quando Linda era questionada por qualquer pessoa da família, sempre respondia: "eu não me casei com Carlinho, me casaram com ele". Quando Luiz Carlos nasceu, as coisas se acalmaram.

Na verdade, Carlinho criou uma configuração complexa na família. Ele passou de irmão para genro de Lelé. Linda, além de filha, agora era cunhada de minha avó. Adicionalmente, Linda é mãe e prima de seus filhos. Os filhos dela são, ao mesmo tempo, netos e sobrinhos de Lelé. Carlinho passou a ser cunhado dos filhos de Lelé, que são todos seus sobrinhos. Os irmãos de Linda, além de tios, também são primos dos filhos dela. Você conseguiu entender, leitor? Pois saiba que os filhos de tia Linda são meus primos de primeiro e segundo graus ao mesmo tempo.

Creio que você ficou confuso. É melhor eu falar de outras coisas agora. Vamos voltar para meu tio Fred. A última vez que falei dele foi quando ele flagrou Oscar e Neuza na praia. Mas não é disso que eu vou tratar no próximo capítulo.

O irreverente

Quando Fred foi para o Rio de Janeiro pela primeira vez ele se concentrou em procurar trabalho. Ele ficou sabendo então de uma vaga para auxiliar de cozinha na Rua Floriano Peixoto, próxima da Central do Brasil. No dia seguinte, Fred acordou cedo e foi para o restaurante.

A fila de candidatos para a vaga estava grande e Fred se juntou a eles. Alguns instantes depois disso acontecer, ele observou quando um caminhão de cerveja chegou no local e deixou alguns engradados repletos de garrafas na frente do estabelecimento. Quando o proprietário abriu a porta, Fred se antecipou e foi colocando as caixas de cerveja para dentro do restaurante. O dono ficou tão impressionado com a iniciativa de Fred que o contratou.

Saiba que a mesma pessoa prestativa e cheia de iniciativas também era indomável. Em certa ocasião, Fred chegou a morar pouco tempo com João e Dila. Nesse período, foi visitar seu irmão Toinho, o padeiro, com quem desabafou:

— Toinho, e-e-e-eu não tô bem lá na casa do João não.

— O que foi que aconteceu, Fred? Você se deu sempre tão bem com o João. Vocês sempre foram unha e carne lá em Camaçari.

— Ah! Eu me a-a-a-aborreci com a Dila. Na-não vai dar certo, não! E-e-e-eu quero assistir te-te-televisão e ela muda de ca-ca-canal. Como é que pode?

— Fred, ela é a dona da casa. A televisão é dela. Você quer mandar lá também?

— Que na-na-nada, rapaz. O seguinte é este: ela só quer ver no-no-novela! Eu que-que-quero ver filme.

Fred também era divertido. Quando a família se reunia para jogar bingo ele trapaceava os irmãos e os sobrinhos. Só ele podia ganhar. Assim, ele era especialista em aborrecer e fazer sorrir. Cheio de autoridade, somente ele "cantava" os números retirados de uma lata, sempre devolvendo aqueles que não estavam na sua cartela. Apenas falava os números que interessavam a ele. Assim, só ele ganhava.

Fred também gostava de tirar sarro dos irmãos. Quando estavam no transporte público, brincava com o apelido do tio Pedro de Camaçari. Isso porque "piroca" no Rio era uma palavra usada para designar pejorativamente o órgão genital masculino. Assim, Fred se sentava em um dos bancos e gritava olhando para um dos irmãos:
— Naduuuuu!
Arnaldo fingia que não estava ouvindo. Fred, percebendo o desconcerto do irmão, continuava.
— Naduuuu! Naduuuu!
Numa tentativa de acabar com a sua insistência, Arnaldo respondia:
— O que é, Fred?
— Sabe quem man-man-man-mandou lembranças pra você?
— Quem? — respondia Arnaldo, sério, sem vontade de falar.
— O meu tio Piroca! — gritou Fred, pronunciando em alto, claro e bom som, sem gaguejar.
Nesse momento, um silêncio de alguns segundos tomou conta do local, até que Fred falou outra vez.
— Naduuuuu!!!! Tio Piroca man-man-mandou lembranças pra você. E você não fique rindo não, Carlinho. Eu fiquei sabendo que Juju, o jumento de tio Piroca, tá com uma saudade danada de você lá-lá-lá lá em Camaçari!
Arnaldo tentava ficar sério, mas para não morrer raiva, não tinha outra opção senão sorrir junto com os irmãos e sobrinhos.

Fred era espontâneo, sem freios e cheio de autoridade. Era assim desde a infância, quando vivia solto nas ruas. Ele nunca se interessou pela Marinha. O período em que passou nas ruas de Salvador imprimiu nele uma independência que o impedia de se apegar a qualquer lugar ou instituição. Ele fugiu até mesmo do alistamento militar. Viveu peregrinando de lugar em lugar.

Em uma ocasião, Fred foi visitar Nandinho em Brasília. Ele soube por meio de Carlinho e João, ainda quando estava no Rio de Janeiro, que seu irmão tinha muita influência no Clube dos Fuzileiros da nova Capital Federal. Com a ousadia que lhe era peculiar, Fred conseguiu até mesmo entrar no clube. Para ser tratado com distinção, passou a dizer aos funcionários que ele era irmão de Manoel. Achando que seria tratado com reverência, passou a dar ordens aos funcionários do clube e a incomodar os sócios. Como consequência, Fred não ficou muitos dias em Brasília. Quando voltou ao Rio ele disse que foi expulso do clube. Comentou que Nandinho era apenas um faz-tudo do comandante e não mandava em nada.

Em 1963, Fred se casou com uma jovem que era filha de militares chamada Ocirema. Eles foram morar em Niterói e lá tiveram uma filha chamada Vânia. Mas, instigado por Celina, que se antipatizou com a cunhada quando a conheceu em Niterói, Fred deixou a mulher e decidiu voltar para Camaçari. Nessa cidade, ele se apaixonou por Eliana. Por sua vez, ela gostava de um dos filhos de Ernesto — irmão de Nazinha — conhecido como Toinho. Mas o rapaz nunca quis namorar ou se casar. Numa atitude abnegada, Fred armou um encontro entre Eliana e Toinho na beira do rio da cidade, mas o jovem não foi. Fred então substituiu Toinho no encontro e passou a namorar Eliana.

Inconstante, Fred decidiu não ficar mais em Camaçari e persuadiu Eliana, que tinha apenas dezessete anos, a morar com ele no Rio de Janeiro. Utilizando a mentira como estratégia, disse aos pais da moça que ele era um homem próspero, proprietário de uma avenida de casas, e que vivia dos aluguéis. Eles tiveram dois filhos: Sérgio e Fábio.

Fred nunca foi um bom marido. Por ser muito inseguro e ter medo de perder a bela e jovem esposa, ele era excessivamente ciumento, proibindo Eliana de trabalhar e de estudar. A situação ficou tão insustentável que Eliana resolveu voltar com os filhos para Camaçari, onde foi morar com uma tia. Inconformado com o abandono, Fred foi atrás da família. Ele fez tantos escândalos na casa da tia de Eliana que ela não teve alternativa senão continuar a viver com ele. Viveram juntos em Camaçari por mais alguns anos. A mulher continuava privada de liberdade, presa em um relacionamento abusivo. Tempos depois, ela se encheu de coragem e deixou o marido definitivamente. Depois disso, ela foi estudar e conseguiu concluir o magistério. Eles nunca mais viveram juntos, ainda que ele insistisse muito em uma reconciliação.

Fred era extremamente animado. Tagarela, tinha dificuldades de se manter calado. Além disso, ele não gostava de ser contrariado. Não era incomum entrar em desavenças até mesmo com pessoas que amava. Nessas ocasiões, ele tornava-se grosseiro, ainda que tivesse um bom coração. Fred também gostava de política, sendo muito atuante nas campanhas eleitorais em Camaçari. Instável, trocava de partido e de candidatos com uma frequência absurda. Na política, ele fez muitos amigos e desafetos.

Foi por meio de Fred, leitor, que meus pais se conheceram. Tratarei disso depois. Eu ainda tenho mais coisas para falar dele.

Fred no comando

Após João servir por mais de dez anos no quartel do Boqueirão, na Ilha do Governador, ele desejou sair de lá. Queria servir em outro lugar. Assim, não desejava sair da Marinha, mas sim ser transferido. Porém, ele sabia que não seria fácil. Era necessário ter uma vaga disponível no lugar desejado ou então encontrar alguém de lá que quisesse fazer uma permuta e ir para o Boqueirão.

João pensou em falar com Arnaldo, mas se sentia tão endividado com o irmão que desistiu de pedir o seu apoio. Ele já tinha o ajudado demais ao colocá-lo na Marinha. A única alternativa que lhe veio à mente foi ir até o batalhão e identificar alguém que pudesse auxiliá-lo na transferência.

De manhã cedo, João encheu-se de coragem e foi ao quartel em que desejava trabalhar. No caminho, ele foi pensando em cada palavra que deveria falar para convencer o oficial a transferi-lo. Ao chegar, foi barrado pelo soldado que era a sentinela do batalhão ainda na entrada.

— Você quer falar com quem, Naval?

— Eu quero falar com o comandante — respondeu João.

— Você agendou uma audiência? — retrucou a sentinela.

— Não. Eu não sabia que eu tinha de marcar uma — disse João.

— Não é assim que funciona. Para falar com o comandante tem que marcar horário — insistiu a sentinela.

— Mas eu não vou demorar. É só uma palavrinha rápida — disse João.

A sentinela olhou seriamente para João e, antes de o mandar embora, este se antecipou.

— Tá bem. Eu volto outra hora.

João ficou com raiva de si mesmo porque não conseguiu falar com o comandante.

Passados alguns dias, ele fez uma nova tentativa de obter a sua transferência. Voltando ao quartel, solicitou a permissão para falar com o comandante.

— Posso te ajudar, Naval?

— Sim. Eu preciso falar com o comandante — respondeu João.

— Qual o horário que você marcou? — perguntou o soldado sentinela.

— Vixe, rapaz. Eu me esqueci de marcar o horário. Mas eu não vou levar nem dois minutos com ele — persuadiu João.

— Espere um momento... eu me lembro de você. Eu já te falei que você tem que marcar horário, não se lembra? — falou a sentinela.

De repente, João notou um operário com uma colher de pedreiro falando alto. João não conseguia vê-lo direito, só parte do seu corpo aparecia. Ele ficou surpreso com a tolerância da sentinela com o operário que tirava a sobriedade do lugar. A voz do homem era familiar. Ele tinha o jeito do Fred e era gago como o Fred. João esticou o corpo para ver melhor... tinha quase certeza de que... sim, era Fred!

— Fred! O que você está fazendo aqui? — falou João, quase sussurrando.

— João, que bom ver vo-vo-você. Aqui é a minha casa, rapaz. Eu tra-tra-trabalho aqui. O seguinte é este: eu mando em tu-tu-tudo aqui. E vo-vo-você, tava me pro-pro-procurando pela cidade, foi?

— Não. Eu vim para falar com o comandante, mas não consegui. Eu já ia embora, aí você apareceu gritando e eu me assustei. Eu até pensei que eu tava ficando doido — falou João, olhando desconfiado para a sentinela que os observava.

João não sabia que seu irmão estava trabalhando nas obras da reforma do quartel há algumas semanas. Ele estava alojado no local até a conclusão da obra. O trabalho que Fred fazia era terceirizado e ele atuava com pequenos reparos.

— Então vo-vo-você quer falar com Comandante Figueiredo?

— Eu acho que sim. Não sei se o nome do homem é esse. O cara que é a sentinela não me deixou entrar porque eu não marquei horário.

— O comandante Figueira é me-me-meu amigo. O seguinte é este: vo-vo-você vai fa-fa-falar com ele agora — gritou Fred olhando para a sentinela em tom intimidador.

João ficou com medo ao mesmo tempo em que se encheu de raiva do irmão. O doido do Fred estava estragando tudo, ia atrapalhar a transferência. "E agora, o que eu vou fazer? Tenho de arrumar um jeito de fazer Fred calar a boca" — pensou João, desolado. Nesse interim, Fred viu um oficial se aproximando e o interceptou.

— Tenente, e-e-e-esse aqui é meu irmão João. Ele veio fa-fa-falar com o comandante Figueiredo.

— Ele marcou? — respondeu o oficial.

— Na-na-não precisa — retrucou Fred. O seguinte é este: eu sempre fa-fa-falo com ele sem marcar nada.

João não estava acreditando no que estava vendo. "Fred enlouqueceu. Ele vai acabar comigo. Em vez de ser transferido eu vou ser preso" — pensou.

— Dá licença, Tenente, q-q-q-que eu vou entrar com meu irmão a-a-agora!

Fred puxou João pelo braço e os dois seguiram seu caminho sem resistência do oficial. O sargento que era o ordenança do comandante conduziu os irmãos até a sala do chefe militar. Para surpresa do João, o comandante saudou o Fred com entusiasmo e sem cerimônia.

— Comandante Figueiredo, esse é João, me-me-meu irmão da Bahia. O seguinte é este: ele e um fu-fuzileiro naval dos bons. Ele tá se preparando pra to-to-tomar o seu lugar, não é mesmo João? — Fred gargalhou junto com o seu interlocutor.

— Como é que é a história, Naval? — perguntou o comandante interessado.

— Não é bem assim, comandante. É que eu já tenho dez anos no batalhão do Boqueirão e queria ser transferido para cá — respondeu João, sem se alongar.

— Rapaz, como é que você passa dez anos em um quartel e só depois de todo esse tempo é que você pede pra sair de lá? — repreendeu-o Figueiredo.

— Pois é... Eu fui esquecido lá dentro e o tempo foi passando.

— O que você quer fazer aqui? — perguntou o comandante.

— Eu quero entrar para a banda marcial — disse João.

— Você toca alguma coisa?

— Eu toco corneta.

— Ô, ordenança! Vá lá chamar o capitão da banda.

Enquanto aguardavam, Fred e o Comandante conversavam trivialidades enquanto João observava de pé o desembaraço do irmão, que já estava acomodado em uma poltrona gargalhando das próprias piadas. Quando o capitão da banda chegou, foi rapidamente instruído pelo comandante Figueiredo.

— Capitão, eu te apresento mais um corneteiro bom pra sua banda. O nome dele é João.

— Ele serve aonde, comandante? — perguntou o capitão.

— Ele serve no Boqueirão. Você vai tirar um dos seus homens que não serve para a banda, manda pro Boqueirão e coloca o João no lugar — ordenou o comandante.

— Vou providenciar a troca hoje mesmo, comandante! — respondeu o capitão.

Foi assim que Fred conseguiu a transferência do João. Ele era ousado e abusado e Carlinho não era muito diferente.

Os atos de Carlinho

Depois que Carlinho chegou da Bahia, Arnaldo conseguiu colocar o irmão na Marinha. Um dos oficiais acreditava que Carlinho não tinha o perfil adequado e decidiu tirá-lo depois de algum tempo. Quando Carlinho foi informado que não continuaria, ele foi falar com comandante.

— Comandante, eu vim me despedir do Senhor.

— O que está acontecendo, Siri? — o comandante chamou-o assim porque Carlinho era conhecido por todos como Siri Patola.

— Eu estou saindo. O senhor já assinou a minha baixa? – respondeu Carlinho.

— Não. Você pediu baixa? — disse o comandante.

— Não, senhor. Fui informado que o senhor me dispensou.

— Eu não assinei nada. Qual é o seu nome, Siri?

Carlinho falou seu nome completo enquanto o comandante verificava a lista que estava em suas mãos.

— Ah! Agora está explicada essa merda. Ninguém me disse que esse Carlos aqui é você. Siri, se você sair onde é que eu vou arrumar alguém pra cuidar do nosso time de futebol?

— Só eu consigo botar aqueles homens pra correr, comandante! — respondeu Carlinho.

— Então vão ficar vocês dois. Fica Siri Patola e esse tal de Carlos que eu não sabia que é você — decidiu o comandante.

Foi assim que Carlinho saiu e retornou para a Marinha no mesmo dia. Em outra ocasião, Carlinho convidou as famílias de seus irmãos para um churrasco em sua casa. Chamou Lelé, Nandinho, Arnaldo, João, Antônio e Dó. Nesse dia, conseguiu reunir umas trinta pessoas em sua residência minúscula. Todos tiveram de se acomodar na área externa por falta de espaço.

Quando viu a multidão que chegava, Carlinho começou a se inquietar.

— João, me empresta o seu carro aí! — disse Carlinho.

— Para que você quer o carro? Você vai sair com o povo aqui?

— Eu tenho que ir no quartel rapidinho, João.

— Como é que você marca compromisso no mesmo horário em que marcou uma reunião com sua família, Carlinho?

— Eu tenho pegar algo para o pessoal comer.

— Pode ir, mas vê se não demora — respondeu João.

Depois de Carlinho sair e demorar mais de três horas para voltar, as pessoas começaram a se inquietar. Todos estavam famintos e impacientes com a demora do anfitrião.

— Linda, Carlinho já entrou em contato? Ele disse que ia rápido no quartel, mas já faz horas que saiu — perguntou João.

— Ele só me disse que ia buscar um frango para eu preparar para vocês comerem — respondeu Linda.

Próximo das quatro horas da tarde, Carlinho chegou. Linda preparou o almoço e todos comeram já próximo do anoitecer. Aborrecido com o irmão, João foi falar com ele, mas não o encontrou.

— Linda, cadê o Calinho? — perguntou João.

— Carlinho saiu, João. Ele comeu rapidinho, pulou o muro e foi pro cinema — respondeu Linda.

— Como é que é? Ele convidou a gente para vir almoçar e sumiu sem falar com ninguém? — disse João indignado.

Em outra ocasião, Carlinho foi para a Bahia com Lelé para visitar os parentes de Salvador e Camaçari. Quando o ônibus parou para os passageiros se alimentarem, Carlinho se distraiu e não percebeu que Lelé não voltou dentro do prazo estipulado pelo motorista. Como havia muitos ônibus parados, sua irmã não

conseguiu localizar o ônibus correto. Então, ela não percebeu que
o motorista deu partida e foi embora.

Só depois de quase trinta minutos do reinício da viagem foi
que Carlinho notou que a irmã não estava no ônibus. O motorista
ficou com tanta raiva dele que decidiu não retornar. Achou um
absurdo ele não notar a ausência da passageira com quem ele
compartilhava a mesma fileira de poltrona. Felizmente, Lelé
conseguiu que a empresa do ônibus providenciasse um transporte
alternativo para que ela reencontrasse Carlinho na próxima
parada programada.

Não era pra tudo que Carlinho era desligado e irresponsável.
Ele era apaixonado por samba, sendo integrante da escola de
samba Unidos da Ponte. Participativo, ele também era atuante no
bloco carnavalesco Flor da Vila Tiradentes. Este era apadrinhado
pela Unidos da Ponte que dava o suporte necessário emprestando
fantasias e instrumentos para a bateria, entre outras ações.

Num dia de desfile da Flor da Vila Tiradentes, os quarenta
ritmistas da bateria foram de ônibus para o ponto de encontro.
Como não havia espaço suficiente na condução, enviaram os
instrumentos musicais da bateria em duas kombis. No caminho,
uma das Kombi quebrou na Avenida Brasil e os instrumentos
não chegaram a tempo da apresentação. Apenas quinze
instrumentos, que estavam no outro carro, chegaram.

Coube a Carlinho decidir como fariam a divisão dos
instrumentos. Foi um momento difícil, pois todos os músicos
esperaram um ano inteiro por esse momento, mas somente uma
parte deles iria tocar. Foi quando Miguel, o diretor de bateria,
pediu para Carlinho o ajudar a decidir como resolveriam esse
problema.

— Oh, Baiano, como é que a gente vai fazer agora? Só veio quinze instrumentos e eu tenho muitos ritmistas pra tocar! — disse Miguel.

— Como só tem quinze instrumentos eu só preciso de quinze pessoas — respondeu Carlinho.

Quando os ritmistas perceberam que não havia instrumentos para todos, iniciou-se uma disputa para pegar o que estava lá. No final das contas, não sobrou nenhum para Carlinho, nem para Luiz Carlos — filho dele — nem para Cacau, que também estava com eles.

— E agora, Baiano? Eu já havia dito que só tinha quinze peças. Você não pode ficar de fora — cobrou Miguel.

— Eu não. Nem eu, nem o senhor, nem meu filho, nem Cacau — respondeu Carlinho.

— Eu também acho, mas como nós vamos convencer todo esse povo aí? — disse Miguel, desejando mais do que palavras.

— Eu vou escolher os quinze melhores. Só quem eu escolher é que vai tocar — respondeu Carlinho.

Ele começou então a fazer uma chamada dos nomes escolhidos, ordenando que quem estivesse com o instrumento entregasse-o para quem foi selecionado. Aborrecidos, os ritmistas foram entregando os instrumentos um a um, sem oferecer resistência. Carlinho, por sua vez, procurava manter o controle da situação.

— Você aí, entrega a peça pra ele. Você, pega o instrumento daquele cara ali. Você, aí! Entrega o seu instrumento pra Cacau agora.

Quando acabou a divisão, havia vinte e cinco homens irados sem instrumentos. Um dos mais exaltados não se conteve e se manifestou:

— Ô, Baiano! Eu vou bater o quê?

— Palmas! Você vai bater palmas — respondeu Carlinho.

Todos começaram a rir e o clima tenso se desfez. Eles tiveram a ideia de tirar as camisas das pessoas que ficaram sem instrumentos e criaram uma ala de capoeiristas. No final das contas, todos desfilaram felizes.

Depois de reformado da Marinha, Carlinho decidiu deixar a sua família. Sem comunicar aos demais irmãos, foi para Camaçari onde encontrou refúgio na casa de Celina. Os dois sempre tiveram um bom relacionamento. Ele era apenas um ano mais velho do que a irmã.

João só soube que Carlinho tinha saído de casa quando Linda o procurou para pedir ajuda. Ela parecia desconcertada, mas tomou coragem e tocou no assunto.

— João, eu acabei de passar em um concurso para trabalhar nas escolas do município. Graças a Deus, eu vou poder morar na escola e sair do aluguel. Só que eu não tenho o dinheiro para fazer a mudança. Você pode me ajudar? Assim que eu receber o meu primeiro salário, eu te pago.

— Eu fiquei sabendo do concurso. Que bom que você passou. É claro que eu te empresto — disse João.

— Eu já estava com o dinheiro, mas coloquei dentro de uma bolsa branca. Infelizmente eu me atrapalhei toda, as notas acabaram indo para o lixo e o lixeiro levou. Só hoje eu percebi a bobagem que eu fiz.

— E Carlinho, porque ele não veio com você? — perguntou João.

— Você não soube? Antes do natal, ele comprou uma passagem e foi para Camaçari — disse Linda.

— Mas isso já faz três meses, Linda! Ele tá doido?

— Pois é, João. Ele deixou uns cheques assinados que eu saco no dia do pagamento dele. Eu tiro uma parte e mando a outra parte pra ele. Eu cansei de passar privações com os meninos. Foi por isso que eu fiz o concurso. Preciso trabalhar.

— E quando ele volta? — perguntou João.

— Sabe Deus! Se ele voltar, eu vou me separar dele. Eu e os meninos comemos pão na ceia de Natal. Quando deu meia noite nós fomos dormir enquanto Carlinho ficou se divertindo na Bahia.

João ficou tão indignado com Carlinho que foi atrás do irmão em Camaçari. Quando chegou à casa da Celina, João não gostou do que viu. Quando ele tentava convencer Carlinho a voltar pra casa, Celina o incentivava a abandonar a família e morar com ela. Assim, na primeira oportunidade que teve, João chamou Carlinho para conversarem a sós.

— Carlinho, você tá tomando a decisão errada. Vai se arrepender igual ao nosso pai e vai morrer sozinho. Onde já se viu abandonar sua família, rapaz?

— Já trabalhei muito, João. Estou reformado, agora preciso aproveitar a vida — respondeu Carlinho.

— Muito bem... você acha que Celina vai te sustentar como visitante a vida toda? Em pouco tempo ela vai te cobrar cada centavo que você tem — disse João.

— Você tá exagerando, João — duvidou Carlinho.

— Eu te conheço, Carlinho. Você nunca foi de pagar nada pra ninguém. Tá achando que vai viver às custas de Celina?

— Vamos mudar de assunto, João. Linda encheu sua cabeça de bobagens.

— Eu já te aconselhei. Depois de amanhã eu vou embora. E sobre a Linda, ela não precisou me contar nada. Todo mundo sabe que você é irresponsável.

João retornou para São João de Meriti. Algumas semanas depois, soube que Carlinho tinha voltado para casa. Ele teve de implorar para que Linda o aceitasse de volta. Ela já estava trabalhando e morava em uma casa nas dependências da escola, não precisando mais pagar o aluguel do imóvel.

As filhas de Nazinha

Nazinha teve três filhas com Manoel Antônio. A primeira foi Evangelina, conhecida como Vanja. Logo depois veio Carmem, chamada de Dó, e por último, Celina, a caçula entre as mulheres.

Vanja se casou com Djalma, com quem continuou morando em Camaçari. Com ele, teve três filhos: Aldo, Rogaciano e Lígia. A história do nascimento de Rogaciano ficou marcada na família. Isso porque, quando tinha completado os dias da gravidez, Vanja foi ao banheiro urinar. No momento em que ela se sentou no vaso sanitário, o menino escapuliu de suas entranhas. Se não fosse aparado pela mãe, o bebê teria caído dentro da latrina. Dessa forma, o menino nasceu sem avisar. Vanja não teve contrações nem dores, nem parteira.

Djalma era um eletricista muito requisitado na cidade. Com a popularização do uso da eletricidade, ele teve a oportunidade de fazer muitas instalações nas residências da cidade. Também era muito carinhoso com os filhos, mas nunca foi um bom marido. Afinal, ele bebia em demasia e, com o passar do tempo, tornou-se alcoólatra. Quando estava sob o efeito do álcool, era agressivo com a mulher. Nesses momentos, ele se aproveitava da dificuldade de locomoção de Vanja para hostilizá-la. Cansada das agressões, ela aprendeu a se defender. As mesmas muletas que a sustentavam em pé passaram a ser utilizadas como arma de defesa contra os ataques do marido.

Com a intensificação da agressividade de Djalma, Vanja decidiu deixá-lo. Queria se dedicar a criação dos filhos. Também já não suportava mais apanhar ou ter que ver a pequena Lígia ir buscar o pai nas malocas, pois pareciam esconderijos de bandidos, onde ele se embriagava. Ela dizia que não queria ter uma filha maloqueira.

Ao deixar o marido, tia Vanja passou a trabalhar. Conseguiu se estabelecer como empregada da residência de um homem de origem árabe chamado Jorge José Tarrafe. Ele era alto, de pele clara, nariz afilado e com sotaque oriental. Seu Jorge, como era chamado, tinha alguns antiquários em Salvador na Região da Praça da Sé. Ele também era proprietário de uma fazenda no distrito de Monte Gordo, em Camaçari. O árabe ficava a maior parte do tempo na fazenda e em Salvador.

A casa em que Vanja trabalhava e morava com os filhos ficava no centro, na Rua Adelina de Sá. Lá, havia mobiliários de madeira de lei, a maior parte de jacarandá, feitos no capricho por carpinteiros locais que tinham o dom de manter a madeira como se estivesse viva dentro da sala. Num dos cômodos havia um piano de calda que sempre ficava fechado. A cozinha, por sua vez, era um espetáculo. Vanja mantia as panelas ariadas brilhando com se fossem novas, todas penduradas na parede. Brilhavam mais que os copos da cristaleira. Reluziam tanto que chegavam a dar gastura nos olhos. Elas eram como pequenos sóis disputando para ver quem cintilava mais. Pobres copos de cristal, eram sempre humilhados pelas panelas soberbas de tia Vanja!

Vez por outra, Djalma aparecia. Muito debilitado pela bebida, ele ia buscar comida. No entanto, Seu Jorge não permitia que Djalma entrasse na casa. Ainda assim, por não guardar ressentimentos, Vanja nunca negou alimentos para o pai dos seus filhos. Ela só não deixava de ser desconfiada. Não faltavam razões para isso. Vanja não teve uma vida tranquila desde que saiu de Amargosa. Em Camaçari, ela foi o produto do adultério dos pais. Sofreu muito até a geração dos moradores mais antigos passar. Sem o apreço pela igreja, ela acabou se entregando às superstições e ao curandeirismo. Transformou-se em referência na prática de benzer e rezar e sua fama correu a cidade. Afinal, com suas rezas, ela sarava crianças e adultos. Sabia também como tirar mal olhado e os males do vento. Ela, que tinha sido vítima do vento que paralisou sua perna, aprendeu a domá-lo. Suas armas eram alguns galhos de arruda e palavras ininteligíveis proferidas por seus lábios.

A propriedade de seu Jorge em Monte Gordo — a Fazenda Santa Tereza — ficava perto da Barragem Santa Helena. Certa feita, Rogaciano ficou alguns dias por lá. Ele foi ajudar no plantio de mamona. Num dia, o menino foi fazer uma tarefa solicitada por seu Jorge e acabou sendo atropelado por um caminhão. Algumas pessoas disseram que ele tentou pongar no veículo, que estava carregado de madeiras. Outros afirmaram que foi apenas um acidente. Assim, ele não havia percebido o caminhão quando atravessou a estrada e foi atingido.

Rogaciano, Vanja e Aldo

Quando encontraram Rogaciano ferido, o levaram para a sede de Camaçari. No entanto, não havia recursos para salvá-lo. Dessa forma, ele foi transferido para Salvador onde chegou sem vida. Rogaciano voltou pra Deus tão rápido quanto nasceu. Seu sorriso

223

cessou quando tinha apenas nove anos. Após a morte do filho, Djalma passou a beber ainda mais. Anos depois do ocorrido, ele também morreu, mas em decorrência da debilitação provocada pelo alcoolismo.

Diferentemente de Vanja, Carmem decidiu ir embora de Camaçari. Ela foi a segunda pessoa da família a migrar para o Estado do Rio de Janeiro — poucos anos depois de Toinho. Das mulheres da família, Carmem sempre foi a mais divertida. Ela espalhava alegria como Carlinho e Fred, mas sem as astúcias dos irmãos.

A mulher era muito vaidosa: sempre estava bem penteada, com uma trança enorme ou um coque. Ela também gostava de usar saias com múltiplas anáguas. Quando era elogiada, brincava de perguntar quantas anáguas estava usando. Em uma ocasião, contou sete anáguas de plástico sob uma saia quadriculada branca e azul.

Logo quando chegou ao Rio de Janeiro, ela conheceu um rapaz e se casou com ele. Seu nome era Newton de Andrade França. Este era filho de mãe brasileira com pai de origem germânica. Dó o chamava de Jalmir, mas ninguém nunca soube explicar a razão. Ele era branco, forte e alto. Também tinha a boca e as orelhas grandes. No começo de sua carreira no Brasil, ele trabalhava como bombeiro, mas foi expulso da corporação por mau comportamento.

Newton passou a trabalhar então na cozinha de pequenos estabelecimentos que serviam lanches. Ele se auto intitulava primeiro-cozinheiro com orgulho. O local onde ele trabalhou por mais tempo era chamado de Lanches Éden, na Rua Santa Luzia, perto da Cinelândia, no Rio de Janeiro.

Newton era brigão, mal educado e grosseiro. Por essa razão, Dó tinha muito medo dele. Quando estavam juntos, ela ficava retraída e perdia a espontaneidade. Para evitar ficar sozinha com o marido, ela sempre estava acompanhada dos vizinhos. O casal morava em Realengo, no conjunto residencial Capitão Teixeira. Dó não teve filhos. Isso porque sempre perdia a criança poucos meses depois de engravidar.

Newton era mau caráter. Certa vez, uma vizinha lhe pediu para que a ajudasse. Ela desejava comprar um carro, mas não queria que o ex-marido soubesse. Assim, Newton sugeriu que ela colocasse o carro em seu nome. Depois que a mulher fez isso, deixando em seus poderes um DKV novinho, ele brigou com ela e ficou com o seu carro.

Quando Arnaldo mudou para o Rio de Janeiro, Dó e o marido costumavam visitá-lo acompanhados de um casal de vizinhos. O anfitrião, por sua vez, ficava aborrecido porque não gostava de receber estranhos. Sua irmã sempre levava doces, bolos e moedas para os sobrinhos comprarem picolé. Em uma dessas visitas, os vizinhos de Dó tossiram muito. Quando foram aconselhados por Olga a se medicarem, eles responderam que estavam com tuberculose. Sabendo disso, Arnaldo ficou muito bravo pela exposição da sua família ao risco de contaminação.

Uma vez, Newton pediu para Olga servir o almoço dele em uma bacia. Quando estava comendo, ele alargou os dentes do garfo com uma faca para acomodar mais comida. O talher deformado, de tão largo ficou parecendo um pequeno ancinho. Arnaldo, por sua vez, ficava muito incomodado com aquele tipo de comportamento.

— Pra que você destruiu o garfo, Newton? Era só ter pedido uma colher grande!

Quando estavam a sós, Newton batia na esposa. Em uma das agressões, ela bateu com o seio na quina do tanque de lavar roupas. Depois disso, uma dor no local passou a acompanhá-la por muito tempo. Para se distrair, ela passou a pegar objetos na rua. Gostava de montar bonecas com as peças encontradas para enfeitar o sofá.

Houve um dia, quando Carlinho já morava no Rio, que Newton o levou para acompanhá-lo ao seu local de trabalho. No momento em que o marido de Dó estava preparando o pedido de um cliente, Carlinho o viu escarrar diversas vezes na massa. Enquanto preparava a pizza, o homem praguejava que não gostava do cliente. Ainda assim, quando foi levar a pizza à mesa do cliente, ele sorriu com desfaçatez, dizendo que tinha preparado o alimento com capricho. Depois de comer, o cliente agradeceu e avisou a Newton que tinha deixado uma caixinha dobrada, isto é, havia dado uma gorjeta. Carlinho, que já tinha visto de tudo na vida, saiu de lá horrorizado com o comportamento abominável do cunhado.

Quando Newton foi demitido, Dó foi com ele visitar os parentes na Bahia. Foram no DKV branco e verde bandeira que ele usurpou da vizinha. Como medida de proteção para a viagem, Dó levou o casal de vizinhos com eles. Quando retornaram, não tinham dinheiro, nem moradia, nem emprego. Eles foram morar então em Cabuçu, na Região de Nova Iguaçu. Isso porque lá o aluguel era mais barato. Incomodada com a situação, Dó foi procurar Arnaldo. Ela pediu dinheiro emprestado para comprar a casa em que estava morando. Seu irmão, em resposta, lhe disse que compraria a casa desde que fosse registrada no nome dela. Ela ficou tão feliz que atacou o irmão com beijos. Chegou a insistir para que Arnaldo ficasse com as joias que tinha, mas ele não aceitou.

Em Camaçari, Celina também se casou. Seu marido era conhecido como Toinho Rolinha. Ele iniciou sua vida profissional como foguista na Leste, como era conhecida a Viação Ferroviária. Sua função era alimentar a fornalha da locomotiva com lenha para a produção de vapor que era a força motriz que colocava a locomotiva em movimento. Dedicado, ele foi promovido de maquinista de trem de carga, para maquinista de locomotiva a diesel e, finalmente, para chefe do depósito de máquinas de óleo diesel.

Toda vez que tinha um filho, Rolinha recebia da Leste certa quantia em dinheiro como bonificação. Ele utilizava essa premiação para investir em terras. Acumulou tão grande quantidade que extraía madeira e as vendia para a Leste, que utilizava as grandes toras de árvore para fazer os dormentes utilizados na linha férrea. O homem tinha um salário elevado para os padrões da época. Apenas como referência, Rolinha recebia o dobro do salário de Dudu, quando este já tinha construído uma carreira em posições de liderança no Coronel do Corpo de Bombeiros.

O marido de Celina gostava de fumar charuto. Além disso, ele usava um anel de ouro no dedo de uma das mãos e, quando estava nervoso, costumava a gritar e falar palavrões. Ainda assim, era muito generoso. Como criava gado em suas terras, quando um de seus animais morria, distribuía carne para os mais pobres. Ele só não dava o fígado, que reservava para a sua família. Além disso, ele raramente cobrava pelo leite das vacas de seu rebanho, distribuindo-o gratuitamente entre os vizinhos.

Celina e Rolinha tiveram quatro filhos: dois rapazes e duas moças. O casal brigava com frequência. Em uma ocasião, quando visitava a irmã em Camaçari, Lelé presenciou uma discussão tão séria que Rolinha desabafou com ela.

— Lelé, essa mulher ainda vai me matar de tanta raiva.

Certo dia, depois de doze anos de casado, o marido de Celina se sentiu mal no trabalho. Ele foi levado para o hospital, mas faleceu uma semana depois que foi internado. Os médicos atestaram problemas no coração como causa do óbito. Ainda assim, alguns da Leste diziam que ele morreu em decorrência de um feitiço realizado por um colega de trabalho, que invejou a sua rápida ascensão na carreira. Os vizinhos, por sua vez, comentavam que ele morreu de desgosto no casamento. De todo modo, a morte precoce de Rolinha, com apenas 42 anos, foi uma grande perda para a comunidade e para família.

Depois que ele morreu, Joselina foi passar uns dias na casa de Celina para confortá-la. Embora Joselina fosse filha de Maria Assumpção com outro homem, todos os filhos de Nazinha com Manoel Antônio a consideram como irmã. De manhã cedo, quando todos acordavam, era comum irem para o curral tomar leite fresco das vacas que Rolinha deixara. Em um desses dias, Fred estava com as irmãs e os sobrinhos. Prestativo, ele se ofereceu para ordenhar a vaca. Eram tantas que Fred incentivava que cada um escolhesse de qual vaca queria beber o leite.

— E você, Joselina. De qual va-va-vaca você quer? — gritou Fred.

— Eu quero dessa vaca preta aí, perto de você — respondeu a irmã.

— Eu sabia que você gostava da coisa preta, vo-vo-você nunca me enganou! — disse Fred.

— Deixe de besteira e me traga logo esse leite, Dico. O leite da vaca preta é mais forte — respondeu Joselina, rindo da irreverência de Fred, que ela chamava de Dico.

Quando ele começou a ordenhar a vaca, o animal começou a urinar. Rapidamente, ele usou o mesmo vasilhame em que estava coletando o leite para aparar a urina. Em seguida, deu a mistura para Joselina beber. No entanto, por conhecer o irmão que tinha,

Joselina notou a astúcia de Fred, e não bebeu. Claro que todos riram da situação.

Toinho, o filho mais velho de Rolinha, estava com apenas onze anos quando o pai morreu. Ele tinha o mesmo nome do pai. O menino sempre gostou de veículos e desejava aprender mais sobre carros. Quando completou quatorze anos, foi morar em Salvador para estudar Mecânica no Serviço Nacional de Aprendizagem Industrial — SENAI, localizado no Dendezeiros, perto da Igreja do Bomfim. Ele foi morar com Vitalina, esposa de Neném Garrido, na mesma casa em que Celina residiu quando Manoel Antônio distribuiu os filhos. Como a casa de Vitalina ficava distante da escola, no bairro da Liberdade, Toinho tinha de acordar muito cedo. Além disso, por ser impedido pela tia de usar o despertador da casa, sempre chegava atrasado na aula. Ela dizia que ele tinha que aprender a adivinhar o horário, exatamente como os mais velhos faziam.

Depois de ouvir as queixas do filho, Celina levou Toinho para ficar com Joselina. Depois de dois meses, Toinho deixou a casa da tia por implicância de Oscar. Ele não queria homem em casa, ainda que o sobrinho de consideração fosse apenas um menino.

Toinho foi finalmente acolhido por Dudu e Neuza, com quem morou por dois anos até concluir o curso. O casal ainda vivia em uma casa perto do Estádio da Fonte Nova, mas também tinha um sítio em Góes Calmon aonde ia com frequência passar férias e finais de semana. Neuza tinha dois empregos. O primeiro era na Leste — trabalho que ela conseguiu após a morte do pai. Vale destacar que Rolinha não foi a única pessoa da família empregada nessa empresa. O pai de Neuza também trabalhava lá. Só que ele faleceu e sua filha foi beneficiada com uma vaga de emprego. Isso só foi possível porque, naquela época, os filhos primogênitos dos funcionários herdavam uma vaga no local quando seus pais faleciam. O segundo emprego de Neuza era de enfermeira.

Ela e Dudu não tiveram filhos. Eles cuidavam de Joice, uma moça que pegaram para criar. Neuza também se afeiçoou muito a Toinho. Por isso, chegava a dar dinheiro para ele sair para namorar. Ele, por sua vez, achava a tia muito divertida. Ainda assim, às vezes ela o constrangia, simulando que iria beijá-lo na boca só para vê-lo envergonhado. Dudu era sério, mas sempre cordial com o sobrinho. Como era de se esperar, Toinho ficou perplexo quando descobriu o relacionamento da tia com Oscar, mas achou prudente ficar quieto e não tocar no assunto com ninguém.

Em Camaçari, Celina passou a enfrentar problemas com uma prima. Analice, filha de Piroca, descobriu que Celina estava tendo um caso com Nelson, seu marido. Perseguida pela prima, Celina teve de deixar Camaçari e foi morar em Salvador. Porém o romance não durou muito tempo. Nelson morreu em decorrência de um acidente vascular cerebral na casa em que Celina estava morando em Salvador. Quando isso aconteceu, ela estava grávida dele.

Temerosa em voltar para Camaçari devido às ameaças da prima viúva, Celina foi embora para o Rio de Janeiro logo depois da filha nascer. Antes de conseguir uma casa para morar, fez diversas tentativas mal sucedidas de morar com alguns dos seus irmãos. Primeiro foi morar com Dó. Celina queria que sua segunda filha, uma das que teve com Rolinha, fosse batizada por ela e pelo esposo. No entanto, seus planos foram frustrados quando Newton se engraçou pela sobrinha, que já estava crescida. Quando a menina percebeu que o tio não era flor que se cheire, o enfrentou.

— Você vai batizar o diabo! — respondeu ela, saindo de perto dele.

Celina decidiu então ir para a casa do João, que morava em uma residência espaçosa e poderia acolher a todos. Ela combinou com ele que ficaria lá por pouco tempo porque já estava providenciando uma casa para morar com os filhos. Ainda assim, João comprou uma mesa grande com doze cadeiras para que todos pudessem almoçar juntos. Mas, como ele ganhava pouco, o suprimento de alimentos deu para apenas uma semana. Celina, por sua vez, não ajudava nas despesas embora recebesse uma pensão generosa pela morte do marido.

A situação ficou, então, insustentável e João ficou entristecido por ver os sobrinhos passando privações em sua casa. Assim, ele se aproveitou que Celina tinha saído com as filhas para o salão de beleza e se reuniu na mesa para conversar a sós com os sobrinhos.

— Meninos, eu sei que no tempo do pai de vocês a situação era diferente. Eu sou pobre, ganho pouco e não tenho condições de dar o que vocês tinham em Camaçari. Eu tenho dois filhos e a Dila está grávida do terceiro. Tenho que pagar o aluguel dessa casa todo mês, não consigo sustentar mais essa situação. Quando sua mãe chegar, eu vou conversar com ela para que consiga um lugar melhor para vocês ficarem.

Sem perceber que Celina já havia chegado e escutou a conversa, João foi surpreendido pela irmã.

— Tá falando mal de mim, seu safado? — gritou Celina.

— Celina! Você estava escutando atrás da porta? Aqui ninguém fala mal de ninguém não. Eu só tô falando a verdade pra eles. Você fica se cuidando no salão enquanto os meninos ficam aqui comendo feijão sem carne — replicou João.

— Eu ouvi que você estava falando mal de mim. Mas não se preocupe que eu vou embora pra minha casa. Só não vou agora porque eu ainda não tenho os móveis — disse Celina.

— Muito bem... Vocês vão viver melhor lá do que aqui. Porque você não faz um crediário? Você compra os móveis e vai pagando aos pouquinhos — aconselhou João.

— Não precisa fingir que você se preocupa comigo, não. Eu sei me virar. Fica falando mal de mim pelas costas, nem parece que é meu irmão — insistiu Celina.

No dia seguinte, ela comprou todos os móveis no crediário, exceto a geladeira. João estranhou quando eles foram entregues em sua casa, pois sua irmã já tinha alugado a casa em que ia morar. Quando a entrega foi feita, Celina contratou um caminhão e levou os móveis e as crianças. Assim, eles ficaram apenas vinte e nove dias na casa de João. Ainda assim, depois de poucos meses que Celina foi embora, João começou a receber cartas de cobrança em sua casa. Foi quando ele entendeu o motivo dos móveis serem entregues em seu endereço.

A família de Celina não se adaptou a vida urbana, especialmente um de seus filhos, que sentia falta dos cavalos e da vida no campo. O menino se entristeceu tanto que deixou a mãe preocupada, antecipando a volta da família para a Bahia. De volta à Camaçari, Celina pediu a Dudu para ser seu fiador na compra de alguns móveis. Meses depois da compra, ele passou a ser cobrado pela loja. O homem ficou tão aborrecido que enviou um caminhão dos bombeiros para buscar todos os móveis e os devolveu para a Mesbla, loja onde foram comprados.

É importante destacar que Rolinha deixou um patrimônio invejável. Além da casa e do terreno grande onde a família morava em Camaçari, ele legou muitas terras e gado. Porém Celina foi se desfazendo dos bens da família ao longo dos anos. Sem habilidade para negociar, ela ficou com menos de 5% de tudo o que herdou. Preservou apenas um pedaço do lote onde morou a maior parte de sua vida.

Agora vou fazer uma pausa para falar de Israel César, o filho que José César teve antes de se casar com Lelé.

O Homem Fera!

Israel César, desde menino, sobressaiu-se entre todas as crianças de Faisqueira por sua inteligência e perspicácia. Ele possuía talento para a leitura e para a escrita. Além disso, tinha as respostas certas como poucos adultos conseguiam ter.

Quando suas irmãs vieram morar com Gertrudes, Neu o surpreendeu estudando inglês. Ela ficou curiosa de vê-lo tão concentrado falando palavras estranhas.

— Israel, o que você está lendo, aí? Você está falando um monte de coisas estranhas que eu não estou entendendo nada.

— Isso aqui é um livro de inglês, mana — respondeu Israel César.

— Oh, Israel! Me ensine a falar inglês! — disse Neu, entusiasmada.

Israel César deu um tapa na própria testa, gesto que repetia com certa frequência, e olhou atentamente para a irmã.

— Ô, mana! Você ainda mal fala o português e já quer aprender inglês?

Quando cresceu, passou a ser conhecido como o "Homem Fera", devido à sua inteligência incomum. Como em Ubaitaba não tinha o curso científico, equivalente ao ensino médio atual, ele foi morar com Joselina em Salvador por influência de Lelé. Israel César concluiu os estudos e foi admitido, por meio do vestibular da época, nas duas instituições de ensino superior de Salvador. Passou no curso de Direito na Universidade Federal da Bahia - UFBA, e na Universidade Católica de Salvador. Ele optou pela primeira, por ser uma universidade pública com ensino gratuito.

Na UFBA, Israel César foi morar na república dos estudantes conhecida como Centro Estudantil Padre Torrend. Ela ficava localizada na Rua Senador Costa Pinto, na Região Central de Salvador. Lá, se intensificou o seu gosto por escrever poesias. Ele também se envolveu com o movimento estudantil que reagia contra o golpe militar de 1964. Os estudantes se mobilizavam a favor do restabelecimento da democracia no Brasil.

Em vista dessa sua participação no movimento, Israel César acabou sendo preso e levado para o Décimo Quarto Batalhão de Infantaria da Costa, no Bairro de Amaralina. Lá, ele foi brutalmente torturado. Quando foi solto, depois de sofrer muitas lesões na cabeça, não se recuperou completamente. Assim, ele começou a falar sozinho, descuidou-se da higiene pessoal e passou a vagar sem destino pelas ruas de Salvador e, depois, de Ubaitaba. Como vítima de um estigma familiar, ele virou alcóolatra como Alípio e José César. Contudo, nunca perdeu a paixão pela poesia. Israel César fez um poema a respeito da Revolução de 64. Chamou-o de Os Robôs.

Os Saturnos chegando em suas naves
Todas escarpindo fogos das grutas
Branindo sobras com maneiras brutas
Conseguiram calar a muitas aves

Outras lhes ousaram lhes erguer entraves
Com seu corpo e sua alma em duras lutas
Desiguais, mas por serem desunidas
Mais puderam de ter gritos bem graves

Verdade é que não pode uma andorinha
Fazer verão se ela estiver sozinha
Mas se calar-se as pedras vão clamar.

Em outra ocasião, Israel César fez um poema em que retratou a relação das pessoas de Faisqueira com o Rio Oricó. Ele chamou o poema de O Rio Rememorância.

O Oricó desce de um tempo
de um menino descuidado
Em tempo de recordâncias,
Límpidas águas tranquilas
relembram cantigas lindas
De lavadeiras humildes
cantando ao bater das roupas

Gente de vida difícil,
minha gente de alma simples
E o Oricó desce também
de um modesto tabuleiro
Para abraçar no remanso
Alfavaqueira viajando
Grave, manso, traiçoeiro

Para os animais e pontes,
para as tropas e os tropeiros
Nas cheias de trovoada
que por mais fortes que sejam
Não superam nunca as marcas
da enchente de quatorze

Aliás, não só enchente
Mas calendário da gente
mais velha das redondezas
No meu leito de lembranças
correm dois rios num só
Sentimentalmente unidos,
Alfavaqueira e Oricó

De alvos lençóis estendidos
nos remansos de espuma
Nos sequeiros de algodão
quando se tornam lavadeira
Limpos com água e sabão

Tempo refeito em memórias
que inverte o curso do destino
Sinto-me ainda menino
Falando desses detalhes
do meu Oricó Mirim
Me sinto um rio de afeto
correndo dentro de mim

Certo dia, um amigo de Israel César chamado Wandick Ferreira, o viu clamando aos transeuntes: "uma esmola, pelo amor de Deus". Lá, ele compôs um poema que chamou de Bahia.

Olho as ruas tortas
De casario inconstante
Com pensamento distante,
Cruza as manhãs de horas mortas

E nesse quase abandono
Aa meu ser que se retrai
Somente a chuva que cai
Me faz lembrar que é o dono

Nos abismos do meu crânio
Só por obra dos pesares
Aqui são muitos lugares
E eu no tempo simultâneo
Mas ai saudade tardia,

Quando voltou para Ubaitaba, Israel César ajudou muitas pessoas da cidade a passarem nos concursos públicos. Assim, ele contribuiu para que muita gente entrasse no Banco do Brasil, na Caixa Econômica Federal e no antigo Banco do Estado da Bahia. Além disso, por causa do seu auxílio, muitos passaram nos testes de admissão no antigo Banco Econômico. Ele ensinava as pessoas de graça. No entanto, quando lhe davam alguns trocados, ele comprava bebida.

Israel César tinha um amigo chamado Humberto Hugo. Ele era jornalista, além de ser proprietário de uma rádio comunitária em Aurelino Leal e de um jornal regional que era publicado uma vez por mês, A Tribuna da Região. Decidindo fazer um sarau, Humberto convidou todas as personalidades da região para o evento, como intelectuais, políticos e empresários. Chamou também Israel César, que seria a atração da noite.

Embriagado, o convidado de honra chegou atrasado. Em vista disso, ele foi impedido de entrar pelo porteiro, que não acreditou que um homem sujo e com cheiro forte de álcool fosse o homenageado. Quando Humberto Hugo foi buscar informações sobre Israel César, o porteiro percebeu sua falha e pediu desculpas. Assim, o sarau ficou sem o seu brilho.

Vivendo nas ruas, Israel César aparecia esporadicamente na casa dos avós em Faisqueira. Lá tomava banho, comia, mas ficava pouco tempo. Logo sumia pelas ruas de Ubaitaba, vivendo como indigente. Quando se encontrava com os amigos que tentavam aconselhá-lo, ele respondia delicadamente:

Certa feita, ele passou uns dias com Milton, na casa de Lourenço e Nelita, em Camaçari. Meu pai já estava casado há poucos anos com minha mãe. Lá Israel César tocou com um violão a sua música preferida: Meu Bom José. Esta era uma versão de uma música italiana que era cantada por Rita Lee. Nesse período, o andarilho da família teve um namorico breve com Lia, uma das filhas de Tomé e Alice. Estes eram os vizinhos de frente, que tinham muitos filhos — entre eles, Lia, Marilene, Paulo Sérgio, Ocimar e George.

Poucos anos depois, quando meus pais moraram na Rua do Carmo, no Centro Histórico de Salvador, Israel César também apareceu lá algumas vezes. Eram visitas rápidas. Nessas ocasiões, ele sempre trazia alguns tomates e pedia com educação para que minha mãe os lavasse com água e sabão para preparar-lhe uma salada. Eu me lembro com detalhes desses momentos, de como ele era educado e de seu aspecto físico. Tio Israel César sempre vestia roupa e sapato social. Além disso, ele era alto, magro, elegante e muito culto.

Outro dia, Israel César chegou na nossa casa com um exemplar do jornal A Tarde, o maior do Norte-Nordeste Nele, havia uma reportagem sobre meu tio no Segundo Caderno. O título da matéria era "Fala, Israel César!". O jornal publicou uma coletânea de suas poesias. Nesse dia, Milton se recordou de uma conversa que teve com o irmão.

— Israel, como é que se torna um poeta?

Israel César deu um tapa na própria testa, e olhou para Milton.

— Ô, mano. Um poeta não se faz, ao nascer você já trás.

Israel César morreu jovem quando foi se banhar no Rio de Contas. Como estava embriagado, tropeçou enquanto tentava tirar a calça para se banhar. Ele caiu com a cabeça dentro do rio, na margem do lado da cidade de Aurelino Leal e se afogou. Isso aconteceu no dia 16 de fevereiro de 1982. Weber Tannus, um músico e artista da região de Ubaitaba, fez um poema em homenagem ao seu grande amigo. Ele a chamou de "O Homem Fera".

Um homem moreno alto, trajando um terno escuro
Por muitas vezes, empoeirado e sujo
Embriagado, por ser um poeta mudo
Caneta-tinteiro no bolso,
Um caderno amassado debaixo do braço
Entre um gole e outro

Escreve o retrato falado, o grande Israel César
Poeta nativo da beira do Rio de Contas
Israel partiu para o mundo espiritual

Hoje, seus poemas caligrafados
Com a velha caneta-tinteiro estão por aí
Guardados em uma gaveta vadia de algum otário
Rio de Contas, único privilegiado,
Banhou pela última vez
O corpo do poeta mágico

Após a morte de Israel César, um conhecido — a que Weber Tannus chamou de "otário" no poema que você acabou de ler — foi até a casa de Olímpio e pediu os manuscritos de Israel César. Não sabendo da importância do acervo que tinham em casa, Olímpio e Gertrudes não criaram nenhuma objeção e entregaram para ele as anotações de Israel César. Essa pessoa foi para Salvador e nunca mais foi localizada.

Embora a morte de Israel César tenha sido uma grande perda, quando se fala em tragédia, a minha família não se refere a Israel César. Tragédia mesmo foi a que aconteceu entre dois sobrinhos de José César, filhos de Olímpio e de Jonas.

Alípio e Gertrudes, além de José César, tiveram dois filhos homens: Olímpio, que se casou com Hermínia, e Jonas, que se casou com Pituta. Jonas era um homem educado, simples e prestativo. Ele chamava Lelé, respeitosamente, de Lé. Olímpio, por sua vez, era impetuoso. Em uma ocasião, chegou a assediar Lelé, sua cunhada, aproveitando-se de que José César estava com tuberculose. Lelé passou então a ter aversão ao cunhado. Contudo, ela gostava muito de um filho de Olímpio chamado Daniel. Ele chegou a ser vereador de Aurelino Leal por diversas legislaturas até sofrer um acidente vascular cerebral, que o afastou da política devido às sequelas.

As vidas dos irmãos Olímpio e Jonas foram marcadas por uma tragédia. Olímpio também tinha um filho chamado José Henrique, conhecido por todos como Liu. Ele foi um dos comprometidos pelo ocorrido. A outra pessoa envolvida no terrível acontecimento foi Gilson, filho de Jonas.

Certo dia, Gilson e Liu estavam disputando uma partida de sinuca no Bar de Machado, lá em Faisqueira. Liu acabou ganhando a partida, o que deixou Gilson muito irritado com as gozações do primo. Assim, ele começou a cobrar uma dívida antiga de R$ 35,00 do primo. Os dois tiveram uma discussão e Gilson saiu de carro em direção a Ubaitaba. Quase uma hora depois, ele retornou à Faisqueira e parou com o carro na frente do Bar de Machado. Em seguida, pegou a arma que fora buscar e atirou em Liu que caiu com parte do corpo sobre a caçada e com as pernas na rua. Na fuga, Gilson passou com o carro sobre as pernas do primo que ainda agonizava no chão. A cena causou grande revolta e indignação em toda a cidade. Depois disso, o homem abandonou o carro na porta de sua casa e desapareceu.

Ao saber do ocorrido, Tamburica, irmão de Liu, promoveu uma caçada ao primo pela cidade de Ubaitaba. Ele chegou até a invadir a casa de Pituta, sua tia e mãe de Gilson, para fazer justiça com as próprias mãos. Como não encontrou o primo, ele amenizou parte da raiva destruindo o carro dele, que estava estacionado. No mesmo dia em que soube da tragédia, Val, irmão de Gilson, morreu vítima de um infarto.

Liu foi sepultado em Aurelino Leal e Val em Ubaitaba. Hermínia também morreu, só que de tristeza, algum tempo depois da tragédia. Ela criava um rapaz, muito ligado a Liu, que também veio a falecer de desgosto. O último a partir foi Olímpio que morreu cheio de amargura.

Novembro de 2002 — TRIBUNA DA REGIÃO · A Voz do Vale do Rio de Contas — Página 19

Polícia

Dívida de 35 reais acaba em tragédia

Faisqueira (Ubaitaba) – Uma dívida de 35 reais acabou servindo de motivo para o assassinato de José Henrique Simões César, 40 anos, frentista do Posto do Tenente. O crime ocorreu por volta das 15 horas, dia 26/10, em frente ao Bar do Machado, centro da cidade, e foi praticado por Gilson Pinheiro dos Santos, 40 anos, primo da vítima. Segundo depoimentos de populares, José Henrique e Gilson estavam jogando bilhar e bebendo, no final do jogo vencido por José Henrique, Gilson começou a cobrar a dívida ao primo. O fato culminou numa briga verbal, que foi apartado por pessoas presentes. José Henrique pensou que o caso estava encerrado e não ligou para a ameaça que Gilson lhe fez "vou em casa e volto", teria dito o criminoso, segundo depoimentos. A vítima não acreditando na ameaça continuou no local, para ele o caso estava encerrado, porém para Gilson a tragédia estava só começando. Momentos depois Gilson retornou ao bar, disposto a dar um ponto final na história. De posse de um revólver calibre 38, desfe-

grou 2 tiros, que atingiram o peito e pulmão da vítima, que morreu no local. Após efetuar os disparos, o criminoso jogou a arma do crime no Rio das Contas e fugiu, dando origem a uma intensa confusão.

Fuga, Revolta e tragédia

Baseado em depoimentos de populares, o criminoso fugiu para a casa da sua mãe, sendo em seguida transportado pelo seu sobrinho em um Vectra, cor verde, placa 9227, para a casa de seu irmão em Ubaitaba, onde permaneceu a Ter se entregar para a justiça, após uma pressão desesperada de familiares da vítima. O desespero e a revolta dos familiares por pouco não acabou dando dimensões maiores a tragédia, uma vez que o sobrinho do criminoso, o mesmo que o transportou para Ubaitaba, foi agredido e usado para pressionar o fugitivo a se entregar a Polícia, o que acabou ocorrendo 3 dias após o crime.

Gilson Pinheiro dos Santos, após ser ouvido pela Justiça foi removido para a Ma-
drez local, e depois transferido para o presídio de Ilhéus, medida tomada para evitar um possível linchamento, uma vez que a vítima era uma pessoa querida da comunidade. O

Gilson, assassino premeditou o crime

Liu foi assassinado barbaramente

Notícia do assassinato (novembro de 2002)

241

Gilson foi capturado pela polícia alguns dias depois do assassinato. Ele foi julgado e cumpriu parte da pena. Anos depois, ele foi solto e se tornou pastor de uma igreja neopentecostal em uma cidade distante. Com uma atitude insensata, Gilson destruiu duas famílias e foi responsável pela morte de muita gente.

Milton retornou para Ubaitaba em 2003, vinte e um anos após a morte de Israel César. Desconhecido pela geração mais jovem, ele tentou sobreviver na região onde viveu em sua infância. Quando souberam que ele era irmão de Israel César, as portas da cidade se abriram para meu pai. Ele passou a ser conhecido como Milton César, o irmão do poeta.

Por causa da consideração que tinha por meu tio, Asclepíades Queiroz — conhecido como Beda — acolheu Milton na cidade dando-lhe uma oportunidade de trabalho. Ele era amigo de Israel César. Visto que foi prefeito de Ubaitaba algumas vezes, Beda se utilizou de sua influência para recomendar o irmão do poeta. Assim, Milton foi beneficiado pela fama do irmão, que persiste ainda hoje.

Trinta anos depois a morte de Israel César, em julho de 2012 foi inaugurada em Faisqueira a Casa de Cultura Israel César. O imóvel, onde anteriormente funcionou o Centro Cultural Jorge Amado, foi reformado pela Secretaria Municipal de Educação para homenagear o Homem Fera. O local fica na mesma praça em que está situada a Igreja Católica Nossa Senhora de Lurdes, padroeira de Faisqueira. Milton participou da solenidade de inauguração, fazendo o descerramento da fita de inauguração. Ele também declamou algumas poesias do irmão, amplificadas nas caixas de som da praça principal.

Israel César morreu sem ter uma segunda chance. Mas, no próximo capítulo, eu vou falar de uma pessoa que foi visitada pela morte diversas vezes, mas sobreviveu.

Vivinha

Maria Assumpção chamava sua filha Joselina de Vivinha. Quando nasceu, a menina tinha problemas de saúde recorrentes. Por diversas vezes ela adoeceu gravemente e por pouco não morreu. Quando Maria Assumpção perdia a esperança, Joselina se recuperava e ficava vivinha outra vez. De tanto ameaçar morrer e ficar vivinha, minha bisavó lhe deu o seu apelido. O pai de Joselina não teve a mesma sorte, morrendo cedo por problemas do coração. Desde então, Maria Assumpção nunca mais se relacionou com outro homem.

Joselina, por sua vez, teve uma infância triste, passando por diversos momentos difíceis devido à morte precoce de seus pais. Primeiro, sofreu a perda do pai. Não muitos anos depois, quando estava com doze anos, viu Maria Assumpção falecer quando estavam na casa de Elza. Na época, não conseguiram chegar ao destino final da viagem, que era a casa de Lelé, para conhecerem Milton.

Foi Dedé que completou a criação de Joselina. Ela, filha de Maria Assumpção e Manoel Antônio, era irmã de Joselina por parte de mãe. Caso você não lembre, Dedé era uma dona de casa experiente e cuidou dos irmãos logo depois que Nazinha morreu, principalmente depois que Elza se casou com Elpídio. Desde a adolescência, Joselina nutriu amor por Delinho, filho de uma irmã de Manoel Antônio chamada Francisca. Ele ajudou muito Maria Assumpção quando Manoel Antônio foi viver com Nazinha. No entanto, por causa da influência de Dedé, ela acabou se casando com Oscar. Não se casou por amor nem por vontade. Afinal, ela amava Delinho.

Oscar tinha um emprego no almoxarifado da Petrobrás. Na década de 50, os trabalhadores da recém-criada estatal do petróleo eram considerados bons partidos. Quando ele se interessou por Joselina, Dedé se alegrou. Ela se aproveitou de que tinha contraído tuberculose e persuadiu Joselina a namorar Oscar. A mulher era hábil em convencer pessoas pela emoção. Ainda no início da doença, ela conseguiu que Nandinho fosse reintegrado na Marinha, ajoelhando-se diante do comandante que não conseguiu lhe resistir. Também foi por meio da emoção que Dedé fez com que Joselina prometesse que se casaria com o namorado. Logo depois, ela morreu aos trinta e três anos. Temendo romper seu juramento, Joselina se casou com Oscar.

Oscar sempre foi amigo da bebida, do cigarro e das mulheres. Entre estas, se destacava Neuza, esposa de Dudu. Como você já sabe, Oscar teve um caso com a esposa do cunhado. Dudu era o irmão mais velho de Joselina. Quando descobriu o adultério, Joselina não teve alternativa senão se agarrar à fé em Deus. Assim, ela passou viver como uma cristã fervorosa.

A mulher teve duas filhas com Oscar. Sempre lutou para que as meninas tivessem uma vida estável e fizessem boas escolhas nos relacionamentos. Entretanto, ela passou a vida inteira queixando-se do marido, dos genros, das filhas e, especialmente, do neto. Seu alento era desabafar com Lelé escrevendo longas cartas para a irmã. Em uma destas, Joselina falou de sua admiração pela forma como Lelé lidava com as vicissitudes da vida: *"eu só tenho coragem de me desabafar com você, Lelé. Pois, para mim você é uma mulher heroína, que soube e sabe lidar em todas as circunstâncias, boas e ruins"*.

Oscar não gostava do neto. Na verdade, eles sempre se odiaram. Joselina costumava dizer que o marido transferiu para o menino toda a insatisfação e o desprezo que sentia pelo genro, o pai do garoto. O menino dizia para a mãe e para a avó que quando o avô morresse, ele mandaria na casa.

Apesar de tudo, Joselina buscava ser uma boa esposa. Ela disfarçava bem sua infelicidade conjugal. Se aplicou na criação das filhas e recebia com a alegria a visita dos irmãos e sobrinhos na casa de praia que possuía na Ilha de Itaparica. Ainda assim, os parentes, que sempre foram muito presentes, desapareceram depois que Oscar adoeceu e vendeu o imóvel da ilha. "Todos sumiram", disse Joselina em uma das inúmeras cartas que escreveu para Lelé. Assim, ela, Oscar, as filhas, os genros e o casal de netos tiveram que se suportar mutuamente.

A saúde do seu marido piorava a cada dia. Em certa ocasião, ele foi ao açougue. Temendo não ter forças para trazer carne, pediu que Joselina fosse encontrá-lo no caminho. Então, ela fez conforme combinaram. Quando se aproximou do ponto de ônibus, viu o marido sentado. Ele estava atônito. Com dificuldades, informou que foi assaltado por uma prostituta. Ouvindo isso, ela se aproveitou que ele estava exausto, tomou-lhe a carteira e saiu caminhando. O homem que reinou cortejando mulheres agora era vítima delas. Oscar faleceu alguns meses depois por problemas cardiovasculares.

Após a morte de Oscar, Joselina confortava seu coração relembrando do passado. Ele carregou por muitos anos uma foto de Delinho escondida no fundo falso da bolsa. Ela o amou por muitos anos. Sempre que ela se reencontrava com Lelé, mostrava a foto do amado. Cansada da vida, Joselina confidenciou a Lelé que desejava ir para um asilo onde tivesse paz. Ela repudiava a possibilidade de passar a velhice com as filhas e o neto.

Para a tristeza de Lelé e Joselina, elas deixaram de se corresponder. Isso porque Vivinha não conseguia mais segurar a caneta. Ela também ouvia com muita dificuldade, não conseguindo conversar ao telefone. Dessa forma, a comunicação cessou, mas as cartas que elas trocaram ao longo da vida ainda permanecem.

As filhas de Lelé

Lelé teve cinco filhas: Linda, Sônia, Conça, Neuza (Neu) e Arlete. Nesse capítulo vou relatar com foi a juventude e a maturidade das filhas de Lelé e José César. Como já falei de Arlete, no Capítulo "Entre Aiquara e Jequié" e de Linda, que aparece em muitos relatos sobre Carlinho, vou me ater a Sônia, Neu e Conça.

Sônia era diferente de todos os seus irmãos em muitos aspectos. Ela gostava, por exemplo, de jogar bola com os meninos da rua, o que não era comum para as mulheres na década de 60. Além disso, uma vez, Gileno falou para Sônia que ela não era sua irmã biológica, sendo portanto filha de criação de Lelé. Segundo ele, sua irmã fora encontrada na lata do lixo. Por ter a pele mais escura entre todos da família, ela nunca tirou isso da cabeça. Na verdade, ela tinha o tom de pele da família do pai.

Gileno viria se arrepender mais tarde dessa brincadeira. Conforme me confidenciou Lelé, "ele não fez por maldade. Nunca imaginou que Sônia seria marcada pela crença de que não era da família". Na verdade não foi só isso, Sônia teve momentos difíceis na infância que marcaram a sua vida. Entre eles, o dia em que José César foi à Faisqueira buscar as filhas na casa de Gertrudes para elas serem criadas por famílias de Jequié. Anos depois, ela foi mais uma vez para casa dos avós quando a família foi para o Rio de Janeiro. Ela se sentia rejeitada.

Sônia tinha um temperamento agressivo. Com frequência, ela se envolvia em conflitos e não levava desaforo para casa. Como jogava capoeira, batia em homens e mulheres. Era tão forte que tomava a iniciativa de separar os irmãos quando estes brigavam. Ela conseguia prevalecer pela força e predisposição para lutar.

Quando foi para o Rio de Janeiro, se apaixonou por um rapaz que gostava muito dela. Eles moravam próximos, no mesmo bairro. O jovem morava com duas tias, que não aprovaram o relacionamento com Sônia. O casal resistiu, e chegou até comprar as alianças de noivado, mas Sônia não suportou os desaforos das tias do rapaz.

— Mãe, eu estou com um problema sério. Não posso casar com um homem que é controlado pelas tias. Elas nunca vão gostar de mim — desabafou Sônia.

— E o que você vai fazer, minha filha? — perguntou Lelé, preocupada.

— Hoje eu vou acabar com meu problema — disse Sônia. Sônia saiu apressadamente e retornou depois de alguns minutos muito triste.

— Mãe, eu já resolvi — disse Sônia, aborrecida.

— O que foi que você fez, Sônia?

— Terminei tudo, mãe. Não tem mais namoro, nem noivado, nem casamento. Chega! — sentenciou.

O rapaz não aceitou o fim do namoro e continuou buscando uma reconciliação. Ele usava as duas alianças presas no pescoço por um colar. Sempre que se encontrava com Sônia, ele ficava pedindo para voltar o namoro. Porém, Sônia estava irredutível. Se voltasse com ele iria acabar batendo nas tias do rapaz.

Para esquecer o namorado, Sônia passou a se envolver com um rapaz chamado Jurandir. Ele trabalhava como operador de empilhadeira na AGA, uma multinacional sueca do ramo de gases industriais. Os dois passaram a namorar e acabaram se casando.

Eventualmente, José César aparecia para visitar Sônia. Ele costumava dizer que ninguém fazia um café como sua filha. Ela era mesmo aplicada na cozinha. Lelé me disse uma vez que o lombo recheado de Sônia foi o melhor que ela já comeu em toda sua vida. Minha avó não gostava da rabanada, mas dizia que o lombo que sua filha fazia era maravilhoso.

Lelé ficou preocupada com o fato do ex-namorado de Sônia continuar insistindo em reatar o namoro mesmo sabendo que ela estava casada. Ele sempre colocava bilhetes na cerca da casa onde sua amada morava. Temendo uma tragédia, Lelé foi conversar com Jurandir para fazê-lo tomar uma atitude. Este foi procurar o rapaz e, após dar uma prensa nele, o jovem se afastou de Sônia. Pouco tempo depois, ele logo conheceu uma moça e decidiu se casar com ela.

Com o passar do tempo, o casamento de Sônia e Jurandir foi se desgastando. Ela já estava com dois filhos: Douglas e Davi. Após muitas desavenças, além de agressões físicas e emocionais mútuas, eles acabaram se separando. Sônia não queria se separar, mas o seu temperamento forte contribuiu para que a convivência do casal se tornasse insustentável. Ela entrou então em depressão. Além disso, passou a fumar em demasia, desenvolvendo o hábito de cheirar fumaça de pólvora queimada. Primeiro acendia os palitos de fósforos e, em seguida, inalava a fumaça residual que se desprendia depois da chama ser apagada.

Sônia ficou pouco receptiva até mesmo com os familiares. Ela não permitia que ninguém entrasse em sua casa. Ficava o dia inteiro trancada junto com os filhos. Também parou de cozinhar e deixou de limpar a casa. Como consequência, os filhos, Douglas e Davi, ficavam sem assistência da mãe a maior parte do tempo. Até mesmo levá-los à escola não era fácil. Com muita dificuldade e insistência, Lelé conseguia entrar, limpar a casa e olhar os meninos.

Para preservar as crianças, Gileno pediu para Jurandir levá-las com ele. Durante o seu período de isolamento, Sônia emagreceu muito. Lelé conseguiu com muita insistência levá-la ao médico. No hospital, ela foi atendida pelo Dr. Costacurta que a reconheceu de uma consulta anterior ocorrida há alguns meses.

— Eu já te conheço. Deixe-me dar uma olhada em meus registros — disse o médico.

— Eu acho que ela nunca veio aqui não, doutor — respondeu Lelé.

— Veio, sim. Quer ver que ela veio? Tá aqui. Ela veio aqui e me disse que a pimenta do reino estava fazendo mal para o estômago. Eu mandei você tirar a pimenta, você tirou? — falou o médico, olhando para Sônia.

— Tirei. Eu nunca mais comi pimenta do reino, doutor — respondeu Sônia.

— Eu queria curar a sua filha, mas não sei se eu consigo porque ela está muito debilitada — falou o médico preocupado, olhando para Lelé.

O médico começou a fazer diversas perguntas para Sônia que sempre respondia monossilábica.

— Eu quero que a senhora deite ali que eu vou examinar a sua vagina — ordenou o médico.

— Doutor, eu não sou prostituta, não! — gritou Sônia, exatamente como fazia quando se sentia afrontada.

— Fique tranquila porque até moça virgem faz exames na vagina. Deite-se, por favor! — o médico tentou acalmá-la.

Depois de examiná-la, o médico a enviou para o andar superior para tirar um Raio X dos pulmões. Sônia subiu as escadas com dificuldades, amparada por Lelé e uma enfermeira. O médico, ao ver o resultado do exame, disse que ela estava com uma mancha no pulmão e que precisava ficar internada. Assim, Gileno providenciou a documentação para a internação da irmã que fiou alguns dias no hospital. Porém, desobedecendo as recomendações médicas, ela pediu alta para retornar para casa.

Disse que já estava melhor e assumiu a responsabilidade de sair antes da autorização do médico.

Sônia quis ir para a casa da tia Sofia, irmã de José César. Esta a recebeu, mas, como teve medo da sobrinha morrer em sua casa, não deixou que ela ficasse muitos dias. Então, a filha de Lelé foi para casa de Linda, onde permaneceu mais alguns dias. Porém, ela piorou e precisou retornar às pressas ao hospital em Jacarepaguá. Neu a acompanhou, mas não conseguiu vaga para internar a irmã. Assim, Sônia ficou sentada em uma cadeira aguardando atendimento médico. Depois de muita insistência de Neu, um profissional de saúde disse que Sônia não seria internada até que outra pessoa recebesse alta. A mulher morreu no mesmo dia. Conça foi avisada do falecimento por telefone pela administração do hospital. Quando soube da morte da filha, Lelé pediu em pensamentos que Sônia revelasse o que tinha acontecido. À noite, Lelé sonhou com sua filha sentada na cadeira em que morreu.

Após a morte da convalescente, Jurandir vendeu a casa e o terreno onde morava para Conça e Maciel. Conça construiu uma casa na frente do terreno e Lelé foi morar na residência que fora de sua filha, no fundo do local. Quando soube da morte de Sônia, o ex-namorado dela ficou arrasado. Ele pediu a Lelé um objeto da sua amada para guardar como recordação. Sônia faleceu no primeiro semestre de 1990.

Neuza foi outra filha de Lelé que se casou. Seu marido se chamava Pedro Monteiro. Depois de alguns anos vivendo juntos, eles romperam o relacionamento por causa de uma desavença. Foi nesse período que Raimundo, filho de Zizinha de Faisqueira, chegou ao Rio de Janeiro. Ligados pelos laços da infância, Neu e Raimundo começaram a namorar. Chegaram até mesmo a morar juntos por um período de tempo quando foram para o Estado de

São Paulo. No entanto, ele foi breve, pois o relacionamento não prosperou. Quando Neuza retornou para o Rio de Janeiro, ela se reconciliou com Pedrinho. Foi nesse período conturbado que ela engravidou e deu à luz Aline.

Nessa época, Neu trabalhava nas Casas Sendas na filial de Nova Iguaçu. Lá, ela conheceu um sargento da Polícia Militar do Batalhão de Mesquita, que fazia segurança da loja nos dias em que estava de folga da polícia. Ele se chamava Nicanor Massaranduba. Neuza rompeu definitivamente com Pedrinho e passou a namorar com Nicanor. Aline estava com apenas um ano quando seus pais se separaram. Ela morou com o pai até os doze anos. Depois disso, foi vivendo ora com o pai ora com a mãe.

Neu trabalhou por alguns anos como auxiliar de serviços gerais no CIEP — Centro Integrado de Educação Pública. A escola era mais conhecida como Brizolão, por ter sido projeto de iniciativa do governador Leonel Brizola. Ela conseguiu a sua vaga por ter sido aprovada em concurso público. Certo dia, quando foi fazer uma consulta odontológica, o dentista notou algo estranho na sua gengiva. Os exames complementares identificaram um câncer no local. O profissional que a tratou informou que o cigarro era a causa provável da doença.

Com a intensificação da doença, Neu passou a se entristecer. Como não podia ficar sozinha, ela foi morar com Lelé. Desenganada pelos médicos, decidiu morrer em casa e deixou o hospital. Quando ficou impossibilitada de falar, comunicava-se com a mãe escrevendo com giz em um pequeno quadro escolar. Neu faleceu no dia 18 de março de 1999, um dia após de completar 43 anos, por complicações da doença.

Conça descobriu acidentalmente, alguns anos depois, que Nicanor era casado. Ela nunca se soube se a irmã teve conhecimento disso. Lelé costumava dizer que Neu era a filha que mais gostava dela. A mulher enchia a mãe de mimos e presentes. Quando viajava, sempre levava minha avó. Em uma dessas aventuras foram para Florianópolis.

Voltemos um pouco no tempo, na época em que Conça chegou ao Estado do Rio de Janeiro junto com Sônia. Elas foras as últimas da família a chegar. Nesse tempo, Conça tinha treze anos. A adaptação não foi fácil na nova cidade. Isso porque os jovens da vizinhança riam dela e de Sônia por utilizarem os jargões evangélicos aprendidos na casa dos avós, em Faisqueira. Elas falavam muito de Deus. Para minhas tias, tudo era pecado e ainda cantavam dezenas de hinos que aprenderam na Igreja Batista. Pouco a pouco, elas deixaram a vida religiosa. Primeiro Sônia, Conça não pouco tempo depois.

Conça experimentou uma vida fora da religião por muitos anos. Na vida profissional, ela trabalhou como enfermeira, mas se realizou anos mais tarde como costureira. Sua vida mudou depois que ela conheceu Maciel, um funcionário da Eletrobrás que estava decidido a construir uma família. Eles adotaram Tatiana, que foi abandonada pela mãe ainda bebê. O casal teve três filhos biológicos: Maciel Junior, Leonardo e Vitor. Depois de alguns anos, adotaram Marcela. Foi depois do nascimento de Maciel Junior que Conça retornou para a igreja e persiste na fé até os dias de hoje.

Com o tempo, minha tia se dedicou ainda mais à costura. Autodidata, se especializou em vestido de noiva e debutantes, sendo requisitada pela população da Baixada Fluminense e da capital do estado. Após a morte de Maciel em decorrência de Mal de Parkinson, dedicou-se ao trabalho e aos filhos. Ela também realizou um sonho antigo: poder amparar sua mãe. Conça e Linda são as únicas filhas de Lelé que permanecem vivas.

Os filhos de Lelé

Lelé e José César tiveram três filhos: Milton (meu pai), Gileno César e Antônio Carlos, chamado de Cacau. Vou começar o relato por meu tio Gileno.

Ele foi incentivado a se candidatar a uma vaga de guarda portuário no porto do Rio de Janeiro. A ideia partiu de um português, que na época era namorado de Neu. No dia seguinte, ele acordou cedo e foi para o porto. Quando souberam que meu tio havia servido na cavalaria do Exército não quiseram contratá-lo. Disseram que ela não o credenciava para trabalhar no porto.

Gileno entristeceu-se muito por ter perdido a oportunidade. Quando soube disso, Lelé mandou o filho procurar Arnaldo e explicar sua situação. Portanto ele conversou com o tio que, no dia seguinte, lhe deu uma carta de recomendação para ser entregue no porto. Esta foi redigida por um oficial da Marinha, amigo de Arnaldo. No mesmo dia, ele foi contratado e só deixou o trabalho depois da aposentadoria.

Gileno se casou com Mariza, com quem teve dois filhos: Gilmar e Márcia. Devido a um deslize conjugal da esposa, ele decidiu se separar. O pivô da separação foi Toinho, filho de Celina, que voltou ao Rio de Janeiro para trabalhar na Marinha. Gileno acolheu o primo em sua casa e, não muito tempo depois disso, a notícia da infidelidade vazou.

Nessa época, estava próxima a inauguração do Porto de Sepetiba, atualmente chamado de Itaguaí. Gileno viu no novo porto a oportunidade de ter um salário maior e moradia gratuita. Entretanto, para ser transferido, havia a exigência de que os guardas portuários fossem casados. Para cumprir o requisito, Gileno tomou a iniciativa de se reconciliar com a esposa. No entanto, eles não conseguiram conviver em paz. A quebra de confiança de Marcia ainda era uma ferida aberta em seu coração. Consequentemente, Gileno se entregou à bebida. Por razões diferentes, seguiu os passos de José César no alcoolismo. Meu tio conservou o trabalho, mas seu casamento acabou definitivamente.

Quando chegou ao fundo do poço, Gileno precisou ser internado em uma clínica de recuperação. Ele não foi por iniciativa própria. Marcia, sua filha, Lelé, Linda e Conça tiveram de agir. Depois de algumas semanas, ele saiu da clínica e nunca mais voltou a beber. A internação foi tão traumática que foi necessário apenas um mês de reclusão para ele abandonar o álcool. Então, ele prometeu para Lelé que nunca mais voltaria ao vício. Gileno decidiu viver.

Ainda no Rio de Janeiro, Milton conseguiu um emprego novo. Ele foi trabalhar na Union Carbide, uma grande indústria química que fabricava as pilhas Eveready. Como office-boy ele fazia pagamentos, além de receber faturas e duplicatas de clientes. A empresa ficava no centro do Rio de Janeiro, local que ele já conhecia como as palmas das mãos por causa de suas andanças com Dr. David.

Foi nessa época que Fred levou Milton para conhecer alguns baianos que estavam morando no bairro de Agostinho Porto, em São João de Meriti. Lá, meu pai conheceu a minha mãe, Elza. Ela estava morando com o irmão, meu tio Louro e sua esposa, conhecida como Penha. Elza tinha saído de Camaçari em busca de trabalho. Na época do encontro, meu pai ainda conheceu um casal de primos de minha mãe, Dora e Jorge, que moravam na mesma rua. Elza conseguiu trabalho nas Casas Sendas, uma rede de supermercados, na filial do bairro da Penha.

Como vocês podem imaginar, meus pais começaram a namorar e minha mãe engravidou. Como sua barriga cresceu muito, ela teve medo de ter o filho em um hospital. Então convenceu meu pai para irem para Camaçari, já que Nelita, sua madrasta, era a única parteira em que confiava. Eles foram para Camaçari onde nasci pelas mãos de minha avó em 31 de agosto de 1970. No mês seguinte, em 16 de setembro, meus pais se casaram em Camaçari.

Na ocasião do meu nascimento, Joselina foi à Camaçari para conhecer a família de meu pai. Chegando à casa de meus avós maternos onde morávamos, tia Joselina ficou surpresa de reencontrar minha vó Nelita. As duas haviam trabalhado juntas na fábrica de tecidos de Luiz Tarquínio, quando eram jovens.

Pouco tempo depois do meu nascimento, mudamos para São João de Meriti. Foi lá que meu irmão nasceu. Com medo de ir para o hospital, minha mãe o teve em casa, sem dor e sem parteira.

Assim como José César, Milton tinha dificuldades de se firmar no trabalho. Depois que saiu da Union Carbide, trabalhou em diversos lugares, entre eles, na AGA. Ele entrou na empresa com a ajuda de Jurandir, marido de Sônia. A partir de então, Milton trabalhou como motorista transportando cilindros de gases do Rio de Janeiro para Vitória, no Espírito Santo.

Para que minha mãe pudesse trabalhar, eu e o meu irmão ficávamos na casa de tia Sofia, irmã de José César. Soélia, filha de Sofia, ainda era adolescente quando cuidava de nós. Ela nunca se esqueceu de que, quando Beto fez seu primeiro aniversário, minha mãe comemorou com um bolo. Ela colocou duas velas no bolo: uma para ele e a outra para a Soélia que estava prestes a completar quinze anos. Ela sofreu muito quando nós retornamos com nossos pais para Camaçari. Afinal, cuidava da gente como se fôssemos filhos dela.

Mais de quarenta anos após esse episódio, eu e meu irmão reencontramos Soélia e o filho Adriano no aniversário do centenário de vó Lelé. Ela disse que foi o dia mais feliz de sua vida. Nós continuamos mantendo contato frequente depois disso. Quase dois anos depois ela passou mal e foi internada. Após passar um mês no hospital em decorrência de um acidente vascular cerebral, ela faleceu. Isso ocorreu quando eu finalizava os capítulos finais desse livro. Deixei tudo registrado para a memória de Soélia.

Quando meus pais chegaram em Camaçari, fomos morar com meus avós maternos. Pouco tempo depois, mudamos para Salvador, onde vivemos por uns dois ou três anos. Finalmente, retornamos para Camaçari onde Milton e Elza se separaram. Quando eles romperam, eu estava com nove anos e Beto com sete.

Nessa época, meu pai já estava se relacionando com Ana, uma mulher do distrito de Barra de Pojuca, em Camaçari. Com ela, ele teve duas filhas: Tatiana, nome dado em homenagem a filha de Conça, e Irismar, mesmo nome da filha de Toinho, o padeiro. O relacionamento deles também não se sustentou por vários anos. Quando a deixou, ele viveu peregrinando entre a Bahia e São João de Meriti por muito tempo, trabalhando por períodos curtos em diversos lugares diferentes. Em uma dessas idas para o Rio de Janeiro, conheceu Solange, com quem teve uma filha chamada Sthefany. Quando retornou para a Bahia em 2003, ele se radicou em Ubaitaba aonde mora até hoje. Lá ele conheceu Mara, com quem vive há alguns anos. Meu pai conseguiu se aposentar como motorista concursado da Prefeitura Municipal de Ubaitaba.

Ao chegar a Ubaitaba, Milton agora era um estranho para muitos. Lembrando-se do seu passado, ele voltou ao tempo de sua infância, quando tinha por volta de dez ou onze anos. Naquele dia, ele saiu dos arredores de Faisqueira e foi para

Itabuna visitar os tios Otávio e Sofia. Fez a viagem com Gertrudes que insistia em chamar as cidades por onde passava pelos nomes antigos. Milton eternizou esses momentos em um poema que chamou de "A viagem".

Por ser o neto mais velho, no final dos anos cinquenta
Acompanhava a minha avó, que já tinha mais de sessenta
Numa viagem difícil rumo a Itabuna,
Que ela ainda teimava chamar de Grapiúna

Saíamos do Oricó, não o Grande, e sim o Mirim
Seis quilômetros de jornada tropeçando aqui e ali
Para embarcarmos no trem que saia de Aurelino
Mas que minha vó insistia de chamar de Poiri

Com uma sacola pesada e um candeeiro na mão
Numa estrada esburacada eu mal enxergava o chão
O caminho era de pedras e eu sempre dando voltas
Cheguei em Faisqueira, ela no Arraial das Tabocas

Já tínhamos percorrido a metade da jornada
O Sol no Oriente anunciava a chegada
Três quilômetros adiante, pessoas no vai e vem
Chegamos em Itapira, já vamos pegar o trem

Minutos de travessia em um Contas caudaloso
Canoas de puro vinhático, era pra mim prazeroso
Quixaba, o canoeiro, mas jamais me importei com quem
Do porto de Aurelino eu já deslumbrava o trem

E ao chegar na estação, que alegria incontida
Momentos que vão marcar por toda a minha vida
Aquela máquina possante, fagulhas em profusão
Faiscas queimavam minha pele, penetrando sobre o blusão

Antônio Carlos, chamado por todos como Cacau, é o filho caçula de José César e minha avó. Ele nasceu em 1964 quando Lelé já estava com 46 anos. Foi concebido no período em que meus avós moram em Minas Gerais, na cidade de Governador Valadares. Quando ela deixou a cidade estava grávida, mas ele nasceu no Rio de Janeiro.

Como a maioria dos homens da família, Cacau serviu na Marinha. Ele não ficou lá por muito tempo. A maior parte de sua vida profissional foi como vigilante patrimonial. Ele trabalhou por algum tempo nas Casas Sendas que hoje pertence à rede de supermercados do Grupo Pão de Açúcar.

Cacau se casou com Vânia. Com ela, teve duas filhas: Vanessa e Jéssica, e dois rapazes, Matheus Eduardo e Antônio Henrique. Certo dia, ele perdeu o controle de si e disparou diversos tiros com uma arma de fogo enquanto trabalhava. Assim, ele foi diagnosticado com esquizofrenia e teve de se aposentar precocemente. Felizmente, ninguém saiu ferido do episódio. Com o uso correto de medicamentos, ele consegue levar uma vida normal junto a sua família. Por ser o mais novo entre os irmãos, Cacau não aparece em muitos dos relatos desse livro. Ele ainda não era nascido.

Morte, tirana morte

A morte é sorrateira. Ela faz conforme lhe apraz. A morte sempre vem, ainda que pareça tardar. Lelé costumava recitar os versos de *Morte, tirana morte*, uma música tradicional popular em Portugal que ela aprendeu com sua vó Leonídia.

Ó morte, ó tirana morte, contra ti tenho mil queixas
Quem hás de levar, não levas, quem deves deixar, não deixas!

Nesse capítulo a morte revela a sua força. É a protagonista da vida. Ela vem quando quer.

No ano seguinte da morte de Djalma, tia Vanja também adoeceu, sendo diagnosticada com câncer no útero. Celina cuidou dela. Levou a irmã para morar em sua casa e sempre a acompanhou ao médico. No entanto, naquele tempo, contrair câncer era uma sentença de morte. Ciente de que não iria sobreviver, Vanja pediu para Celina que cuidasse de Lígia. Aldo, por sua vez, já estava adulto e independente, cuidaria de si mesmo. Ela faleceu em 1976.

Eu ainda me lembro quando tia Vanja foi visitar meus pais na casa de meus avós em Camaçari. Eu tinha três ou quatro anos quando ela me presenteou com um carrinho pequeno. Nunca me esqueci desse momento. Afinal, aquela foi a primeira vez que vi alguém de muletas. Minha vó Nelita me explicou que tia Vanja precisava daqueles artefatos de madeira para andar.

Após a morte dela, Celina criou Lígia como se fosse sua filha. A menina estava com quatorze anos quando perdeu a mãe. Aldo reside em Camaçari até hoje. Já a filha de Vanja mora com um de seus filhos em Macaé, no Rio de Janeiro.

Quando completou seu tempo de serviço, Dudu foi reformado no Corpo de Bombeiros. Pouco tempo depois, ele foi reintegrado para a ativa quando a lei que regulamentava a reforma mudou. Tudo parecia bem, mas Dudu foi diagnosticado com câncer na próstata e teve que se afastar definitivamente do trabalho.

Ele ficou muito doente, fraco, debilitado. Mesmo assim, ele frequentou com mais assiduidade o seu sítio em Góes Calmon, pertinho de Mapele. Lá, ele recebia a visita dos familiares. Em uma ocasião, Joselina e Oscar estavam presentes. A família de Arnaldo, que passava férias na Bahia, também estava lá. Na propriedade, havia um quarto cheio de ferramentas. Então, o caseiro de Dudu pegou um ancinho, também conhecido como gadanho, e começou a juntar as folhas que se acumulavam no quintal. Lá tinha muitas árvores frutíferas e coqueiros. Enquanto ajuntava as folhas, ele avistou uma cobra jararaca e a matou, acertando-a com a ferramenta.

Oscar tinha pavor de cobra. Sabendo disso, Nádia, filha de Arnaldo, amarrou a cobra morta em uma corda e planejou dar um susto no tio. Ela julgou que a brincadeira não causaria nenhum dano. Portanto, atraiu o tio para o quintal e jogou a cobra nele. Antes de atingi-lo, ela puxou a corda. Ele soltou um grito de desespero e encolheu o corpo apavorado. No momento, ele não percebeu que o bicho estava morto e amarrado. Todos gozaram de Oscar durante todo o período em que ficaram lá.

Dudu tinha alguns funcionários que cuidavam de suas coisas. Dois deles eram um casal de caseiros — seu Candinho e dona Maria —, mas também havia seu Délio, que era chamado de

Delinho (não confundir com Delinho, o filho de Francisca). Além deles, também existia Lucila, a empregada de Neuza.

Lelé também visitou Dudu. Ela foi com Milton ver o irmão mais velho antes dele morrer. O homem estava deitado na cama, debilitado, quase nu, com gases cobrindo o baixo ventre. Na ocasião, Neuza recebeu Lelé e Milton com frieza e indiferença. Isso foi em Salvador. Dudu já não morava mais perto da Fonte Nova. Prevendo a morte do marido, Neuza começou a vender todas as propriedades do casal. Ela queria evitar que Dudu deixasse herança para Wilson, o filho que ele tivera na adolescência com Eurídice. Há relatos vagos de que Wilson seguiu a carreira do pai como bombeiro. Não temos notícias dele até hoje.

Dudu

Dudu morreu com pouco mais de setenta anos. Como a maioria dos homens da família, ele era fumante. Neuza também morreu de câncer, alguns anos depois do marido. Ela deixou o espólio de Dudu para Joice, uma menina que eles criaram como filha. Imprudente, Joice acabou se desfazendo dos bens que herdou.

Ó morte, ó tirana morte, contra ti tenho mil queixas
Quem hás de levar, não levas, quem deves deixar, não deixas!

Tia Dó também adoeceu gravemente alguns meses depois que Newton a feriu no tanque de lavar roupas. Certo dia, ela e o marido foram procurar Arnaldo. Eles estavam muito assustados. Dó comentou que tinha algo importante para mostrar para sua cunhada. Olga ficou estarrecida quando viu uma grande ferida aberta no seio de Carmem. O ferimento tinha a aparência de couve flor. No dia seguinte, Arnaldo levou a irmã para o hospital. Ela teve de ficar internada para receber transfusões de sangue. Nádia e Jorge, filhos de Arnaldo, chegaram a ir ao Hospital do Inca, próximo da Rodoviária Novo Rio, para fazerem doações.

Nádia visitou Dó diversas vezes. Em uma das visitas ela notou que a tia estava muito triste e com os olhos marejados. Ela padecia mais com as coisas ruins que soube de Newton do que com a doença. Dó já sabia que ele estava tendo um caso com Tânia, a moça que pegaram para criar quando menina. Ele parecia se importar com a jovem, já que só tinha olhos para ela, que já estava com dezesseis anos. A verdade é que Newton tinha um ciúme doentio da moça. Ele sempre ia buscá-la na porta do colégio e não deixava que a jovem conversasse com outras pessoas.

Nó hospital, Dó passou a delirar. Falava que estava vendo coisas horríveis e gritava. No dia sete de setembro de 1990, Nádia foi visitá-la, mas foi informado que Dó tinha morrido. No dia da comemoração da Independência do Brasil, Dó se livrou das crueldades do marido perverso. No seu sepultamento, que ocorreu no cemitério do Irajá, tio Toinho, o padeiro, reuniu toda a família e falou com Newton na presença de todos.

— Newton, a partir de hoje você não faz mais parte da nossa família. Esqueça-se de todas as pessoas que você está vendo aqui agora e desapareça.

Newton abaixou a cabeça, sem dizer uma única palavra, e se retirou. Ele tomou Tânia como sua mulher e teve dois filhos com ela. Poucos anos depois, ele adoeceu e morreu na cidade de Nova Iguaçu.

Ó morte, ó tirana morte, contra ti tenho mil queixas
Quem hás de levar, não levas, quem deves deixar, não deixas!

Depois que se separou de Lelé, José César foi morar com Sofia, sua irmã. Ela tinha uma casa no bairro de Agostinho Porto em São João de Meriti. À medida que envelhecia, ele parou de sumir pelo mundo. Quando acordava, ia caminhar até a casa de Gileno, que morava no bairro da Pavuna. No meio do caminho, ele passava em um botequim, que ficava perto da feira livre da Pavuna, para tomar uma pinga, que chamava de pitianga. Lá, ele costumava tocar violão. Quando meu avô alisava as cordas do instrumento, não pagava pela bebida. Quando os homens se ajuntam para beber, o copo do tocador sempre fica cheio. Meu avô não perdeu a pose. Ele era alto, elegante e alinhado. Também falava bonito e gostava de declamar poesias.

Em certo dia, estava muito quente. Era início de dezembro, o verão se aproximava. Quando ele deixou o bar, se sentiu mal. Tentou dar alguns passos, mas ficou tonto e caiu na calçada batendo a cabeça no meio fio. Todos correram para ver o que tinha acontecido. Na confusão, roubaram a sua pasta com os documentos. Em seguida, um policial conseguiu transportá-lo para o hospital. No caminho, enquanto era entrevistado pelo guarda, meu avô conseguiu falar que tinha um filho chamado Gileno que era vigilante no cais do porto. José César faleceu poucas horas depois de dar entrada no hospital. Ele estava com 69 anos. Sua família não foi avisada do óbito, pois a falta de documentos impediu a identificação dele.

Sem receber notícias, todos ficaram apreensivos com o desaparecimento de meu avô. Ninguém conseguiu informações a respeito dele. O procuraram nos hospitais e até mesmo nos necrotérios, mas não tiveram êxito. Mariza, que fora esposa de Gileno, teve a ideia de que buscassem informações no bar da feirinha da Pavuna. Isso porque eles sabiam que José César era frequentador assíduo do lugar. Assim, ela convenceu Conça a ir consigo buscar informações. Quando chegaram lá, ouviram os relatos sobre a queda de um senhor com as mesmas características de meu avô. Com muito esforço, elas conseguiram localizar o policial que socorreu José César até o hospital. Orientadas pelo guarda, foram ao hospital e lá descobriram que meu avô estava morto há alguns dias. O corpo precisava ser reconhecido no necrotério de Agostinho Porto. Elas tiveram de agir rápido, pois o sepultamento do corpo como indigente já estava programado para o dia seguinte.

Conça se encontrou com Maciel e foram para o necrotério. No caminho, encontraram Cacau. Ele estava de folga do trabalho e jogava sinuca em um bar com alguns amigos. Assim, o corpo de meu avô foi reconhecido por Cacau e Maciel. O caçula de Lelé ficou perplexo ao observar o crânio do pai costurado com barbante comum. José César foi enterrado no mesmo dia no Cemitério do Irajá, o mesmo local onde em setembro do mesmo ano sepultaram Dó. Ele nasceu em 19 de março de 1921, no dia de São José, na Fazenda São José, e iniciou sua carreira profissional na Loja São José. Morreu em sete de dezembro de 1990 e foi sepultado no dia 15 de dezembro de 1990.

Como já havia mencionado há alguns capítulos, Lelé nunca escondeu sua gratidão por José César. Ele a apoiou no momento mais difícil de sua vida, quando foi abandonada por Manoel Antônio. Por isso, Lelé suportou as bebedices, a falta de provisão de alimentos, as omissões do chefe de família e até mesmo as contaminações com piolhos genitais, popularmente conhecidos como chato. Definitivamente, ela não ficou em dívida com meu avô.

De todos os filhos de Manoel Antônio, Toinho era o mais receptivo. Gostava de receber os irmãos em sua casa com grande abundância de alimentos. Como trabalhava muito na padaria, era dona Cezarina, mãe de Eliene, que cuidava dos netos a maior parte do tempo. Ela mimou exageradamente José Olgue e Irismar, deixando-os despreparados para a vida adulta.

José Olgue era filho de Eliene, fruto de um relacionamento anterior. Ele era um rapaz extrovertido, simpático e muito agradável. Contudo, na juventude, passou a se envolver com más companhias. Certa vez, Olgue foi pego pela polícia dirigindo um carro roubado. Portanto, ele acabou cumprindo pena em um presídio. Eliene ia sempre visitá-lo na prisão. Na primeira vez, ela teve que levar um colchão para ele não dormir no chão duro. Depois de Olgue ser ameaçado por outros presos, Eliene foi coagida a levar colchões para outros presidiários. Seu filho morreu alguns anos após se contaminar com o vírus HIV.

Irismar, única filha de Toinho com Eliene, nunca se afeiçoou aos parentes. Ela passou a morar ao lado da casa dos pais quando se casou. Certa vez, toda a família decidiu fazer uma festa de São João e fez contribuições para se confraternizar na casa de Toinho. Irismar levou os alimentos para a sua casa e não deixou seus familiares entrarem porque sua casa estava cheia de parentes de seu marido. Assim, Toinho ficou muito constrangido de ver os irmãos e sobrinhos serem servidos na área externa da casa.

Irismar deixou a sua casa algum tempo depois. Como seu esposo estava sempre envolvido em confusões, eles foram morar em Cabo Frio.

Toinho também tinha um filho fruto de um relacionamento anterior. O rapaz se chamava Eduardo. Ele era antissocial, taciturno e desconfiado. Também se relacionava pouco com a família porque preferia ficar isolado.

Eliene, por sua vez, tinha problemas emocionais. Ela tomava remédios controlados para depressão. A mulher apresentava tremores nas mãos e esfregava-as nas coxas em um movimento repetitivo. Em certo momento de desespero, ela atentou contra a própria vida. Na ocasião, sobreviveu a um tiro de arma de fogo. Depois que se aposentou, Toinho passou a cuidar da esposa em tempo integral.

Da direita para a esquerda (em pé): Dó, duas jovens não identificadas, Toinho, Eliene com Irismar no colo, e um casal não identificado. Agachados: Newton, um rapaz não identificado, João e Arnaldo (de preto), Eduardo e Olgue e o padeiro Bill abraçando uma criança não identificada.

Toinho ficou cego na velhice. Dizia que foi por causa de muitos anos de trabalho no forno à lenha. Ele costumava falar que *em olho não se mexe* e recusava atendimento médico. Embora morasse perto de um posto de saúde, teimava a não cuidar da hipertensão e dos olhos. Ele faleceu em decorrência de um infarto aos 82 anos. Após a sua morte, Eliene foi morar em Cabo Frio com a filha.

Depois que saiu de Salvador, Nandinho passou um tempo no Rio de Janeiro. Lá, ele se casou com Leidir (alguns dizem Ladir, outros Lady e ainda Leidy). Eles tiveram três filhos: Renato, Lady Mara, que não era filha biológica, e Adriana. Leidir já trabalhava na Marinha, na Capitania dos Portos do Rio de Janeiro, quando conheceu Manoel. Ela tinha função administrativa, na Ilha das Cobras, no interior da Baía de Guanabara.

O Sargento Manoel foi transferido para Brasília, onde teve muitas oportunidades de crescimento. Antes mesmo da construção da nova capital, ele já estava lá. Chegou a ficar detido por trinta dias no golpe de 1964. Após esse período de detenção, ele foi entrevistado por um Almirante ligado ao SNI. Foi constatado que ele não estava envolvido em nenhuma ação contrária aos militares. Por isso, ele foi liberado.

Comenta-se na família que Manoel chegou a ter um cargo importante no Clube Naval de Brasília, mas seu nome não aparece em nenhuma das atas de reuniões. Fred também chegou à conclusão de que o irmão não teve cargo relevante quando esteve na nova capital.

O casamento de Nandinho e Leidir acabou subitamente. Ela tinha acabado de dar à luz Adriana quando Manoel foi embora com a empregada da esposa. Esta era uma adolescente que ele mesmo havia trazido de São Pedro da Aldeia, onde trabalhou por algum tempo. Manoel deixou uma carta de despedida para a esposa e foi embora. Assim, ele repetiu o exemplo dos seus pais: o patrão que deixa a esposa para ficar com a empregada.

O sargento teve de ir para a reserva remunerada da Marinha antes do prazo. Ele solicitou a sua saída, pois temeu que uma ação judicial movida por Leidir resultasse na sua expulsão da

Marinha. Ele não queria correr o risco de se defender na ativa, principalmente sabendo que Leidir tinha bons contatos com os oficiais de alta patente.

Leidir sobreviveu a traição do marido. Após separar-se de Manoel, ela deixou a Marinha. No entanto, depois ela foi reintegrada devido ao bom relacionamento que tinha com o oficialato. Leidir teve uma carreira mais proeminente do que a do marido, ainda que ela fizesse parte do quadro civil. Isso porque ela tinha um cargo equivalente a um oficial superior. Ela decidiu se unir com um suboficial da Marinha, mas ele morreu alguns anos depois. Tempos depois, ela se aposentou em uma condição privilegiada, acumulando pensões generosas.

Por essa razão, anos mais tarde, Manoel conseguiu na justiça o cancelamento da pensão de Leidir, que estava vinculada a ele. Alegou que ela já acumulava muitos benefícios. Algum tempo depois, Leidir ficou doente e morreu no hospital da Marinha.

Nandinho tinha um temperamento difícil e agressivo. Em uma discussão com sua segunda companheira, ele tentou agredi-la. Ao ser impedido por um dos filhos, pegou uma arma e ameaçou atirar no rapaz.

Manoel morreu de uma parada cardiorrespiratória e edema pulmonar. Ele fumava desde os 14 anos. Na ocasião do seu falecimento, ele estava deitado na cama assistindo TV quando sua esposa ouviu um barulho. Ela foi até o quarto e viu o companheiro caído morto no chão.

O sargento foi marcado pela morte dos dois irmãos que o antecederam. Afinal, Nazinha nunca chamou o filho de Manoel. Para ela, ele representava os Nandinhos que haviam morrido. Ele costumava dizer que, quando foi expulso da Marinha, conseguiu voltar para a instituição com o documento de um irmão que havia morrido. Entretanto, Lelé afirmou que o Nandinhos que morreram não foram registrados.

Antes de deixar a Bahia e ir pela primeira vez para o Rio de Janeiro, Nandinho teve uma filha. As informações sobre ela se perderam com o tempo. Renato, seu primeiro filho com Leidir, morreu de câncer em 2019. Os demais filhos e a última companheira estão todos vivos.

Ó morte, ó tirana morte, contra ti tenho mil queixas
Quem hás de levar, não levas, quem deves deixar, não deixas!

Depois que saiu da Marinha e foi para a reforma, Carlinho passou a se queixar de dores na cabeça e na nuca com muita frequência. Ele suava muito, mesmo quando a temperatura ambiente estava amena. À medida em que envelhecia, ele ficou excessivamente ciumento. Incomodava-o ver que Linda continuava jovem e bonita porque ele temia perdê-la. Assim, ele não queria que a mulher saísse sozinha na rua. Ela se sentiu tão sufocada que até pensou em deixá-lo, mas Lelé a fez mudar de ideia. Ela aconselhou a filha a permanecer ao lado do marido.

Certo dia Carlinho passou muito mal. Então, Linda pediu auxílio a Maciel, que o levou ao posto médico. Meu tio foi atendido, medicado e retornou para casa com a recomendação de fazer exames adicionais. Depois disso, ele procurou o Hospital Marcílio Dias da Marinha para investigar como estava a sua saúde. Sabendo que ele precisava de uma motivação extra para ir ao médico, Linda marcou uma consulta para si com o mesmo profissional. Dessa forma, Carlinho foi junto com a esposa ao hospital e foi atendido por Dr. Edmar. Ele deixou o consultório desanimado. Linda, por sua vez, foi atendida depois do marido. Quando ela entrou no consultório, explicou para o médico que só estava lá para saber da saúde de Carlinho. O médico informou que o eletrocardiograma de Carlinho mostrou um problema grave. O coração dele estava grande e a pressão estava alta e fora de controle. Em vista disso, ele receitou muitos medicamentos.

Carlinho até começou a tomá-los, mas, logo que sentia uma pequena melhora, ele interrompia o tratamento. Ele também ignorou as recomendações do médico de não fazer esforço físico. Para não ficar parado, ele ajudava nos reparos e manutenções da escola em que Linda trabalhava. Carlinho tinha prazer em fazer as coisas funcionarem.

Impossibilitado de desfilar na escola de samba, ele decidiu fazer uma surpresa para as crianças desse colégio. No último dia de aula antes do carnaval, ele vestiu a sua fantasia e foi passando de sala em sala conscientizando os alunos da importância do carnaval como uma festa popular. Carlinho não sabia que estava se despedindo. Como não tomava os medicamentos, nem se tratava, sua hipertensão se agravou. Além disso, ele continuava fumando, hábito que conservava desde os tempos em que era criança.

Na noite de terça-feira de carnaval, ele estava assistindo aos bailes de clubes noturnos na TV quando passou mal. Depois de deitar por alguns instantes, ele se levantou suando e com falta de ar. Linda ligou para Luiz Carlos que veio buscar o pai para levá-lo ao pronto-socorro. Rogério ainda morava com os pais, mas não estava em casa. Naquele dia, Carlinho sabia que o que tinha era grave. Por isso, dizia que não daria tempo do filho chegar. Luiz Carlos não demorou. Ele e Linda levaram Carlinho para uma unidade de pronto atendimento. Este foi quieto no carro. Não disse uma única palavra durante todo o trajeto. Ao chegar ao hospital, o colocaram numa maca. Alguns minutos depois, Linda e Luiz Carlos foram informados de que Carlinho morreu. Eram três horas da madrugada de quarta-feira.

Linda foi então procurar Milton para ajudá-la na liberação do corpo do marido. Meu pai estava morando há alguns meses na casa de Lelé. Minha tia chegou de mansinho para evitar despertar a mãe. Ela conseguiu acordar Milton batendo suavemente na janela do cômodo em que ele dormia. Quando ele abriu a janela, Linda fez sinal para que ele saísse para o lado de fora da casa.

— Milton, Carlinho faleceu — sussurrou Linda.

— O quê? Como é que foi isso? — perguntou Milton.

— Ele passou mal e morreu. O corpo está lá no PAM — respondeu Linda, fazendo sinal para que ele a acompanhasse.

Milton, Linda e Luiz Carlos voltaram ao hospital para providenciarem os trâmites de liberação do corpo e depois foram para a casa de Linda. Lá avisaram Rogério e ligaram para os demais membros da família. Muitos desses estavam viajando e, portanto, não conseguiriam voltar a tempo para o sepultamento. Porque era quarta-feira de cinzas, havia muito engarrafamento e trânsito lento.

Carlinho sofreu infarto do miocárdio na madrugada da quarta-feira de cinzas de carnaval e foi sepultado no mesmo dia. Morreu aos 69 anos. No sepultamento, Gileno e Milton tiveram uma pequena discussão.

— O que você tá fazendo aqui? Tu não gostava dele! — disse Gileno.

— Eu estou aqui porque o marido da minha irmã morreu — respondeu Milton.

— Se eu fosse você eu não tinha vindo. Você até já quis matá-lo quando soube que ela estava grávida! — insistiu Gileno.

— Você me desculpe, mas Linda não foi na sua casa para te chamar. Fui eu que a acompanhei até Coelho da Rocha para tirar a certidão de óbito — Milton encerrou o assunto e Gileno se aquietou.

Enquanto os irmãos discutiam, João se aproximou de Linda e a consolou.

— Linda, você é uma guerreira. Passar o que você passou com meu irmão e suportar sem se queixar não é coisa para uma mulher comum.

Hoje, minha tia continua morando na mesma casa, nas dependências da escola onde ainda trabalha. Como conseguiu se aposentar, ela está a procura de uma casa para comprar. Seus filhos se casaram e passam bem.

Ó morte, ó tirana morte, contra ti tenho mil queixas
Quem hás de levar, não levas, quem deves deixar, não deixas!

Fred era fumante inveterado desde os doze anos. Foi o irmão de Lelé com quem eu mais tive contato. Ele vinha nos visitar com frequência depois que meus pais se separaram. Lembro que era muito barulhento: começava a gritar o nome de minha mãe antes mesmo de chegar na rua em que morávamos. Recentemente, Roberto me fez recordar que tio Fred o levou algumas vezes ao oftalmologista. Ele era muito amigo de Françu, o único médico de olhos de Camaçari. O irmão de minha avó sempre foi muito prestativo.

Fred nunca teve uma vida estável. Ele poderia ter feito progressos em qualquer área porque sempre foi muito esperto. Entretanto, ele não era de casa nem da igreja, não pertencia a mulheres ou filhos. Ele não quis saber da Marinha nem de qualquer outra instituição humana em que não tivesse a liberdade de mandar e fazer o que bem quisesse. Até mesmo na política, onde ele acreditava que estava a sua vocação, não foi bem sucedido. Ele não sabia ceder nem queria negociar. Fred não se adaptava ao mundo das instituições. Mas investiu grande parte de sua vida para reatar o casamento com Eliana, a mulher que ele tanto maltratou por medo de perder.

Quando eu me casei, fui morar em um bairro não muito distante da casa de Fred. Eventualmente, ele aparecia por lá. Antes de chegar ao início da rua onde eu morava, ele já vinha berrando o meu nome. Assim, ele estimulava todos os meus vizinhos a saírem de suas casas para ver quem estava gritando.

O irmão da minha avó tinha diversos registros de nascimento, cada um com um sobrenome diferente. Ele teve muita dificuldade de se aposentar porque até sua carteira de trabalho era confusa. Fred morreu de infarto enquanto dormia em sua casa em Camaçari. Como não fez barulho ao amanhecer, o silêncio chamou a atenção dos vizinhos que não tinham outra hipótese para a calmaria, senão a de que Fred tinha morrido. Os problemas com os nomes diferentes dos diversos documentos dificultaram a liberação do seu corpo. A morte foi sábia com Fred. Ela dificilmente o levaria se o encontrasse acordado. Ele era indomável.

Eliana e os filhos de Fred, Sérgio e Fábio, vivem bem e gozam de boa saúde. Não consegui informações de Ocirema e Vânia, a primeira família do irmão de minha avó.

Ó morte, ó tirana morte, contra ti tenho mil queixas
Quem hás de levar, não levas, quem deves deixar, não deixas!

Celina não vestiu o molde das mulheres do seu tempo. Rebelou-se contra o arquétipo do casamento. Sempre se colocou nas primeiras posições, seja com o marido, seja com os filhos. Lutou pelo amor de Nelson até o dia em que este lhe foi tirado enquanto ela, distraída, proclamava vitória.

Celina guerreou contra a moral e os bons costumes. Recusou o rótulo de boazinha. Ela tinha, assim, algumas das características das feministas: não se deixava intimidar, lutava pelas coisas que acreditava, foi protagonista da própria vida e assumiu a responsabilidade por seus atos.

Eu não consegui falar com tia Celina no período em que antecedeu a sua morte. Ione, minha esposa, conseguiu visitá-la em Camaçari por duas vezes. Nesses dias, ela, minha mãe, Celina, e suas filhas jogaram dominó. Ione ficou impressionada com a forma como tia Celina era supersticiosa. Ela tinha um repertório enciclopédico de superstições.

Quando cheguei em Camaçari, tia Celina estava hospitalizada. Foi se tratar de uma fratura decorrente de um mau jeito que deu na bacia quando foi se sentar numa poltrona. Depois de quase dois meses no hospital, ela morreu no inicio de fevereiro de 2020. A irmã de minha avó foi vitimada por uma infecção hospitalar após fazer uma cirurgia. Todos os seus filhos e filhas continuam vivos. Toinho, filho de Celina e Rolinha, me ajudou a reunir informações preciosas. Ele mora na cidade de São Paulo.

Ó morte, ó tirana morte, contra ti tenho mil queixas
Quem hás de levar, não levas, quem deves deixar, não deixas!

João tem sofrido perdas progressivas da visão e da audição. Seu ouvido foi afetado desde os tempos em que dormia ao lado do gerador de energia elétrica quando criança em Camaçari. O motor barulhento do navio que o levou para o Rio de Janeiro também deu a sua parcela de contribuição.

João sempre teve um grande vazio na alma, uma sequela herdada dos sofrimentos na infância. Ele não comemorava datas especiais como o natal, seu aniversário e as celebrações de ano novo, pois elas o faziam recordar de momentos ruins. Nesses dias, ele evitava conversar e passava a noite na cama chorando com raiva das maldades que sofrera quando menino. João sempre se penalizou, com raiva de si, ao ponto de não suportar receber um elogio. A vida dura o deixou desconfiado com as pessoas. Outro fato que o atormentava era o de não se recordar do rosto da mãe. Aos poucos ele está superando.

João é um dos poucos filhos de Manoel Antônio que permanece vivo. Ele e Dila vivem em São João de Meriti cercados de filhos e netos. Tive o privilégio de passar quase seis horas com ele ouvindo-o falar da história da nossa família.

Arnaldo sempre teve o caráter mais nobre dentre todos os filhos de Nazinha. Ele começou a fumar aos dez anos. Mas, em 1981, ele abandonou os cigarros. Nesse ano, Arnaldo morava em Praia Grande. Ele tinha sido transferido para a Capitania de Santos onde permaneceu entre os anos de 1981 e 1984. Após alguns dias, ele teve a oportunidade de mandar a família para passar férias em Salvador. Por causa do trabalho ele não viajou, mas disse que tinha duas surpresas e que só contaria quando a família retornasse.

Quando voltaram de Salvador, logo descobriram a primeira: Arnaldo tinha comprado um fusca branco. Quando chegaram ao apartamento onde moravam na Praia Grande, perceberam que ele não estava mais fumando. Essa foi a segunda surpresa. Quando questionado sobre o que tinha feito para deixar o cigarro, ele respondeu que, quando dava vontade de fumar, ele tomava um gole de água. Ele não voltou a fumar nunca mais.

Arnaldo conheceu cinquenta e sete países, no período em que passou na Marinha. Conheceu também toda a costa brasileira. Apaixonado pelo trabalho, a sorte o acompanhou na sua trajetória como fuzileiro naval até o dia em que foi para a reforma como primeiro sargento. A vida toda ele serviu à Marinha e aos irmãos.

Com o passar dos anos, tio Arnaldo passou a acumular objetos que recolhia das ruas do Rio de Janeiro, cidade onde reside ainda hoje. Ele guarda tanta tralha que tem um apartamento apenas para armazenar as coisas que coleta na rua. A cada dia que passa, ele tem sofrido perdas progressivas da audição. No dia em que o entrevistei, passei uma tarde inteira ouvindo-o falar da história de nossa família e do período em que ele passou na Marinha do Brasil. Arnaldo vive com tia Olga. Todos os seus filhos permanecem vivos.

Tia Joselina ainda mora com uma de suas filhas. Ela continua sendo acompanhada de perto pela vigilância do neto. Com o passar do tempo ela foi ficando surda e não tem tido mais contato com os irmãos. Em uma de suas cartas para Lelé ela comentou que decidiu não mais ouvir, nem enxergar e nem falar. Contudo, ela segue vivinha até o dia de hoje.

As demais pessoas que não apareceram nesse capítulo já foram citadas em relatos anteriores. Entretanto, como você deve ter notado, meu caro leitor, eu falei pouco de algumas pessoas. Não foi fácil reunir informações de mais de duzentas e oitenta familiares que viveram entre os anos de 1870 e 2020. Mas me alegro muito com o fato de que as pessoas da família que estavam mortas nunca mais serão esquecidas. Entretanto, é importante dizer que alguns dos descendentes de Manoel Antônio desprezaram essa obra e se recusaram a compartilhar as informações que tinham. Contudo, estes permanecerão vivos só enquanto houver memória porque os seus nomes não foram registrados no livro de nossa história.

O pecado imperdoável é revelado

No tempo em que meu bisavô Manoel Antônio se envolveu com Nazinha, o relacionamento entre compadres, comadres e afilhados era um laço inquebrantável no catolicismo.

Os compadres sempre foram tidos como pessoas da mesma família. Pelas leis da Igreja Católica, as pessoas que se uniam pelos laços de compadrio — comadre com compadre, ou padrinho com afilhada, ou madrinha com afilhado — tornavam-se parentes espirituais e, como tal, não podiam ter relação amorosa e sexual, uma vez que a Igreja condenava essa prática, considerando-a como incesto.

Assim sendo, ter relações sexuais com a comadre, no início do século XX, não tinha perdão. Por ter tomado Nazinha para si, meu bisavô, Manoel Antônio, foi excluído dos registros da memória de Camaçari. Seus filhos com ela foram repudiados pela comunidade. Portanto, eles conviveram com sequelas difíceis de serem reparadas.

João descobriu que sua mãe havia batizado Lelé através de Toinho, seu irmão. Ele já era homem idoso quando soube de tudo. Enquanto conversavam, João disse que nunca entendeu o porquê seu Mamede sempre brincava com ele chamando-o de filho de comadre com compadre. Foi quando Toinho explicou que Nazinha era comadre de Manoel Antônio e de Maria Assumpção por ter batizado Lelé.

Foi a partir desse dia que João entendeu porque era hostilizado por Filhinha e era motivo das chacotas de Mamede. Compreendeu também as razões do distanciamento entre os filhos de Maria Assumpção e de Nazinha.

Você entendeu, meu caro leitor? A nossa estirpe sobreviveu às vicissitudes da vida. Somos uma família formada por homens nobres, mulheres fortes e também por gente imprudente. Eu só lamento por não termos dado continuidade à cultura empreendedora de meu bisavô Manoel Antônio. Até então, não fomos capazes de reproduzir essa parte positiva do seu legado.

Chegou a hora de eu me despedir de você, meu leitor companheiro. Ainda faltam algumas poucas páginas para terminar o livro. Mas como eu fico triste de ter que te deixar, vou antecipar o meu adeus. Eu advirto a você, que me acompanhou em cada uma das linhas que escrevi, que eu não contei tudo. Você se recorda de como eu fiquei deslocado na festa do centenário de minha vó Lelé? Pois saiba que os sentimentos que me angustiaram naquele dia não existem mais. Hoje eu posso afirmar, com convicção, sem arrogância ou jactância, de que ninguém conhece mais a história dos cento e cinquenta anos dessa família do que eu. Eu disse muitas coisas, mas eu não contei tudo. Se alguém tem mais informações, ou ainda outras versões dos fatos aqui relatados, por favor, não reclame. Que dê a sua contribuição escrevendo outro livro porque esse já está registrado, encerrado e publicado. Nada mais entra, nem sai.

Escrevi apenas o que me foi contado inúmeras vezes pelos meus predecessores. Seria muita presunção de minha parte acreditar que recebi todas as informações. Como me alertou de forma enigmática o meu tio João, assentado no banco de madeira construído por Manoel, o Nandinho que vingou:

— Há ainda muitos segredos na nossa família, mas que JAMAIS poderão ser revelados!

No final de 2019, surgiu uma nova doença causada por um vírus. Ela começou na China e logo se propagou pelo mundo. O Brasil foi seriamente acometido pela COVID-19, uma moléstia causada pelo coronavírus. A maioria dos países passou a adotar o isolamento social, desestimulando as pessoas deixarem suas casas para não serem contaminadas. No Brasil, no final de agosto de 2020, mais de três milhões oitocentos e cinquenta mil pessoas já haviam sido infectadas e mais de cento e vinte mil pessoas tinham morrido. É provável que o número de vítimas tenha se multiplicado quando você ler esse livro, meu caro leitor. Pergunte ao Google e ele te atualizará de tudo. Espero que ainda exista essa ferramenta quando você ler esse livro. O mundo está mudando muito rápido depois que o vírus botou todo mundo para dentro de suas casas. Deus queira que o coronavírus também não mate o Google. Essa praga está tirando muitas vidas.

Quando Lelé nasceu, o mundo estava passando por uma pandemia de gripe espanhola. Ela nasceu em 1918 e nos deixou na pandemia da COVID-19 em 26 de maio de 2020, aos 101 anos. No início de maio, o corpo de minha vó começou a perder o vigor. Ela parou de escutar e quase não reagia mais aos estímulos provocados por seus filhos e netos. A família decidiu não levá-la ao hospital, para evitar contaminação com o coronavírus. Lelé faleceu em casa, de morte natural, farta de dias, em ditosa velhice. Foi esse o contexto histórico de sua morte.

Quando encontrei com minha vó, dez meses após sua festa de centenário, perguntei qual o motivo para ela viver tantos anos. Ela me respondeu sorrindo:

— É porque eu tive uma infância muito feliz, Ronaldo.

FIM

Agradecimentos

Essa não é uma obra de uma pessoa só. Muitos colaboraram comigo, especialmente minha vó Lelé e meus tios Arnaldo e João. Tive também a ajuda inestimável de minhas tias Conça e Linda.

Nádia, filha de Arnaldo, Cátia, filha de João, e Toinho, filho de Celina, me supriram com inúmeros relatos. Tatiana, filha de Conça, me acudiu em muitos momentos conseguindo informações valiosas. Roberto, meu irmão, comprou e me enviou livros sobre a história de Camaçari. Ele e o nosso pai, foram os primeiro leitores das diversas versões do livro. Ainda tive ajudas pontuais de Rogério e Luiz Carlos, filhos de Linda e Carlinho, de Lígia, filha de tia Vanja, Aline, filha de tia Neu, e de tio Cacau.

Agradeço também ao meu pai, especialmente pelos relatos sobre Faisqueira, Aiquara e Jequié. Preciosas foram suas recordações do período em que Lelé morou em Governador Valadares, assim como os primeiros anos no Estado do Rio de Janeiro. Sua memória fantástica contribuiu para colocar os fatos, até então fatiados e desconexos, organizados em uma ordem lógica e temporal. Também sou grato ao meu tio Gileno por me presentear com muitas informações complementares.

Agradeço à minha mãe, que possibilitou a minha ida ao estado do Rio de Janeiro para entrevistar Lelé, Arnaldo, João, Linda e Conça, em setembro de 2019, dez meses depois do centenário de Lelé. Sem a insistência dela, dificilmente essa viagem teria ocorrido.

Agradeço a Ione, minha esposa, por me acompanhar nas visitas e entrevistas, e as minhas filhas Raíssa e Rebeca, profissionais do ramo de Letras, que revisaram todo o conteúdo. Sou grato também a minha filha Raquel que, além de fazer a primeira correção, me animou com seu entusiasmo ao ler o livro.

O Autor

Ronaldo Santana Santos nasceu em Camaçari – BA. Ele morou por sete anos em Porto Alegre – RS – e atualmente reside em Jundiaí – SP – com sua esposa e três filhas.

Depois de trabalhar diversos anos como executivo de grandes empresas industriais globais, decidiu vivenciar uma carreira acadêmica. Após concluir o doutorado na Unicamp, passou a atuar como professor e coordenador de curso superior nas áreas de Administração de empresas, Logística e Engenharia.

Ronaldo é membro da AILB - Academia Internacional de Literatura Brasileira, dá aulas em cursos de pós-graduação, realiza palestras e desenvolve pesquisas e projetos de consultoria empresarial.

Contato:

ronaldo@rssantosconsultoria.com.br